句號那麼近

盧建彰
KURT LU

推薦文

這本書是療癒系

平路／作家

1 麥可

寫序有點難，試試寫篇讀書筆記。甚至不知道我是否適合做這本書的讀者，距離太近，失去了客觀角度，每個字都讓我讀得心痛。有些篇章，彷彿站在場景內，麥可的聲音在那裡。

麥可走了，對朋友們都是莫大的撞擊。記起麥可，心裡有悶而沉的滾鼓聲。我親耳聽過，那艘船試著靠近冰川，冰山一角突然在眼前崩裂。

想像中，麥可在山頂倒下來的聲音就是那樣。

對於我這個讀者，這是一本悼亡的書。

麥可走了，朋友們不停地想念他。因為麥可的人格特質？

作者說：「麥可尊敬專業，而且佩服為別人挺身而出的人。」真的，再也沒有像麥可這麼無私的心靈，沒有人像麥可那樣堅定不移。

「人總是需要相信一些什麼」，這是誰的話？存在主義的法則之一，而我們相信麥可。

我猜，作者盧導跟我一樣，大多數時候，或許是一株思想的蘆葦。旁邊站著麥可，以至於我們不會搖擺。

有段時間，麥可非常忙碌，創立的社運組織叫「公民組合」，因為麥可，我竟也跟著去南北宣講。火車站旁有間小小的辦公室，對台灣未來充滿理想性，太陽花前的許多運動綱領在那裡商定。

不久之後，麥可創立一個黨，接著，只有黨內初生的民主才叫作民主。黨很快老去，傳出路線分裂。再不久，麥可毅然退出。

書中用回溯筆法，清清淺淺提起那一段。

朋友眼裡，不再管政治的事，麥可就實踐他的完美日常。練核心肌群，透早就騎腳踏車買菜，回家幫妻子做一壺冰滴咖啡。慧玲與麥可兩人好客，時常在備菜。慧玲擺桌布，麥可給來家裡吃飯的朋友端茶倒酒。

2 果果

書裡繞著一隻狗，果果。

主人翁想念她，記得手掌擱在果果鼻頭上摩挲的溫度。

離別還是來了。獸醫拿著剃刀，主人翁能夠決定的事情僅限於，是否為自己留下果果背上一撮白毛。

書中有一段提到茶葉蛋，主人翁擬想果果的心情，狗會不會因為沒有機會吃而失望。作者寫：「以果果的靈敏嗅覺，聞到的味道應該是我的上百倍。那她感受到的飢餓，還有隨之而來的失望，會不會也是我的百倍呢？」

又有一段，主人翁在游泳池救果果，急著救援貌似怕水的狗。文字傳達出緊張情緒，讀得我心臟猛跳。

作者常用意識流手法，游泳池連上的是玩ＳＵＰ那一段。我內心小劇場也無縫接軌，二〇二二年夏末，我第一次爬上立槳，正是跟盧導一起，在宜蘭幫麥可慶生。一夥人泡在民宿的游泳池裡，那時麥可好好的。那天晚上，還一起去到阿利的家。

沒兩個月，麥可走了。從此，朋友們相對默默，心情都不太好。

我把這篇新書序寫的像私訊，或者因為作者的文字牽情，也因為這些文字碰觸到的，正是我自己動心的感情。我內省，總覺得虧欠，有時候想，這一生，最對不起的就是曾經陪伴我的幾隻狗。狗狗曾對主人如此痴心、如此情深，而最後，主人拋下牠，狠心又往前走了。

總是人類辜負了狗。只有狗這種高貴的物種，對於早應該絕情的人類，依然保有真情。還可以彌補嗎？如果有天堂，我心裡的景象，正是曾經陪伴過我的狗向著我直直跑來。

3 母親

幾度想蓋上書稿逃走，不忍心看啊，尤其是這本書裡寫到母親。

書中的母親失智了，住在機構裡。以下是書裡的幾個段落：

那麼，母親是什麼時候，開始不笑的呢？我想不起來，是這五年嗎？是這開始不說話的五年嗎？

為什麼我連這麼簡單的問題都答不出來？

我算什麼孩子？

「你那邊天氣怎麼樣？」我找到一個話題，但說出口的同時，就後悔了。在機構裡，天氣如何，根本毫無意義，因為媽媽不會出去。

我又想到食物，要聊最近吃到什麼好吃的嗎？可是，媽媽的鼻子上裝著鼻胃管，她只有被灌進不同牛奶，沒有經過嘴巴，所以舌頭無法嘗到任何味道。

何況，這不也是我再一次地逃開？逃得遠遠的，假裝不要看到，就不會痛苦。逃得遠遠的然後再視訊，不也是一種荒謬？一種假道學？一種自以為的安全距離？

摸著書稿，我回想，對子女，哪裡有自以為的安全距離？

曾經，想著病弱的自己父母，有段時間，我連上去他們住的公寓都感覺腿軟。等待自己女兒放學，牽纜一樣，牢牢牽住女兒的手一起上去。

內咎？罪惡感？不敢去處理，埋伏著日後無盡的悔恨！這本書提到「沒有人活著離開」，吉姆．莫里森的歌詞。我讀著瞬間走神，想著吉姆．莫里森極端俊美的那張臉，當年在「門戶合唱團」唱片封套上，黑膠年代，或者是我本身……行差踏錯的分歧點。

4 猴子

或者因為在書裡讀到：「猴子有家族，我也有，但沒有人理我。」我一向無俚頭，竟然想到心理學著名的恆河猴實驗。

心理學家哈洛設計，兩柱鐵絲網，它們是假母猴媽媽。一隻胸前掛奶瓶，一隻裹絨布。小猴被放進實驗場域，直直面對假母猴，出乎眾人意料，小猴並不喜歡掛奶瓶的鐵絲網媽媽，短暫的喝奶時間之外，小猴都依偎著絨布媽媽。只是披著絨布的鐵絲網，小猴卻緊緊貼住，在上面磨蹭。

接下去，在心理學家設計中，另一組實驗開始。絨布媽媽身上裝了機關，會突然對幼猴噴出強勁氣流，射出冰冷水柱，甚至會伸出鐵釘暗器。哈洛要看習慣依偎絨布媽媽的小猴怎麼反應，實驗結果是，水柱稍停，小猴仍然撲向絨布媽媽。

哈洛的論文名稱叫作「愛的本質」（The Nature of Love），以科學為名，其中包括了殘忍的操作。

小猴撲向一點點可以依偎的什麼，儘管只是包裹絨布的鐵絲網。

我們都是希冀溫暖的小猴，被一腳踢進殘忍的現實世界。

對於我這讀者，這本書圍繞著一個主題：明知這個世界很冰冷，迎來的常是水柱尖刺，但我們多麼痴心，不捨得放開手，依然撲向記憶中那份溫暖。

譬如我自己，父親手心的熱度、他躺在乾冰上似乎還沒有涼透的肉身，就是我此生的眷戀。

痴痴想著，如同小猴執著於絨布帶來的少許柔軟，甘願棲身，縱使裹住的是一團鐵絲。

懸著，連繫著，那份剪不斷的思憶，像不像《沙丘》星球上，弗瑞曼人維持生命的珍貴水滴？直到自己也死去，水分才被完全榨乾，還諸天地。

被丟在這個荒謬的世界上，這本書敘述的是痴念。我們都有過痴念，那隻不想放開卻又不得不放開的，懸空的手。

作者文字生動，輪轉著畫面，彷彿在流利地運鏡。這本書是療癒系，療癒作者自己，順帶療癒讀者。人人都有捨不得放開手的時刻，是不是？

作者意到筆隨，揮灑中充滿想像，整卷書帶著幻夢的色彩：「我把眼淚哭乾，他就出現了。」如果這樣，多麼好。

「我最有力的，就是無能為力啦！」這是作者的結語。

闔起書，不知不覺，或許讀者跟作者一樣，漸漸會走出傷逝的週期。面對最無能為力的那件事，終於有力氣說一聲再見，來生再見。

推薦文

句號是如光的存在

宋怡慧／作家、丹鳳高中圖書館主任

《句號那麼近》是送給正在深深想念的人，也像是跟著作家去尋找「活著」的人生奧義。從可可椰子啟程，終於台灣極西點，國聖燈塔，我們此生要握在手上、刻在心版的會是哪些難忘的吉光片羽呢？

小說通常是最貼近人生的勾勒與描繪，看似真實又虛幻的場景，覺得驚悚又溫暖縈懷的畫面，作者好像在輕叩著我的心門：這一生，我們到底錯過了什麼？失去又讓我們獲得什麼？我們也為畫上句點的時刻做好準備了嗎？

閱讀盧導的文字，像是瀏覽人生或快或慢的交疊畫面，關於陰暗幽微的，關於幸福有光的。

人生像是挖掘祕密的歷程，每得到一個真相，你就更靠近自己的內心深處，愈理解繁花盛開不是為了自己，有時候是為了等待伊人回眸的瞬間，你們共賞眼前的繽紛與燦爛。而每次的花落，也像是在練習維繫一段段安適的關係，無論走近或走遠，相聚或離開，都是為了更真實地在付出中看清：再微不足道的人生，都有個不能卸下的責任，對於家人、朋友，甚至是這個社會、世界。

是不是慢慢地接近句點，你亦接近如光的所在？我想答案儼然已現。

推薦文

北二段返程，深夜攀爬銀白色的巨石和星光

張嘉祥／作家、裝咖人樂團團長

在生活中我常有未能明白、理解、發現的時刻，就好像是劇本理論中，角色不會知道自己身處在一部喜劇還是恐怖片中一樣，我常常是反過來認識這個世界的。

在我身處的時間裡，接觸到林世煜前輩是因為專輯的發行，實體通路的老闆傳訊息向我轉達林世煜前輩和胡慧玲前輩對於作品的喜愛，但真正更理解兩位前輩，反而是在研究所的課堂上讀到陳雷的二二八小說《百家春》（一九八八），在版權頁看見：

發行人：林世煜
編輯：胡慧玲、卓榮德
發行所：自由時代出版社

我突然想起，自己前幾年從北二段的高山深夜回程的片段。我們經過一整座銀白色的巨石，一路向上翻越，中間有個巨石平台，山中無燈無火，照明都只靠著頭燈微弱的光，但在那一片巨石平台，頭燈的光若有似無，索性就把頭燈關掉，整座巨石平台和天空的銀河星光互相輝映，不知道是星光把巨石染成銀白色，或底下的銀白巨石在遠方的星空看來就是一粒星光，而我們行走在山間的人，就被夾在兩座星光之間。

但那是滯後的，聽說我們看見的星光都是滯後的，並不是和我們處在同一個時間。這個時間的我，就是這樣看見和理解世煜前輩和慧玲前輩吧。

我也在《句號那麼近》中，窺見建彰和世煜前輩所處的星光時空片段，儘管那有可能是在虛構的時間線中延伸出來的平行時空。

我是這麼理解的。

推薦文

懷念麥可

曾文誠／棒球評論人

「人生沒有成功之路，只有必經之路。」

Kurt在書中這麼寫著。

所謂的成功，的確沒有相同而固定的路線，甚至如何定義成功，都見仁見智。唯有一條路是每個人早晚都要踏上的，是生命結束吧？我猜，這是Kurt想傳達的。

但死亡就是一切的終結嗎？Kurt也許想藉由他的書寫來跟我們說：未必。或者我們可以說，這是本生命重啟的書。我真的這樣看，也很期待書裡的內容能複製貼上在我身邊，因為，我也愛麥可！

Kurt一生做了不少很棒的事，其中之一或許是將我介紹給麥可認識。之後，和麥可相處只短短數年，但能感受到Kurt在書中說的：

他非常正直，幾乎不與他不認同的人打交道。別說同桌共飲，要講上一句話、見個面都可能會斷然拒絕。

但遇到他喜愛的人，又完全奉獻……

是的，麥可這位大哥真的就是這樣！Kurt沒有提到的是，麥可從不在他人背後道是非，即便他最討厭、痛恨的人。這真的很難，我想學！

也許吧！因為和麥可相處過，深覺能認識這麼棒的人，實在太幸運了，但又遺憾他那條人生必經之路，未免來得太早、太快了吧！更何況，麥可生命最後一秒，我就在他身邊，更顯感嘆。

原以為麥可就這樣永遠離開我們，但Kurt卻讓他回來了（還有Kurt最愛的果果），看見書裡的主人翁和麥可一起到處旅行、對話，我彷彿也身處其中，就像過去那些年，我們一起上山下海的日子，真美好。

我們大家都愛的麥可回來了！謝謝你，Kurt！

推薦文

故事，那麼近

楊斯棓／《要有一個人》作者、醫師

在一個傳說中的自由宮邸，互聞其名。

在一場極哀傷的不捨告別，互聞其聲。

友誼於是蔓生。這是真實，還是小說呢？

我觀察他的生活，《句號那麼近》儼然是一場療傷之旅。

他觀察我的人生，我的考證文是他的最愛。

我去聽他演講。二〇二三年一月十七號，信義學堂講堂，講題是：把好事說成好故事！

我遞給他一個過鹹水的漢堡，他給了我一則獨家報導，我才知道，漢堡應該怎麼拿捏火侯、怎麼烤。

他來幫我站台。二〇二四年二月十八號，衛武營演講廳，《要有一個人》巡迴最終場讀友會。有他在場，好酒不只在甕底。我邀請他上台八分鐘，他至情至性，無疑是「進入心流狀態的八分鐘」。

隔天，他粉專發文：

今天運動時想到
Coldplay三小時的演唱會
票價一萬元很合理，
楊斯棓醫師的講座也是。
密度好高，
可能是我聽過節奏最快的講座
若以價值而言，
一千元根本是破盤價，
相信每位聽眾都會認同。
我一邊喘氣
一邊點頭
覺得自己說得對。

我心想：「你這傢伙，是在寫小說嗎？票價一萬元很合理？」
他果然隨時都在寫小說。
他的小說，還真的又寫好了。

推薦文

與旅嗑同遊

葉丙成／臺灣大學電機工程學系教授

每次看到Kurt的臉書，都是他出遊的紀錄。我常在想，如果能跟Kurt一起出去旅行，那該會多有意思！

一是Kurt似乎有著能探知有趣人事物的超強天線，我常因Kurt而認識許多厲害的人。如果跟他旅行的話，應該就能看到台灣很多特別的人事物吧。

二是Kurt很「ㄎㄧㄤ」，常會有出人意料的創意遐想和三八話。我能想像，如果有這樣的一趟旅行，應該會常常在車上笑到肚子痛吧？真令人嚮往！

但我一直沒機會跟Kurt一起旅行，直到終於放了四天連假。Kurt帶我去看「十葉門」（容我賣個關子），帶我去看股窗蟹，帶我去各地的獨立書店。那每一家書店，光是聽他的敘述就覺得好美。書店裡的人都很有故事，而且還有好喝的咖啡，讓人想動身一探究竟！

羨慕嗎？告訴你一個祕密，你也可以跟Kurt一起旅行。我其實並沒有真的跟Kurt去旅行，我是透過這本《句號那麼近》跟他一起旅行。閱讀這本書就像在看一場Kurt自導自演的公路電影，與他一起跑遍台灣。而且你知道的，像Kurt這麼「ㄎㄧㄤ」的人，這趟旅行必定會有許多匪夷所思、異想天開的情節。雖然很異想天開，卻又如此扣人心弦。

這趟旅行還有Kurt已逝的乾爹，與愛狗果果同行，也是趟療傷之旅。在這趟旅程，你可以看到Kurt對好友、親人的愛，讓人動容，同時也讓人思考，自己該如何好好面對生死？活著卻對這世界無知無感，究竟是幸，還是不幸？還活著的人，餘下的生命要如何自處？

如果你也想跟我一樣，與Kurt來一場很深刻、很「ㄎㄧㄤ」的台灣采風之旅，同時跟他一起思考生命的意義。很便宜的，旅費只要四百多塊，你就可以有這樣一趟精彩的旅程。

欸，你怎麼還不趕快出發！

推薦文

那人、那狗與那趟島嶼的旅行

廖玉蕙／作家、語文教育學者

這是一本極其深情的公路小說。

一趟走向台灣各角落的旅程，看似踽踽獨行，其實是帶著對已故朋友的崇仰與對逝去愛犬的思念偕行。文中反覆自我辯詰人生議題：人生是否可以折返？我是否太容易放棄？常常被滿足的我們，要得到滿足感會不會愈來愈難？……他問老友，問自己，也問天地。

盧建彰以近乎人子的虔敬，學習麥可的君子模樣：招牌聆聽、溫暖微笑與安靜離開。凡事反思麥可的可能反應，反芻和狗兒果果分享的溫馨。

他驅車前進，深入偏鄉，偶或停駐災後重建的小林村，聽地方耆老高唱老歌，踏查生活裡的文化；不時走進獨立書店、文物館，購買好書且觀察歷史遺跡，藉此汲取先人的智慧來澆灌豐饒的人生；他帶著赤子之心，看山、看水，看人情。重要的，還多識鳥獸草木之名。

他履踐先賢「興、觀、群、怨」的學詩意圖——激發熱情，多方觀察，圓滿人際，抒發情緒。他甚至從風災的修復中領悟：生死彷彿只隔了一條河，前世和今生，彼此相望；而文章裡居中串聯的，儼然是失智多年的老母親。他用生活態度的臨摹，訴盡對那人、那狗和那山的相思，還有，對母親的牽腸掛肚。

旅程未完，作者猶在途中奔赴。

ON
MY WAY
TO
THE END

死是最堅強的了。但願愛比死更堅強。

——Michael Lin

1

我忘記今天是旅行的第幾天，
但今天的天氣很好，
海很藍，天很藍，
也許應該在這裡住下來。

可可椰子
棕櫚科，常綠大喬木。單幹直立，無刺，無環紋。曾是高經濟價值的作物，也是深受人們喜愛的景觀植物。

「我發現，推理小說是一開始就有人死了。小說是到最後有人死了，或快死了。」
我說完，瞄到麥可微微點頭。
車上，果果在後座，麥可在副駕駛座。我握著方向盤，繼續看向前方。
我們在旅行。
太陽很大，果果看著正前方，尾巴快速地擺動，刷刷刷地打在汽車椅墊皮面上，聲音如同海浪，一波又一波。我把天窗打開，陽光灑進來，直射到她臉上。她眼神專注，光在她棕色褪成白色的頭上，形成了一個金黃色的區塊，彷彿很有智慧。

沿著她頭部的線條往下，大約額頭的位置，眼睛上方，是如意珠。

如意珠出現在《天龍八部》，是個頭上有小肉瘤，武功一開始說很高，後來也不高的人物。不過，佛經裡確實有個人物，叫如意珠。

這樣說大概沒幾個人會聽懂，但我還是繼續說。一旁的麥可微笑點頭，一如過往。

果果是一隻狗，頭上有小肉瘤。

前面的公路，慢慢延伸，右邊是藍色的海。隨著路面蜿蜒，海一下子出現，一下子隱沒，當海隱身時，眼前就只有綠色，是山。

一路都是藍藍綠綠，與此刻的台北不一樣。

麥可臉上有笑，是陽光晒出來的吧。我心想。

我一點也不累，雖然要聚精會神地開車，但很享受，因為有他們兩位作伴。還有爵士樂手邁爾士．戴維斯，小喇叭聲和明媚的太陽，實在太搭了。

公路上的白色標線，往我們身後流逝。綠色的山延伸著，像床上的棉被隆起，平緩且帶著讓人想親近的態度。

我把車轉進一個停車場，迎面是大海，整部車的擋風玻璃就被碧藍的海和天占滿了。如果是和約會對象來，應該很浪漫。

眼前的停車格裡，有位六十多歲的女子，兩腳岔開，拿著手機，似乎正為朋友拍照。前面的景色確實值得一拍，只是沒考慮到這是停車位，有點危險。

我把車停下，車頭在停車格內三分之一，但車尾巴露在停車格外，只能等那位女子拍完照了。

手扶著方向盤，看著前面不同層次的藍，我輕輕地轉動有點僵硬的脖子。

「好了沒？」一個巨大的說話聲傳來，我嚇了一跳。坐在後座的果果似乎也彈了起來，一副受到驚嚇的樣子。

反應過來時才發現，聲音來自我身旁，是麥可。

麥可朝向窗外奮力喊著，臉上有股正氣，當然，也可以說正氣著。那位女子絲毫沒有在意別人的感受，占著停車格已經快一分鐘了。

隔著車窗玻璃，正專注看著手機螢幕的女子似乎完全沒聽到。麥可急著要把窗戶搖下，一下子又沒摸到窗戶的按鈕，手指拚命地在門上四處找尋，有那麼點忙亂。

「沒關係，我來跟她講。」我舉起右手，試著安撫。身後的果果發出一聲「嗯」，好像也在向麥可撒嬌。

「果果，沒事，我去跟她說喔。」我轉頭，手指在她圓形的頭顱上來回摩挲了幾下，她伸出舌頭要舔，我不想被舔到，快速地把手縮回。

看到我這麼做，麥可露出笑容，對著狗點頭。

但我還是得下車向那位女子說，否則，麥可應該會自己去。

解開安全帶，一邊推開車門，我一邊想著要怎麼說，是「不好意思，您拍照可以快一點嗎」，或「不好意思，我要停車，可以麻煩您讓個位子嗎」。到底怎樣說比較好，我一下子沒有頭緒，還是「看！你是不會看車喔，讓開啦」。

這樣說，應該和麥可自己來講的結果會是一樣的。

我搖搖頭，腳步沒有停。

回頭看，透過擋風玻璃，麥可表情嚴肅地望著我，我舉起手揮一揮。

愈走愈近，女子仍專注於手機上的螢幕，但我看裡頭的人物，頭髮被風吹得亂七八糟，整個蓋住臉，勉強可以辨識出應該也是六十多歲的大姐。咦，大姐姐？

我走向大姐，講了兩句，大姐立刻快速地離開了。

我得意洋洋地回到車上，排到Ｄ檔，把車停進停車格。

麥可迫不及待地問我：「你跟她說什麼？」

「我說，你們要有素質一點，考慮到其他公民的權利，不應該占用停車位。」

麥可聽了，稱許地點點頭，露出微笑。

到這邊，是我的說法。

請讓我轉個身，摸摸狗的頭，交代真正發生的狀況。

回頭看，透過擋風玻璃，麥可表情嚴肅地望著我，我舉起手揮一揮。

愈走愈近，女子仍專注於手機上的螢幕，但我看裡頭的人物，頭髮被風吹得亂七八糟，整個蓋住臉，勉強可以辨識出應該也是六十多歲的大姐。咦，大姐姐？

大姐總算意識到旁邊有人，轉頭看我了。

「大姐姐，我可以幫你們拍啊，我可以拍一百張喔，還是要一千張？要不要加入我們投資的群組，給我你的賴帳號啊……」我涎著臉，堆起笑容，看起來應該是個怪異的人吧。幸好背對著麥可，他看不到。

大姐看了我一眼，臉上露出嫌惡的表情，小小聲地念了句「神經病」，拉著另外兩位臉被頭髮吞沒的大姐姐，快步離開。

「你說什麼？你的帳號是神經病喔？」我往前一步，她們走得更快了。

我回頭，對車上的麥可和果果比個ＹＡ。

一整排的可可椰子，既高又大，直挺挺地像是撐起了藍天，不，是把藍色的海給撐開，變成藍天。在眼前的藍天大海底下，簡直是風景明信片，很美。

難怪剛剛的大姐想拍照。

一旁似乎有個飯店。

我忘記今天是旅行的第幾天，但今天的天氣很好，海很藍，天很藍，也許應該在這裡住下來。

麥可是去年九月底走的。

果果是去年十二月底走的。

是種換季的概念嗎？

我的快樂，好像隨著換季被換掉了。

但換來的是什麼呢？

2

手機螢幕裡，藍色的背景，
一隻老鷹張開雙翅，眼神帥極了。
麥可也把頭湊近螢幕，
看完後稱許地點頭，「哇，好漂亮。」
當然，賞鳥男聽不到。

是憂傷還是寂寞？
還是都有？
看著浪花，我問自己。
死亡和出生，都同樣有兩個字。

灰面鵟鷹

中型猛禽，身長四十一至四十八公分。喉央線明顯，體深褐色，嘴黑色，眉線白色，眼黃色，臉頰鼠灰色，胸腹部密布深褐色橫紋。

不，嚴格說來，都只有一個字。

生，死。

這個一樓的房間，是僅剩的房間。簡直就是我。

一一〇號房，有個巨大的落地窗，窗外是一個自己的小庭院，翠綠的草地上頭有幾張搖椅，再過去是沙灘，面對著大海。

我把行李放下，推開落地窗，大海的聲音傳過來，我忍不住走出去，坐在搖椅上。對著海，雙腿平伸，前前後後搖晃，好像就在海上盪鞦韆。把東西甩出去，不再拿回來。

沙灘上，有一個綠點。

是解放軍嗎？

我轉頭看向麥可，脫口而出：「看，怎麼辦？」

完全忘記麥可是我敬愛的長輩。

解放軍可能會來，是這個島上每個人都知道的事，但不是每個人都會遇到。至少在看著海的時候，我沒有想過會是這樣子。

又仔細想，當你看著海，看到解放軍的機率，當然會高一點，因為他們大概都得從海的那一邊過來。

早知道就看山，這邊的山是什麼山呢？是獅子山嗎？

我還在想，麥可已經起身，喊著：「看，跟他拚啊！」兩步衝過草地，跑下沙灘，一點也不像七十歲。

不知道為什麼，我眼前的麥可彷彿變成慢動作，激烈地抬起腿，但緩慢前進。背景音樂是一張爵士鋼琴《Searching in Grenoble》，一九七八年的現場版，獨自彈奏的琴音散落著，有些段落好像亂彈，有些段落卻又分外用心，讓人想哭。

穿橘色短褲的麥可，裸露的雙腿顯現出肌肉線條，跑過的地方，揚起了沙塵。

果果跟在麥可後面跑著，短短的腿，長長的棕色身軀，尾巴高高立著，末端是一撮潔白的毛。

剛剛果果跳下搖椅時，一股震動，緊跟著一個悶悶的巨響，從遠方傳來。是戰車砲嗎？突然想起，上次遇到一位客家歌手，說他當兵時是神射手。

「但我第一次打，被打頭。」

「什麼意思？」

對方臉上揚起笑容，繼續說：「連長看我沒打中，就叫我再瞄一次給他看。我就瞄，結果，他馬上從我後腦勺打下去，罵：『我就知道！誰叫你這樣啦，眼鏡要拔掉，眼睛要貼上去。』像這樣。」

歌手摘下臉上的無框眼鏡，右手捲成一個圓筒狀，貼近自己的眼睛。

我看著他，心想，那些歌迷看過金獎歌王這樣子嗎？

「那個戰車的瞄準鏡，要整個貼上去，然後手再轉。」歌手瞇起一隻眼，舉起手在半空中比劃。

「你是戰車的射手喔？」

「對呀，戰車的射手。他們那時都找大專兵。」歌手把眼鏡戴回去。

「那要怎麼瞄？我的意思是，改變砲管方向。」

「它有兩個，上下轉，水平轉，這樣……」歌手兩隻手在半空畫圈，一個是垂直的，一個在下方，看起來很像在打電動遊戲，又像棒球啦啦隊的舞蹈。平常看似嚴肅的人，也有難得趣味的一面。

「我覺得，你演唱會可以帶大家跳這個舞啊！」

「真的喔？我也覺得現在演唱會可以輕鬆一點。我現在才知道，要講不正經的，也要功力耶！」歌手笑著說。

「對啦，要像陳董那樣。」

「對，我就是在向陳董學，噢，真的不簡單耶！」歌手講起陳董，臉上掩不住的笑容。

陳董是歌手的媽媽，今年已是七十好幾，除了有客家女性的堅忍，更常在生活中有驚人的笑語。

聽說有一次，陳董去黃昏市場買魚，魚販可能忙，沒有幫忙去掉魚鱗。陳董就在路旁，掏出隨身小刀，彎彎的半圓形、可以割香蕉的刀，蹲在路旁去魚鱗。

一位同村的鄰居，騎機車經過，好事搭話：「啊，你那支刀那麼小，不行啊！」蹲在地上的陳董略略抬頭，看到是平時就話多的男人鄰居，冷冷一笑，低頭繼續手上的動作，嘴裡說著：「這刀連人都可以殺，要不要試試看？」嚇得那多嘴的鄰人，話也不敢答，趕緊騎著機車落荒而逃。

陳董望著遠去的鄰人，微微一笑。我想像陳董身後的夕陽，把她的影子拉得老長，巨大得比村子還大。

我又岔題了，最近老是這樣。

當然知道是為什麼，但知道不代表就能改變啊。

回到眼前，追上麥可的果果，腳步不停，一下子就超越麥可，往那解放軍跑去。速度太快，我想阻止也來不及，與這世上多數的事一樣，我無能為力。

先躲起來觀察好了，周圍的遮蔽物有什麼？棕櫚樹？

我靠到棕櫚樹後，粗厚的樹幹，一圈又一圈。蹲低身子，地上還有些小樹叢，乾脆整個人趴下來。

無線電的雜訊聲傳來，「拐勾么拐勾么，拐勾兩。」中年男子的聲音，在無線電裡壓得平平的。

那一身迷彩男子，背對著我，放下手上的長形物。噢，那是班用機槍吧？他從褲子側邊拿出黑色對講機，朝著下方大喊：「回答！拐勾么回答啦！」語氣頗不耐煩。

麥可不知道什麼時候跑回來了，和我一起趴著。一隻食指伸直在嘴邊，示意我別出聲。

「拐勾兩回答，無目標蹤跡，over。」男性平板的聲音再度飄過來。背景的海浪聲，規律而均勻。

「抄收，感謝貴台，我看今日無搞頭啦，over。」迷彩男對著對講機說話，聲音大得不太自然，哪裡怪怪的。

突然一陣風吹，迷彩男頭上的寬邊迷彩帽被吹起。他伸手卻沒抓到，罵了句：「幹！」帽子就落在我和麥可前方五公尺左右的沙灘上。我也低聲，「看！」

怎麼辦，要離開嗎？

可是來不及，迷彩男已經走了過來。好消息是，至少他把長槍留在原地了。

我和麥可對望一眼，決定按兵不動，心裡暗自祈禱不要被發現。

砰！遠方戰車砲的發砲聲又響起。

巨大的聲響，我不自覺地抖了一下，碰到了躲藏的樹叢。迷彩男似乎也察覺到了，正在彎腰撿帽子的他從下方抬頭望，看向這邊。

Shit，我心裡大喊，當然是無聲的。怎麼辦？要去搶他留在原地的槍嗎？

好死不死，透過樹叢間的小縫隙，我和他對上了眼，怎麼那麼倒楣？我看向右手邊的麥可。麥可搖搖頭，似乎也沒有什麼好對策。

「喂，你在幹麼？」迷彩男發出聲音，我不知道要不要回答。

「喂！」他又喊了一次。「你啦，你在幹麼？」迷彩男沒什麼普通話口音。

奇怪，我為什麼要回答？我忽然想到，如果對方是解放軍，我才要問他在幹麼。

「沒幹麼，那你在幹麼？」

「我？我們在賞鳥啊！你沒幹麼，幹麼趴在那？」

賞鳥？所以他穿迷彩服，所以他說話沒口音，那長槍呢？我看向遠處，放在地上那長長的，現在怎麼看都像腳架。

噢，怎麼辦？好丟臉，我要怎麼解釋我趴在這呢？

「我嗎？我在做Plank啦！」我急中生智，不，應該說因為知道對方不是解放軍，所以整個放鬆，胡說八道了起來。

「什麼Play啦？」迷彩男，不，現在應該叫他賞鳥男，就像一位平凡的台灣大叔那樣回話。

「平板式，練核心肌肉的。」我幹麼還要趴著？趕緊起身，順手拍掉身上的一些草屑。

「平板式？是跟iPad一樣喔？」賞鳥男似乎仍在那話題中。

「你們在賞什麼鳥？」我轉移話題，但也是真的想知道。

「赤腹鷹啊，昨天鳥友說有看到。我們今天還沒看到。」

「哪裡可以看啊？」

「這邊就可以啊，它是國慶鳥，不過比灰鷲先南遷。體型小一點點，三十公分左右。」

「那灰鷲呢？」

「灰鷲就是灰面鵟鷹，可以到五十公分，翅膀打開有到一公尺喔。來，你看，這我去年拍的。」賞鳥男掏出手機，點沒兩下就找到，遞了過來。

一定是很常這樣向別人介紹吧，這時候看他一身迷彩服就沒那麼討人厭。接過手機時，我心裡想著。

手機螢幕裡，藍色的背景，一隻老鷹張開雙翅，眼神帥極了。麥可也把頭湊近螢幕，看完後稱許地點頭，「哇，好漂亮。」

當然，賞鳥男聽不到。

果果前腳搭在我腿上，伸長了身體，似乎也想看手機。我只好把手機螢幕稍稍朝下給她看。賞鳥男似乎覺得我動作怪怪的，可能怕手機掉在地上，一把搶了過去。

還好，果果已經看到了，開心地搖尾巴，前腳也回到地上。

果果看到了鳥，賞鳥男看不到果果。

「你要不要聽牠的叫聲？來。」賞鳥男再打開一個頁面，點了個檔案，一個長條如聲紋的錄音檔就開始播，是一短聲，再一長聲，尖尖的。

「這就是老鷹的叫聲？好好聽，也是你錄到的嗎？」我問。

「不是，這是……我看一下，日本的鳥友錄的，奄美大島，算是鹿兒島縣。」

「你不是說牠是國慶鳥，我以為是台灣的鳥？」

「牠是十月會過境台灣啦，冬天要避冬，之前在日本啊。」

「喔，原來是這樣。所以，你這網站是全世界的嗎？」

「對啦，全世界的鳥友都會用。」

我突然想起強納森・法蘭岑，興奮地說：「大哥，大哥，那你認識強納森・法蘭岑嗎？他也是賞鳥人喔，他在那個《地球盡頭的盡頭》有寫耶。」

賞鳥男似乎一臉茫然，我繼續講：「他都去世界各地賞鳥啊，很瘋的……」話一出口，我有點後悔，說強納森瘋，不也是在說眼前的賞鳥男瘋嗎？

沒想到對方不以為意，「就是啊，我們有些同好真的很瘋，拋棄妻子，四處去拍。你說他瘋，啊那些每天加班出差不回家在賺錢的，也是瘋的啊！有人愛錢，我們愛鳥啦，看你愛什麼。」

我懂他說的，但忍不住想回，「可是他們會說，他賺來錢是他的；你們賞鳥，鳥又不會變你的。」

「那個錢到處都有，都一樣；鳥不是到處有，而且都不一樣。我跟你講啦，等他死了，看錢是不是還是他的。我喔，看到的每隻鳥都是我的。我的記憶，我死的時候會帶走，我很滿足。他喔，賺的是遺產啦，要給別人的。」賞鳥男逕自說下去，說得頭頭是道，很有自己的一套哲學。

麥可在旁邊頻頻點頭，果果尾巴直立起來快速地擺動。

「哇，你好會說。」我忍不住稱讚他，雖然有點害怕這年紀男人慣有的自吹自擂，但賞鳥男確實講得有道理，只希望他接著別長篇大論起來。

「拐勾么拐勾么，拐勾兩。」他口袋裡的對講機又發出聲音，「拐勾兩回答。」賞鳥男拿出那機器回答。這次我看清楚了，那上面的廠牌是摩托羅拉，原來這牌子還在啊。

「是否……用餐？over。」對講機傳來的聲音慵懶無所謂，刻意拉長的語調，明顯是好朋友間說話的語氣。

「肯定，肯定。老地方見，over。」賞鳥男對著黑色方形機器笑，同時已經轉身，要走回去拿那黑色腳架，和地上一包黑色的器材袋。

「你們那個窩機好酷！」我真心誠意。

「老機器啦，老朋友喜歡，我就盡量配合。」他頭也不回地扛起那袋裝備和黑色腳架，沿著海灘旁的小徑，慢慢走。「再見，來玩的喔？好好玩啊！」聲音愈飄愈遠。

其實，他一身迷彩服在沙灘上很顯眼，簡直就是棵移動的樹。

我站在原地，看著他慢慢變小的身影。海浪來了又碎去，發出「刷——」的長聲，每一下聽起來都一樣，但也都不太一樣。

「好好玩，就好好玩。」我記得這是麥可常說的話。他總是說對事情對人要認真，認真對待就會有趣味，就會發現裡面好玩的地方。

麥可和果果就站在我旁邊，一起望著海，沒有說話。

把燈關上，就會聽見海浪聲。

彷彿海浪聲是用視覺操控的。

一一〇號房有兩張雙人床，我沒什麼好抱怨的，這是一個很好的房間。我睡靠落地窗的這張床，一躺下，就聽見窗外的浪。明明窗戶是關緊的，那浪卻是十二聲道的環繞音響。

晚上麥可通常不會出現，可能要給我私人空間吧，這我沒問過他，只是憑空猜測。一般來說見到他都是白天，當然，也可能是他覺得我那麼膽小，要是晚上出現，說不定我會怕。

麥可第一次出現，是在他過世之後。

那天早上，我太難過了，只好去跑步，一直跑，一邊哭一邊跑，跑了二十多公里，差不多是半馬。一邊跑一邊跟他說話，跑到後來，臉上的汗水和淚水都混在一起。

之後，我發現，只要我跑步時跟他聊天，他就會出現。當我去沒去過的地方、遇見沒見過的人，他往往也會在我身邊，簡直就像他還在世時一樣。我們總是一起去不同的地方玩，認識不同的、有趣的人。

麥可在我心中是很崇高的存在，雖然沒說出口，但我把他當作乾爹一般尊敬，並且深切地仰望。

他非常正直，幾乎不與他不認同的人打交道。別說同桌共飲，要講上一句話、見個面都可能會斷然拒絕。

但遇到他喜愛的人，又完全奉獻，百依百順。原本嚴肅的臉，還會嘴笑目笑，溫柔地細心對待。

過去被稱為黨外第一美男子的他，上過雜誌封面，還演過電影。知道的人都很驚訝，因為多數人認識的他，是拿著麥克風仗義執言，面對威權，站在最前面。還曾因當黨外雜誌的總編輯被監視，甚至以叛亂罪起訴，上了法庭。

這些事我都沒有經歷過，都是從一些媒體報導上讀到的。偶爾問他細節，他總是先淡淡微笑，然後說：「這也沒什麼，如果是你遇到，你也會站出來。」但我清楚知道，我應該沒辦法，一般人也沒辦法。

麥可和我同月同日生，八月十六日，也和瑪丹娜同一天。所以，我們三個總是一起過生日，只是瑪丹娜常常剛好有事，沒有辦法來，我們都會原諒她。畢竟，她比較忙一點，我們可以體諒。

我翻著從恆春紅氣球書屋買來的書，心裡一邊想著麥可。

你也會這樣嗎？一邊看書一邊想事情，文字進了腦子，成了種觸媒，幫助了想念。

紅氣球書屋的房子本身是白色的，到那邊時，會先看到外面一大片綠地和恆春古城牆，然後才在一排房子中看到一棟白色但點綴了一點紅的，非常顯眼特別。

房子外有個小小的庭院，舒服的草皮，和幾張白色桌椅，在那裡喝咖啡、吃冰淇淋、讀書，很舒服。

走進店內，書架上滿是店主人的選書。據說這是台灣最南的書店，當初店主人要出國讀電影前，和女友到恆春旅行，聽說鎮上最後一間書店要收起來了，一個衝動，就把原本要出國讀書的錢拿來開書店。

我就是因為想看這間書店，才開車一路到這的。

躺在白色的床上，聽著海浪聲，想著今天的事，眼皮慢慢變重。白噪音果然可以安定神經，我感到平靜。

最後看到的影像是，果果已經睡著了，在白色的床單上，身體的棕色明顯而深刻，已經變白的臉，上面兩條黑色線，是緊閉的眼。

3

在幾十公尺下的漆黑礦坑，充滿了危險，
唯一擋在死亡和人之間的，就是相思樹。
倘若相思樹擋不住的話，
便是天人永隔，只能相思。

相思樹
台灣原生種，原產於恆春半島。含羞草科，常綠喬木。森林火災或山坡崩塌發生後，相思樹種子能快速發芽生長，為造林的優良樹種。

昨晚兩點醒來，迷糊間想著耳朵裡的到底是什麼聲音，是時間的聲音嗎？那彷彿沙漏裡的沙子流瀉，再透過擴大機來到我耳邊的。究竟是什麼？好想把它轉小聲，但沒辦法，我找不到按鈕。

那是海浪聲呀。

當更深沉的黑降臨時，浪會變大聲，愈深愈大聲。

此刻，迴異於深夜，海浪聲不再是主旋律，退回為背景聲，輕輕柔柔。

我從包包裡拿出跑步短褲，彎腰穿上襪子，果果早就興奮地在房間裡來回奔跑，她意識到我要出去跑步了。

小庭院裡，有股清晨特有的氣味，你一定知道，有點清涼，有點乾淨，簡直像是為早起的人準備的美好，總之，就是晚一些就會消失的氣味。

我低下身子，仔細拉了左腳的後側大腿肌肉，接著換邊。果果已經等不及了，在小小的庭院裡，不斷繞圈。我總覺得，她好像有回春的感覺，彷彿回到兩歲的時候，那麼興奮開心，身體強健。

「果果，等一下啦。」我請她退後，才把小庭院的小鐵門打開，走出去。海浪聲大了一點，頭上的棕櫚樹，腳下平整的草地，讓人感到清新。

我轉轉脖子，點開手機裡的跑步App，「三二一，開始！」有點太興奮的女聲傳出。我對腿邊的果果說：「開始囉！」

昨天翻的書叫《我在跑步》，是說一個人到處亂跑的心情。我覺得不賴，可以試試。但該怎麼跑呢？我其實沒有想法，先順著海灘邊的水泥小徑跑，來回一段差不多一百公尺，實在不過癮。跳下水泥堤防，跑在鵝卵石堆上，腳掌不斷翻來轉去，很不習慣，但有種奇妙的新鮮感。而海浪聲很貼心的，打開更大的音量了，好舒服。

海平面上，風把海浪帶成一道道白線。遠處的沙灘上方，輕輕淡淡的，好像有人提著一片巨大的布幕，正要罩上灘頭。我想去看看，愈跑愈近，發現那是另一個海灣，一道用鉛筆隨手畫出的柔和曲線，也像是大波浪捲髮，躺在海與陸的交會。

若要過去，大概得先跑上外面的柏油路。

我左右張望，看到一條貌似廢棄的小徑。沿著小徑跑，經過無人使用的一排小屋，殘破的招牌，似乎以前是餐廳。透過骯髒的玻璃，可以看到裡面寫著美味的廣告字眼仍舊留著，在垃圾雜物之間，簡直就是我殘敗的人生翻版，一點也不美味。

出了小徑，迎面就是大馬路。早上的貨車奔馳著，可能因為車少，車速就快了。這樣跑步有點危險。

我看馬路的對面是座山，太陽正從山頂照下，光如同一塊黃色的布，掛在山坡上。還是去跑對面呢？至少可以看到來車，雖然離藍色的海就遠了，但至少還有綠色的山和自己的命。

我跑向最近的紅綠燈，呆立著，等那燈號變換。雖然一台車也沒有，但你就該等，與多數時候一樣，等候，常常是人做最多的事，但不等，什麼事都不能做。

總算到了馬路的另一邊，我開心地跑，對著腿邊的果果說：「真的開始了喔！」

結果跑了兩步，看到左邊草叢間，隱隱約約透出一些水泥色，是墳墓，愈來愈多，可能是當地人的墓地吧。

我心裡覺得怪怪的嗎？還好，我比較擔心果果會害怕，但一邊喘著一邊想，果果已經過世了啊，應該不會怕吧，更何況，我們只要尊重對方，不會打擾的，沒問題的。

果果在我腿邊，很開心的樣子。我拜託她靠路邊，避免被車碰到。雖然我也不知道她被車碰到會是如何，但我不想冒險，我太喜歡她了。

過了那片墓地，我繼續沿著省道旁跑，兩旁的山坡上有許多樹，是相思樹。有種說法，相思樹是恆春半島原產，在日本時代大量造林，現在台灣海拔一千公尺以下都見得到，變成低海拔的主要景觀植物，以前作為家庭用的木炭，有重要的經濟價值。所以，眼前的相思樹，是台灣其他相思樹的發源嗎？各位阿公阿媽好，我在心裡向它們問好。

相思樹的名字好美，可是為什麼，我覺得曾經在美術館裡看過相思樹呢？那到底是怎樣的情境？

我的記憶力模糊，不是一、兩天的事，最近變得更嚴重，可能太多想忘掉的事了。突然，麥可跑在我前面。本來沒有的啊，是我伸手擦臉上的汗，略微閉上眼睛的時候嗎？睜開眼時，汗水讓視線有點模糊，加上慷慨的陽光，麥可就出現在十公尺前。黃色的運動上衣，藍色的運動短褲，白色的頭髮，渾圓有智慧的頭。

我用力跑向前去，喘了一點，但可以接受。我從他身後喊，「麥可。」

他往左後方回頭看我，緊閉著嘴唇，但弧度朝上，嘴上修剪整齊的白色鬍子也跟著改變弧度。無框眼鏡下的眼睛充滿笑意，是我喜愛的麥可。

再往前兩步，就與麥可肩並肩地跑起來了，兩個人的步伐一致，連呼吸也調整到一樣的頻率，呼呼吸，呼呼吸，是種奇妙的和諧。

果果在我的左腳旁，矯健的姿態，張大嘴，伸長舌頭，快速地用她的短腿交換著前進。

實在太愉快了，左邊是綠色的山，右邊是藍色的海和天，金色的陽光從中間抹上一大片。

看著麥可，我突然想起來了，相思樹是在北美館看到的。

白色的空間裡，擺放在地上，一落相思樹幹。

那是一個以礦工為主題的畫展，我和麥可去看過。

那位前輩畫家，一輩子都在礦坑工作，於是他的畫多以身旁的礦工們為素材，裸露的上身，強健的肌肉線條，頭上戴著頭燈，全身只穿內褲，正舉著十字鎬，或使勁地把煤炭堆入台車裡，也有礦工群聚在洗澡的畫作。

據說，礦坑裡非常熱，也缺少水，所以這位畫家有時便用汗水來調墨，每幅畫作裡可能都有他的汗水。真正字面上的意思，揮灑汗水完成的鉅作。

那位畫家算是陳澄波的後輩，一樣到日本習畫，但家境不佳，是由地方上的仕紳支持贊助。學成回國後，畫畫無法立刻成為謀生工具，因家境需要，就也進到這仕紳的礦坑工作。雖然做的是文書相關，但身旁全是以勞力拚搏的礦工們，他也愛上了這股生命力，以肉體和大自然對抗的生命之美。

相思樹的材質較堅硬耐磨，當時大量地用在礦坑中，作為支撐坑道的主要用料。我們看礦坑裡頭一根根木頭架起，用的就是相思木。

記得那畫展的說明文字還提到，當時的礦坑簡陋無比，沒有安全保障，災難頻傳，往往一次坑道崩塌，就死上幾十人，許多家庭瞬間家破人亡。

我想像，在幾十公尺下的漆黑礦坑，充滿了危險，唯一擋在死亡和人之間的，就是相思樹。倘若相思樹擋不住的話，便是天人永隔，只能相思。

想到這，我看向麥可，他似乎也意識到我的目光，對我微微笑。

畫展現場擺放了好幾截相思樹幹，其中一支特別粗大，面向一道巨大的白牆。牆上黑色如煤炭的墨字，是一首由畫家寫的詩。

記得還有一件事，非常奇妙，當下覺得荒謬，但此刻我怎麼想不起來了。怎麼會這樣？我看向麥可，汗水浸溼了他白色的頭髮。白色的相反是黑色，黑色是煤炭，是畫作。我想起來了，對了，怎麼會忘記呢？那和麥可也有點遙遠的關係呀。

我向麥可開口：「麥可，你記得我們去北美館嗎？」

「記得啊，你想起來了？」他似乎也知道我心裡想的，臉上的微笑，慈祥裡有深意。

「你記得那個畫家，有畫我們老家安平的漁港？」

「有啊，是你先看到，叫我過去看。我後來站在那邊看很久。」

麥可和我都是安平出身，安平的漁港是畫家某次旅行時的繪畫素材。那幅畫，其實就是把我小時候慣常看到的景象給描繪出來。我看到的時候很興奮，好像自己的家鄉名字被超級搖滾樂團提到一樣，一種奇怪的與有榮焉。

「那你記得他上民生報頭版？」我問。

「當然，看，那真的是超級荒謬！」

「對啊，我每次想到上面的報導，我就想笑。」

「嘿啊，畫家當初看到自己的前輩陳澄波死得那麼慘，才終身躲在礦坑創作，卻因為美展得首獎，蔣經國來看展，還當面嘉勉，看，我不知道這些獨裁者在想什麼。」

麥可繼續說。

「看，那些獨裁者一定知道，知道畫家的背景，知道他去日本學畫，知道他的賢拜是陳澄波，知道他害怕威權，可是，硬要，硬上，要這個害羞古意的台灣人來面聖，只差沒叫他在畫展現場磕頭，看！」

麥可說得激動，最後一個「看」字，和著一個圓形的小白點飛出。是唾沫吧，是不小心的。麥可是個紳士，從不隨地吐痰。

「仔細想想，滿變態的。」

「看，你看，搞得畫家後來還要寫一封信，謝謝皇上，誠惶誠恐的，看。」以「看」開始，以「看」結尾，表示這事對麥可而言，真的很巨大。

「其實我不太懂，都已經政權無虞了，到底這樣欺壓一個藝術家有什麼意思？」

「那種心態很變態，權力者不時會有這種顯明的時刻，除了政治上的宣告，凸顯自己附庸風雅外，最要緊的是背後那種『因為我可以，所以我就要』的權力展現，那是人類最卑劣的惡行之一。」

「那你當時被起訴上法庭，面對這種威權體制，你不會怕嗎？」我好奇地問。

「會怕的，一定會怕的。我們是小個體，對方是大機器，你會被輾碎，你當然會恐懼。我站在那個法庭被告席，都覺得身體自己抖起來，無法控制。」

「那怎麼辦？」

「我跟你說，不怎麼辦，就站著，等它過去，等害怕過去。」

儘管談論著恐懼的經驗，麥可臉上卻是一種堅毅。

「害怕會過去，歷史會留下來。我真的很佩服你們那時候，那麼害怕卻還是去做。」我勉強說出。

麥可臉上一片平靜，海在他身後，白色浪花朵朵揚起。

「那也沒什麼，你遇到，你也會。」

一樣的話，我之前聽過，所以，我不知道這是來自我的記憶，還是麥可真的在這個奇幻的時間點說了，但那一點也不重要，不是嗎？如果我只是想要有他作陪，而他也真的陪伴著我在路上前行了，那不就好了？我到底還奢求什麼？

畫展牆上的文字寫著，那位畫家在被當權者眷顧後，可能深感不安，沒幾年便想方設法移民出國，去到太平洋的彼岸，住在洛杉磯。

但他太想念他成長的台灣了，於是每日傍晚都走到海邊，往西邊凝望，凝視著夕陽，凝視著大海，凝視著他回不去的故鄉。

當時有媒體到他的居所做採訪，為他拍了張照片。我記得，在畫展最後的角落，白色的牆上擺著那幅照片，美麗的夕陽正要落入海中。畫家背對鏡頭，碧藍的海，鮮橘太陽，透著巨大落寞的背影。

黃昏的故鄉。

完完全全就是那首歌。

眼前，相思樹蔓了整座山，綠意如此確實。我拚命喘著，海浪聲間只有我粗濁的呼吸聲，彷彿我的世界，除了呼吸，一點問題也沒有。

我只是相思。

4

「所以這棵老樹算是見證歷史的倖存者，
附近的樹當時可能都被焚毀了，
這些都是後來才又長出來的，
算是它的晚輩了。」

路往前延伸，我似乎也進入一種澄明，無意識地移動雙腿，眼前是藍色與綠色，加上一點柏油路的黑色。陽光下，我開始有種眩暈感，看不太清楚眼前景象，只是一些色塊和光的組合。

突然間，一聲極大的狗吠，把我從無意識中拉回現實。是隻黑狗，正站在一台藍色貨車的後車斗上，眼睛望著我，脖子上有鐵鍊，一旁還有些看不出是做什麼用的金屬機器。貨車

大葉欖仁樹

落葉喬木，單葉互生，穗狀花序。其核果表皮堅韌多纖維，只有赤腹松鼠的大門牙咬得動。

停靠在省道旁的路口，一旁地上有位老婆婆坐著，在等車嗎？似乎不是。往前兩步，我就發現老婆婆面前擺了一塊布，上頭有一些菜。再往前，另一台小貨車停著，掛著幾塊粉紅色的豬肉，肋骨鮮白如琴鍵。是個小市集吧？儘管只有兩攤。

這條路，似乎是往山的方向，一路向上而去。太陽正在山頭閃耀，依照我的習性，一定要去看看。我望向麥可，他也點點頭。

路是有坡度的，但並不令人痛苦，偏離常態的道路，讓人有種小小的叛逆感，往前不知道是什麼。

我正想著，答案就顯現了，是獅子國。

陽光燦爛，我沒有預期地碰見這巨大的門，宏偉屹立著，高達近十公尺，你得仰望，才能看到上面的物事。逆著陽光，一切成了剪影，從輪廓約略可看出前面是一位原住民勇士，全身著傳統服飾，手拿著長矛，英勇的站姿。抬頭看，是隻黑色的獅子，正朝外昂然而立。牌樓上還有個圓形的黃色水果，應該是芒果吧，或許是這地方的特產。

看不清楚勇士臉上的線條，卻可感受到一種肅穆，護衛著裡頭的國度。

有點猶豫，是不是要取得什麼形式的同意，才能踏進那國？

有種神祕的力量在鎮守著，就像幼時在書上看見埃及法老王的陵墓一般，讓人有一點畏懼，但又不太相同，這道大門明確地散發出一股氣息，但不是關於死亡，而是一種不同國家的生人界線，你得夠光明、能迎著光明，才能踏入。

往前一切光明，但太過光明，讓其中的物件，看起來都是黑。

會去到什麼地方嗎？

會有什麼不一樣嗎？

會不會穿過那大門，事情開始好轉呢？或者，麥可可以通過嗎？果果可以嗎？會不會因此消失呢？我該問他們嗎？問這樣的問題會不會太失禮？我腦袋一下子轉過幾個問題，都有些迷惑了。

突然聽到一個尖銳的聲音，從上而來，有點熟悉，是昨天在賞鳥男手機聽過的老鷹叫聲。抬頭看，在上頭繞圈的，應該是昨天講的，叫什麼，灰鷲嗎？就是灰面鵟鷹吧？牠巨大的翅膀完全張開，末端就像我們小時候畫的鳥一樣，鋸齒狀，好帥，不愧是猛禽，見到本尊又更加喜歡。

突然有種感覺，牠是在召喚我往前嗎？

我轉頭看向麥可，他也仰頭望著老鷹，「好漂亮好漂亮！」與平常一樣，毫不保留地讚嘆。是的，他總是這樣讚嘆，遇到好吃的東西，就會津津有味地讚美：「看！好好吃。」遇到有心的人，就會當面給予肯定：「真的好棒！」完全沒有傳統台灣人吝於讚美的習性。而且他的讚美總是真摯，甚至有種近乎孩童的純真感，完全不像個七旬老人。說起老，他一點也不老，我看過一堆四十歲的男人，那才叫老。

獅子國上空，灰面鵟鷹順著上升氣流盤旋，翅膀不必擺動，多麼輕易地凌駕一切，活得好漂亮啊。我決定依著召喚前進，看看會到哪裡去。要勇敢。

穿過那扇門，並沒有什麼特殊感覺，但再往前跑十步，牆上的圖騰就讓我充滿了力量，如太陽的獅子頭，簡單的紅黑白配色，彷彿要進到電影裡的瓦甘達黑豹王國哪。

不，我自己更正，這就是獅子國啊。

我和麥可都是獅子座。

所以，「我們是回國囉？」我隨口說出心裡的話，麥可聽到，轉頭笑笑，點點頭，繼續往前跑去。太好了，他沒有消失，我放下心來。

還是會喘的，因為是上坡路，迎面一台貨車從山上下來，探頭的是一位原民朋友，把手伸出窗外喊：「你跑上來喔，這麼強——」大大的笑意，牙齒雪白，開心極了。

我揮汗如雨，氣喘吁吁，講不出話，只能堆笑。錯身而過時，我心想，我認識的每個原民朋友，體能才強呢，根本都是真正的黑豹，不，獅子。

往上一公里左右，綠樹漸漸變成果園，應該是愛文芒果。一邊跑一邊想像獅子趴在那邊吃芒果，感覺好療癒。

突然，一隻黑豹衝出來，伴隨著怒吼聲，來勢凶猛，嚇得我往後一跳。黑豹一路從果園衝過來，咧嘴站在果園的邊界，幾乎要咬到我。仔細看，是隻台灣土狗，黑色的毛皮發亮，齒間透出怒吼聲，應該是我闖進了牠的守備範圍吧。

我停下腳步，但牠叫聲不歇。我看了一眼，或許是守土有責吧，多希望牠是軍犬，保護我們國家。想到這裡，我原地立正，向牠行舉手禮。黑狗持續地吠叫，彷彿對我回禮。

我揮揮手，繼續往上，陽光愈來愈刺眼，但遠遠的，我看到似乎有棵樹，特別地大，忍不住加快腳步向它跑去。

這棵樹好像有些年紀了，樹幹十分粗壯，旁邊的標示寫著「衙門神木」，枝葉往外擴散，如巨大的陽傘，庇蔭了當地的人們。樹的正前方是個小廣場，有個升旗台，磚造的台子上繪著更加複雜的獅子國圖騰，也更加顯露這地方的美學，是遠比漢人好上許多的。

Gimeng，過往是指日本的警察駐在所，在這裡曾經發生許多威權統治的惡事，當然，也有為了自由而反抗的故事。台灣這個島嶼，到處都有這樣的故事，叫我們自由之島，一點也不為過吧。

我在樹下和麥可對望，他點點頭，對這個沒有預期的文史景點感到滿意。他著迷於和台灣這塊土地有關的各種故事，還願意花時間查訪了解。我和他參加過好幾次島內散步，聽導覽老師深入淺出地講解，他總是專注，也會發問，返家後更寫成精采的遊記心得。

現在的我讀不到了，但我還可以和他繼續踏查。我是怎樣的幸運兒？

「這邊以前被美軍的燒夷彈攻擊過耶！」我拿出手機查資料，大聲念出，我知道麥可會有興趣。

「為什麼？」麥可挑動眉毛，略驚訝地問。

「二戰的後期，日軍集結在這裡，想要反攻南洋。美軍獲得情報，就派飛機來轟炸。」

麥可聽我說完點點頭。

「所以這棵老樹算是見證歷史的倖存者，附近的樹當時可能都被焚毀了，這些都是後來才又長出來的，算是它的晚輩了。」我望著滿山的綠意，想著這個島嶼還真多難題，「繼續喔！」等不及邁開步伐，想看前面的獅子國到底長什麼樣。

但我沒有如願。

最後的印象是，遠處，逆光的黑中，有個白色十字架。

醒來時，是在白色裡。白色的床單，白色的枕頭，白色的牆，白色的天花板。

「醒啦？」一位穿藍色診療服的小姐走近。

「不好意思，我一身汗，弄髒你們的床。」

「不會啦，我們會固定清洗。」她的輪廓很深邃，講話的聲音很溫暖。

「謝謝。」

「你以前會暈倒嗎？血壓有點低喔！」

「沒有，可能我跑步前沒有吃早餐。」

「你是跑上來的嗎？有一段路耶，要吃點東西嗎？啊，還是我幫你打葡萄糖？」

「沒關係，我去吃東西就好。」

「麵包好嗎？菠羅麵包可以嗎？」她立刻從旁邊的包包拿出來，遞到我面前。

我試著下床，頭已經不暈了，但身體軟軟的。

「沒關係，我再去買就好了，我記得剛剛有經過一個超商。」

「我就是從那裡買的啊，哇！那離這邊有五公里多耶，你真的跑過來啊？太厲害啦！」

這位小姐漾著巨大的笑容，有種巨大花朵開在臉上的錯覺。她的眼睛好大。

坐在床邊的我點點頭，心想這麼厲害還暈倒，我覺得很丟臉，不知道該怎麼回答。

「不好意思，請問我可以繼續去跑步嗎？」

「你還跑喔？」她驚訝地微笑。

「我跑回去而已，跑慢一點。」

「真的要跑慢一點，我看，你用走的好了。啊，算了，我剛好想喝咖啡，我載你去超商那邊，你需要吃東西。」

「不好意思，我自己回去就好。」

「不會啦，我這樣比較放心，不然你等一下又暈倒，送過來，我還要處理，或是你用跑的，我開車在旁邊看。」

我光想像那畫面就覺得可笑，回她：「你是說，像遛狗那樣嗎？」

「對，遛狗。」

走到門口，我才發現，那神木就在大門前。走出門口，看見牆上掛著個牌子，「文化健康站」，這應該是當地的一個據點。

「沒關係嗎？」她拿出鑰匙鎖門時，我輕聲問，怕關起來，有需要的人就沒得看診。

「沒關係，半小時後才開始，我是提早來的。」

跟著這位小姐往前走，在停車場裡，有輛白色休旅車。

第一次昏倒，頭還有點暈，我上了車後，猛然想起，「對了，可以幫我向送我來的人說謝謝嗎？」

「噢，好。你已經跟她說了。」

「什麼意思？」

「你躺在這個廣場上，我剛好經過。」

「啊，所以是你救了我，謝謝。」

我突然看到果果坐在車子後座，對我眨眼睛。「怎麼可以上人家車呢？」我想要阻止果果，但不行，我現在不能向她打招呼，否則這位小姐會嚇到。

「不知道怎麼稱呼您？」

「叫我林醫師就好。」

「你們是固定會來嗎？」

「算是啦，今天剛好我醫院那邊休假，就繞過來看看。你呢？應該不是當地人喔，來玩的嗎？」

「對啊，想說跑步一下，沒想到會暈倒，好糗。」

「沒有啦，我們這裡很熱，要注意補水啦。」

順著山路，兩邊都是翠綠，只有馬路是黑色的。陽光透過車窗灑入，在林醫師的藍色手術服上著色，一下子塗上金黃色，沒有光時又成為深藍色，還有樹木的線條。

一路往下開，我們開始看到眼前的大海。五分鐘後，就到了超商，而且旁邊剛好是我住的飯店。

「你要喝什麼？」我下車前，開口問醫生。

「不用麻煩啦，我自己買就好。」

「沒關係，有位醫生叫我要吃早餐，我要去買早餐，順便幫醫生買咖啡。」

她露出甜美的笑容，圓眼睛從車窗內望著我，「那熱美式就好。」

我趕緊轉身，小跑步進店內，聽到身後傳來：「先不要用跑的啦！」

三分鐘後，我又回到原位，手中的溫度很高，幾乎與太陽一樣。我把咖啡遞出，對著醫生說：「謝謝你，希望有機會再見。」

依照我的計畫，我們應該不會再見。

我的暈倒，是可以預期的，死亡也是。

我想漫無目的，好找到目的地。

其實，目的地已定。

5

草仔粿是什麼時候在吃的？

想了一下，是清明節。

為什麼我在看到與母親有關的訊息時會想吃？

真不吉利啊。

鼠麴草

菊科，一年生草本。將鼠麴草嫩葉磨碎，混合糯米粉，可製成美味可口的草仔粿。

母親正對著我。

我坐在病床尾，椅子靠著牆，腿上放著電腦。

她看著我，我看著她。她的臉上沒有表情，或者說，一如平日的嚴峻。

這幾年都是如此，沒有了笑容，有一種略帶氣憤的模樣。

我想著，我奔了三十年的喪。

從十七歲到現在，總是在衝急診。

每年都會從醫生手上接到病危通知，加上我父親的，已經有一大疊了。

粉紅色的，看起來很溫馨，小小張，薄薄的，卻很重。

拿過的人都知道。

母親身體狀況好的時候，就是靜靜地坐在那裡。

母親身體狀況不好的時候，也是靜靜躺在那裡。

我只能靜靜地走開，假裝沒什麼特別的事。

> 出院返回後，氧氣鼻導管1L/min使用，血氧濃度九三至九八%，期間曾嘗試移除，但血氧濃度會下降至八八%，回診醫師評估，建議先持續使用氧氣，近日再嘗試訓練移除。移除後血氧濃度低於九〇%，故持續鼻導管1L/min使用。
>
> 因評估仍有使用氧氣需求，欲詢問家屬租借或購買。
>
> 租借費用為一個月兩千五百元。

我的手機螢幕上出現一堆文字。

「不知道購買的費用是多少？」我快速地在手機上輸入。

詢價後再回覆您。

對方回覆了。

我突然嘴饞，好想吃草仔粿，為什麼？

草仔粿是什麼時候在吃的？想了一下，是清明節。

為什麼我在看到與母親有關的訊息時會想吃？真不吉利啊。

幾分鐘後，又有訊息進來。

您好：

製氧機部分，已詢問過廠商，一台費用約三萬兩千到三萬四千元，為飛利浦品牌，讓您參考，再麻煩回覆租借或購買，感謝您。

接在後面的是一堆英文，是個網址連結。

我趕緊回：「了解。那就租借，謝謝你們。」

可以做的都做了，但我心裡充滿了不安。

之前有本小說叫《林肯在中陰》，一堆莫名其妙的人講著話，我根本看不太懂，但大概可以理解他們就是困在陽間和陰間中間。雖然已經死去了，卻還沒到另一個世界去。

母親此刻是不是也算在中陰呢？

讓一個失智三十年，已經無法與世界交流的人繼續活著，根本就是把她鎖進監牢裡。然後，我是那個上鎖的人。

我怎麼那麼殘忍？

我被迫那麼殘忍。

6

我似乎一直還沒說到這次旅行的目的。

原本想留到最後再說，但這樣似乎不太公平。

這是我最後一趟旅行，

我在找適合的地點。

麥可過世後，我的母親病危。母親出院回到安養中心後一個月，果果癲癇，一個月後安樂死。

然後，我就壞去了。

跑步暈倒的隔天，我從地圖上發現附近有個國家森林，就開車去看看。

沿著海岸線開，經過一個高架橋，順著長長的弧線左轉，進入山裡的路。兩旁都是山，

白榕

也稱垂榕。樹幹平滑，呈灰白色。單葉互生，葉片為革質。其氣根是在熱帶中與其他物種競爭的利器。

翠綠色占滿我眼睛，金色的陽光也毫不客氣地閃耀著，感覺這裡的一切，就是那樣直接，不保留，沒有在含蓄的。

有所保留，算什麼東西？

有一個父親叫兒子幫忙拿計算機給他。

沒想到，兒子回了一句話，父親很生氣地給他一巴掌。

原來，兒子隨口回說：「你算什麼東西？」

我想起曾經聽到的笑話，自己笑了。

路很好開，開得順手，讓我幾乎錯過那個入口。其實路邊有個粉紅色的超商，就已經暗示這裡有個景點了，是我太大意，應該意識到那非自然的顏色。

沿著車道進去，右方有棟房屋，似乎是售票處，看起來好像童話裡的森林小屋，雖然仍是人造的，但至少沒有刻意用壓克力做成的霓虹招牌，張牙舞爪，恣意地要凸顯。小屋以石材和木質打造，貼近大地色系的安排，讓它融入環境，表現出基本的尊重。

我買了票，照著指示牌的方向，開到停車場。四面都是山，你得稍稍仰頭，才能讓視網膜完整承接所有的綠意。

不好意思，我似乎一直還沒說到這次旅行的目的。

原本想留到最後再說，但這樣似乎不太公平。

這是我最後一趟旅行，我在找適合的地點。

走到停車場邊緣，就有許多步道，沿山步道、白榕步道、瀑布步道。我看著地圖標示，選了白榕步道，只是因為名字裡有樹，聽起來好聽。

白榕應該是台灣很常見的樹木吧，以前高中時，學校裡到處都是榕樹，我被分配到的掃地區域老是一大堆樹葉，有些同學很氣，但我很喜歡。因為拿著大大的竹掃帚，掃起來很過癮，把整地的樹葉掃成一堆，裝進黑色塑膠袋，總覺得這件事是少數我可以做好的，很有成就感。

白榕步道的方向是往左，也和其他往右去的不一樣，正合我意，不想和其他遊客一起。走上了步道，發現有排灣族的遺址，龜甲屋，雖然只是低矮的石牆，可就是生活的痕跡。

往上爬階梯時，我想著，這以前應該是個家族吧，那一家人不知道生活快樂嗎？如今的子孫應該也分散到其他各處去了吧？

才想著家族，突然出現一個家族，在我頭頂上。

一開始是聽到一些聲音，後來覺得似乎有什麼目光，抬頭看，是隻小猴子，很小很小，大概只比我的手掌大一點，像絨毛玩具。隱約可以看到圓滾滾的眼睛發著光，正緊盯著我。我看著牠，動也不動的，不知為何感到一種彼此的理解，彷彿牠是我的家人。

忽然，右半部的樹葉動了起來，我才發現，有個身形大上數倍的猴子正在移動。牠剛剛也正看著我嗎？多麼厲害的偽裝啊。

大猴子往前爬，跳躍，到了另一根枝條上，但在陽光的照射下，牠的身體融入了一大塊的陰影。我無法精確地看出牠的動作，只見樹枝與樹葉一起擺動著，甚至有些地方被牠的體重給折彎。

緊跟著，更多樹枝連同樹葉一起動了，原來是整個家族，大約有五隻，就在我頭頂，一起動作著。

你能夠想像嗎？我仰著頭的景象。

那是一幅畫，由各種不同的綠色組成，但中間有許多小區塊，是深淺不一的黃色、咖啡色，不規則地排列著。然後這幅畫沒有預期地開始流動，彷彿液體，不，也許更像是冰川上的冰塊，緩緩移動的同時，因為陽光照射，各種顏色也會有所改變。一幅有生命的畫作，在我面前活了起來。

我潸然淚下，深深被眼前的家族活動，打動了。

視野裡，彷彿一道洪流，由右上往左下，激烈而緩慢地流過去。

奇妙的是，畫面的正中央，那隻小猴子始終緊盯著我，動也不動，彷彿是銀河的中心，星群都繞著牠，以牠為軸，旋轉著。我也跟著牠旋轉了。

這是怎樣奇幻的感覺啊。

我突然間不想走這步道了，因為我似乎已經抵達。

我一直站在那，小猴子也留在那，即使整個家族已經往前走，牠卻毫無畏懼，繼續注視著我。

時間似乎靜止了，雖然隨著風吹，某些綠色、黃色仍會緩緩地來回飄動，但那黑色的、小小的輪廓，卻始終不動。

還有，那微微發亮的圓眼珠，似乎繼續發出光線，把我給定住了。

我怎麼了？為什麼我覺得被理解了？我沒有被任何話語所碰觸，只是被一個不動的身影給安慰。

褲子口袋裡，手機震動著。我瞄了一眼，是「０２」開頭的電話，我不想接。

此刻的心裡，只覺得像件一直溼溼的雨衣，被從密閉的角落裡拿出來，在太陽下晒乾，並且折好。好到像剛買的一樣，還發出淡淡的香味。

我呆呆地站在那，環境裡其實是有聲音的，是風的聲音，嚴格說來，是風吹動樹葉的聲音，更像是海浪聲，一波一波，刷啊，刷啊。

我無法動彈，仰著脖子望，甚至也開始懷疑，會不會那個輪廓，並不是猴子，只是我的大腦欺騙了我，產生了錯覺；而那光，只是葉子間的光線而已。

彷彿在回應我的疑惑，小猴子動了。

那影子擺動了左手臂，搔了搔上面的圓，也許是接近頭部的地方，然後往視野的左上方快速移動，瞬間，就消逝不見了。

如夢，如電。

7

這次旅行，我也隨身帶著那短小的木頭鉛筆，
不時拿出來。
握著，就安心；
寫幾個字，就平靜。
這是花梨木的功勞吧？我這樣相信。

花梨木
具花香及陽剛木質特性，紋路密緻。製成的精油能幫助穩定中樞神經系統，有平衡收斂的效果。

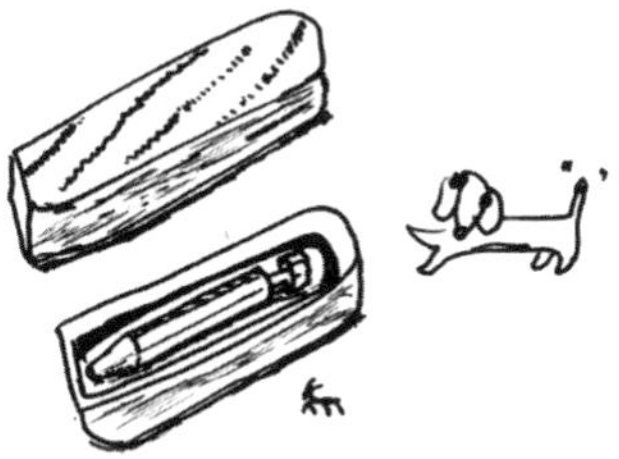

那天夜裡，我在海浪聲中入睡，做了夢。原本沒有要在這飯店多待的，但海浪聲似乎治好了我的失眠，就跑去和飯店櫃檯說要續住。對方沒多說什麼，只是在電腦螢幕上看著，彷彿這很平常。

「很多客人會續住嗎？」我問。

年輕的男生，也許二十出頭歲吧，還不善交際的年紀。他小小聲回：「有啊，都會多住，也有去年來，今年又來的，說很好睡。」

「真的很好睡，謝謝。」我說完，轉身要回房間。

他又叫住我，有點不好意思的樣子。

「其實，訂五天還有優惠哦。」

「沒關係，謝謝你告訴我，但我現在還沒有計畫。」我看他一臉羞怯，特地放慢語速、客氣地說。

「那，你可以去看看，那個十葉門……」年輕人的聲音小得可以，隔著口罩，幾乎聽不清楚。

「你說什麼？十葉……門？」

「十葉門。」年輕人再次重複。

「在哪裡？」

「在國家森林，很可愛，我很喜歡……」

幾乎是告白的語氣了，感覺再多說一句，他就會昏倒。我想趕快結束話題。

「我昨天有去，今天應該不會再去了。」

他一臉失望，吐出一句：「好，真的很可愛，在溪邊。」

我沒有繼續，回了句謝謝。今天可能比較適合待在房間。

但總不能一直在飯店睡覺吧。

我拿起一本小說，是去高雄的三餘書店買的。

一直很喜歡三餘書店，從門口爬上小階梯，推開上頭以手寫字裝飾的玻璃門，迎面就有許多議題可以思考，還有大量的詩集。我甚至在角落找到一支木做的小鉛筆，短短的自動鉛筆，質感非常溫潤，摸一摸後，我放回架上。聽店員說，製作鉛筆的設計師就在書店樓上，感覺好神祕，我想像著，一位不世出的神祕人物，只在書店打烊後才露面的模樣。

我也記得，在另一個夜裡，我爬上那狹長的樓梯，兩旁白色的牆壁，彷彿大腦中細胞的隧道，帶人進到另一個思考空間。那回，我聽的是《煙囪之島》的講座，下樓後，我買下這本書，還買了一本小說，以及那支用木頭做的六角形自動鉛筆，我很喜歡。

這次旅行，我也隨身帶著那短小的木頭鉛筆，不時拿出來。握著，就安心；寫幾個字，就平靜。這是花梨木的功勞吧？我這樣相信。

打開冰箱，把杯子拿出來，隨手倒了一杯蘇維儂白葡萄酒，澳洲的南部酒莊，有濃郁的礦物味。捧著書，我爬進了剛放好水的浴缸。

水完全包覆著我，充滿了安全感。我印象中有人是在浴缸裡睡覺的，說和媽媽的子宮一樣，原來是這種感覺。

那本在三餘書店買的小說非常好看，是一位女作家寫的，一個雙線敘事的故事。一位富商離奇地失蹤，但奇幻的事早就開始。他不斷把自己的東西給出去，把價值驚人的藝術品一件件送人，在律師的反對下，不斷贈與財產，最後，家人發現他失去蹤影。

我邊看邊想，這不也是我嗎？只差沒那麼有錢而已。

我喝了一大口冰涼的白葡萄酒，然後把整個頭埋進水裡。睜開眼睛，往水面看，這就是深水炸彈的視角吧，我把自己做成了一杯深水炸彈。

想要吐泡泡，忽然意識到自己嘴裡還有酒，趕緊吞下，才開始吐泡泡。據說自由潛水是最危險的運動第二名，僅次於高樓跳傘。

我在浴缸裡自由潛水。

可能是酒精的關係，我再醒來，已經是下午了。不知道什麼時候，自己跑到床上。潔白的床單，和窗外少數的白雲一樣。我爬起來，坐著看了幾分鐘，決定去跑步。

要跑步就要快，不是跑得快，是快穿上鞋子。因為在你真的穿上鞋子前，大約有一萬個念頭會衝出來阻止你，而且每個都十分合理，充滿難以抗拒的吸引力。

我其實還想繼續睡，但把一天睡過去，似乎太可惜。

今天的路線不太一樣，沿著海邊一條小棧道，海浪就在我的眼前，山在路的另一邊，可以看到海岸順著山做出可愛的曲線。路邊幾乎沒有太多人工建築，實在很享受，是世界級的馬拉松景點。

我一邊跑，一邊想要跑到哪。雖然毫無計畫，但總不想浪費。心裡思索著，腳也沒停，眼睛望著路牌，要一路向南，還是轉彎往東去呢？

啊，突然想到，櫃檯說「十葉門」很好看，不然就跑去那邊好了，反正昨天是開車去的，今天換個方式看風景。

順著路標往左轉，眼前景象與昨天透過車窗玻璃看到的截然不同，更飽和的綠色，更大聲的蟲鳴灌滿了我的耳道，宛如手指滑動切換到下一張專輯，輕易地從海聲變山音了。

突然，有車子按喇叭，在對向車道，可是周圍沒有別的車，只有我一人。是想怎樣，很煩耶，討厭這種有喇叭不按就會死的人。

叭，對方又按一次。我心裡有氣，但眼見那車子愈開愈慢，幾乎要停下來。

不知道車上有幾個人，帶什麼樣的武器，球棒？高爾夫球桿？還是西瓜刀？沒辦法處理的話，大概只能往樹林跑了。反正真的要跑，應該不至於跑輸對方才是，最怕的是對方有人數優勢，被他們抓住圍毆，就麻煩了，一定要把握機會，想辦法脫身，最好是一擊脫離，速戰速決。

再看一下周圍環境，右邊路旁有一道山溝，跳過去，就可以跑進樹林裡。

車子愈靠愈近，看來是針對我沒錯了。我眼角瞄到，在路旁和山溝間，有一截掉落的枝幹，長度比球棒略長些，馬上彎腰撿起。至少第一擊手不會痛，也能嚇阻對方。

拿在右手，握著甩了兩下，車子卻在我面前停下。

完全沒有嚇阻作用啊，傷腦筋。來者不善，善者不來，只好硬著頭皮面對了。

白色的休旅車，可以坐五個人。兩個我勉強有機會，三個的話就有很高的風險了。

手上的應該是相思樹的枝幹，堅硬耐磨。不知道為何，我想起之前去畫展讀到的介紹文字。相思樹你要撐住，別讓我打第一個人就斷掉啊。
腎上腺素的分泌，似乎開始影響全身，我可以看到周圍變化的細節，比平常更加靈敏。
我把枝幹舉起，打算車門一開，馬上揮棒，先聲奪人。
車門沒開，倒是駕駛座的車窗慢慢降下。我緊盯著，準備好接收對方噴出的髒話。
是渾圓黑色的頭部，我開始覺得不妙，不是我原本預期的小平頭，出現愈多，我愈覺得糟，那是往後綁的包頭呀，看見額頭時，我直覺想把手上的東西丟掉，接著看到細長的眉毛，就更確定了，是女性，然後看見眼睛，我必須努力壓抑自己轉身就跑的衝動，太羞恥了，肌肉放鬆下來，臉卻熱了起來，是小學時在全班面前被老師責罵的那種羞愧感。
是昨天照顧我的那位林醫師。
我現在反而有種快昏倒的感覺，或者說，我寧可現在是昏倒的狀態。
「哈囉，跑步啊？」醫師的聲音爽朗，好似和鄰居閒話家常。
「噢，對呀。」一時之間，我不知道回什麼好。
出現了尷尬的停頓，蟲鳴聲好大，我希望再大一些，好掩飾我的羞愧。
「你那根木頭，看起來不錯。」醫師努了努下巴，朝我的右手點了一下。
我遲疑了一會兒，想了一個說法：「對呀，想說可以拿來當棍子，趕蛇。」
「對啦，山上蛇多，要小心。你要跑去哪？」
「國家森林那邊。」
「喔，雙流啊，我剛經過，要不要載你？」

「不用啦，你應該要忙，而且不順路。」我窘迫到想趕快結束這對話。

「不會啦，我今天下班了，該看的病人都看過了，那邊我很久沒去。來，上車。」

不知不覺，我移動了腳步，雖然也還在一種詭異的心情裡。繞到車後方，再走到副駕駛座。拉開車門時，一種不舒服的感覺從我身後攫住我。我抓著門，停了一下，等待那暈眩感過去。

醫師似乎發現了，從駕駛座側身看向我，臉上緊張的神情。

「你還好嗎？」她問。

我沒辦法回答，想舉手示意沒事，卻發現自己右手還拿著那截相思木。

我在想念誰呀？我問自己。

8

謎底在那裡揭曉了。

我走向前，看到那門口，

整個站住，大笑。

食蟹獴

又稱棕簑貓、膨尾狸。頭部細長，頭側有白色鬃毛，嘴突出，身體呈紡錘狀，體毛和尾毛長而膨鬆，質地粗硬。

變成一起跑步。

我都是一個人跑步，從來沒有兩個人跑過。林醫師擔心我，看我一副還是想要用跑的，她乾脆把車停到路旁，陪我跑。

我才發現，林醫師本來就穿著跑鞋，而且應該也是個跑者。她跑起來十分輕鬆，呼吸很順暢。

「你平常有在跑步？」我問了一件本來就知道的事，但朋友告訴我，這就叫聊天。

「有啊。」

醫師的回話，帶著自信的語氣。我點點頭，陽光從林蔭間灑落，光線鮮黃，披在身上，我們都成了小金人，站在頒獎典禮上。

我的心情愉快，原來有人作伴的感覺是這樣。

金黃色……我想起那天遇到的事。

在速食店裡，吃很飽的我，想去上廁所。站在那裡等著，看了一下手機。

一旁是丟棄垃圾的地方，有人端著托盤，我眼角餘光可以看到他一樣一樣分類，朝垃圾桶丟著垃圾。

突然，覺得怪怪的，但一下子說不上來哪裡怪。

一開始，並不知道是什麼。

到底哪裡奇怪啊？

終於，我看出來了。

那個人丟得有點久，就算托盤上堆滿東西，而且得依照廚餘、塑膠、垃圾等分類，還是久了些。

我仔細看，發現那人把手伸往標記著廚餘的桶子，用左手掀開上面的鐵製蓋子，右手伸長，但動作是如同倒帶般。

不是丟垃圾，是在拿垃圾。

他的手從桶子裡縮回來時，手上是有東西的。縮回來的手在托盤上放下東西後，又再伸手到那桶內。和我們平常的動作相反方向地進行著，讓我感覺有點混亂。

我看到他的托盤已經有數樣東西了，再加上這一樣。他的左手放下那菜渣桶的鐵蓋，右手開始在托盤上排列整理，隨著他的動作，我把目光轉到他的托盤上，有塊雞翅，比較多肉的那邊已經是骨頭了，剩下的是細細的那側，上面還裹著金黃色的炸粉。

金黃色。

透過他的手臂和身體的夾縫，我只能微微看到，他似乎正在把那些食物殘渣擺整齊。看起來還有些白色的包裝紙，也許是吃剩的漢堡吧。有條理地一樣樣排列，感覺十分仔細。

突然，他轉身。我趕緊低頭，假裝在看手機。他往我走來，是位大約四十多歲的男子，穿著深藍色的外套，裡頭是件淺色休閒上衣，下身是黑色西裝褲。

與我擦身而過時，瞄到他的托盤，那似乎就是一個套餐，像我剛剛點的一樣，是完整的一餐。

他往我身後走，我等了一會兒，才轉身看。

他坐在窗邊，背對著我。陽光從窗外灑下，他的身影成了剪影，頭髮閃耀著光芒，兩手撐起如三角形。

我的視網膜，停留著金黃色，那塊被他人吃剩的炸雞翅。

此刻，我又想起那塊金黃色。

我考慮了一下，喘著氣，邊跑邊和醫師說。她的眼神變得不同，似乎銳利起來，但不發一語，只是認真聆聽。

我說我考慮要給那先生幾百元，讓他可以好好吃一餐時，醫生左邊的眉毛微微揚起。

我繼續說著，仔細想，這樣似乎太冒昧，甚至有點冒犯，於是作罷。

她點點頭，回我：「我覺得這樣比較好。」講完之後，沒有繼續說話。

感覺上，她似乎知道這情況，但沒有多說些什麼。我們繼續往前跑，我調整著呼吸，也調整著情緒，一會兒就到了那國家森林。

我想起了飯店櫃檯人員講的，趕緊問醫師：「你知道十葉門嗎？」

「十葉門？」醫師一臉困惑。

「我聽說的，不知道是不是排灣族遺跡？說在森林裡面。」

「十葉門，我沒聽過耶。」

「聽說很漂亮哦！」雖然不知道為什麼，我得意地炫耀，醫師也給我一個大微笑。

在門口付了門票，想要問工作人員十葉門的位置，但又覺得都拿了導覽地圖，自己找就好了。

我走在前頭，攤開地圖，邊走邊看，但愈看愈奇怪，找不到十葉門。

我停了下來，醫師問我：「怎麼了？」

「我找不到十葉門。」

「嗯？」

「這名字有種日本感，會不會是日本時代留下來的遺跡？」

「不知道耶，要不要問人看看？」醫師提議著。

我看了一下周圍，剛好都沒有人。「那我們往裡面走看看，說不定會遇到。」

醫師點點頭。

過了停車場，繼續往前，就接近步道入口。我看到左邊有個建築物，心想那邊或許有工作人員，就往那去，沒想到，「十葉門」的謎底在那裡揭曉了。

我走向前，看到那門口，整個站住，大笑。醫師在一旁，看著我，一開始不明就裡，後來發現了，也跟著大笑。

巨大的導覽圖上畫著一隻可愛的動物，有點像小隻的狸貓，毛澎澎的，大大的文字寫著「食蟹獴」。

確實與那櫃檯男孩說的一樣，很可愛，只是，我聽錯了，誤以為是個景點。

我一直笑一直笑，笑到停不下來。

好久沒有這樣笑了，我真的好久好久沒有笑了，彷彿已經忘記笑的肌肉該如何使用，卻再度撿到說明書，就想一直用一直用。

彎著腰，汗溼的衣服貼著我的背，我大口吸氣，大聲地笑，眼角可以看到四面環繞的綠意，溪流在腳前方幾十公尺處流動著。

昨天也來到這附近，同樣的我，同樣的地方，此刻的我卻笑到無法控制。自從麥可和果果離開後，我幾乎沒有笑過，現在是要一次笑完嗎？

笑到後來有點累，也瞄到醫師擔心的表情，但我止不住。

「你還好嗎？」她把手放在我的背上，「來，試著停下來，慢慢呼吸，不要急。」

我依舊換氣過度，喘得要命，感覺很開心，但又有點害怕。

「你想一想會讓你平靜的事情，也許畫面，或者音樂……不要急，慢慢來。」醫師的聲音很平穩，我在自己的笑聲間隔中，模模糊糊地聽到。

想著果果在地上，仰著頭望著我的樣子。黑色渾圓的大眼睛，目不轉睛地看著我，而且頭偏一邊，好像聽得懂。我的一切心事都在她的眼裡，慢慢旋轉，緩緩溶解，如同砂糖化在黑咖啡裡。

我腦子裡響起了邁爾士·戴維斯和約翰·柯川的音樂，《Kind Of Blue》那張專輯裡，有一首叫〈Blue In Green〉，柯川的薩克斯風流暢但不炫技，戴維斯的小號平緩安定，帶動著比爾·艾文斯的鋼琴鍵音，一顆一顆的落下，心房似乎被緩緩地按摩。

呼吸緩了下來。也許是幻聽，山間好像還聽得到我笑起來的回聲。

9

散落的果實，攫住我目光。
我總說那是果果，
與我想念的狗同名。

小西氏石櫟
台灣特有種，常綠小喬木，幹皮灰褐色，小枝纖細。葉片為革質，油亮，長橢圓形。

眼前的溪在說話，流過的白色花，一朵一朵盛開。我的腳在水上面，盪呀盪。

醫師看著我，我看著水，慢慢地把過去幾個月的事向她說。她不發一語，頂多是說句：

「不要急，慢慢來。」

我說了麥可的離世，我說了果果的離開。

我的聲音有時候被水聲蓋過，有時候被風聲帶走，有時候可能是樹葉的沙沙聲，我懷疑猴子家族也都在偷聽，我心裡希望牠們也喜歡，雖然不是多好的故事。

我講起果果陪伴我十六年時，醫師點點頭。我講起果果最後躺在銀色的手術台上時，我好難過好難過，無法想像留她自己孤零零地躺在那裡。我總是抱著她離開醫院的，不是嗎？為什麼這一次不行呢？

我的眼前仍舊是那個畫面，她的背影，側躺在台上，背對著我，就像平常睡著在沙發上，但通常只要聽到我進門的聲響，她就會抬起頭來望著我。

我的眼淚自己流下來，像溪流在臉上。

果果的背上有一撮白毛，就在正中央，整個咖啡色的背上，那麼顯眼。每次滴除蚤藥，我總是滴在那個地方，彷彿那是一個中心，我的世界中心。

獸醫師問我要不要把果果的毛留下來，不知道為什麼，我立刻回說不用，接著又問獸醫要把那個毛留下來，會怎麼做。

臉上已經是滿滿的淚水了，擦也擦不乾。

獸醫彷彿視而不見，平靜地對我說：「我可以用剃的，幫你把毛留下來，有的人會當作紀念。」

我點點頭說不用，我想要保持果果的完整性。

但過了五分鐘，又改變了主意。

獸醫拿起電動剪毛器，我到現在都很聽得到那電剪的聲音。我扶起果果，讓獸醫比較好處理。果果的身體還是溫溫的，雖然眼睛已經閉上。

果果是聽著小女孩的歌聲走的。

「果果有個小眉毛，小眉毛有個毛毛毛……」我按了重複播放，整個手術室都是這個奇怪的歌聲。

我向獸醫道歉：「不好意思，要讓你聽這個奇怪的歌，這是果果的好朋友要唱給果果聽的，希望可以陪果果到最後。」

獸醫點點頭，說沒關係。

我的手機放著奇怪的音樂，我的眼淚奇怪地止不住，我明明不想要果果看到我哭。

以前我只要哭，果果就會過來，舔掉我的眼淚，並且趴在我旁邊。望著我，彷彿她知道我一切的憂傷。

這是第一次我在她面前哭，她沒有舔我的眼淚。

因為我的眼淚是從她身上流出來的。

對著溪水，我一直說一直說，一次都沒有轉頭看醫師的表情，我怕她看到我在哭。

說完果果的最後，醫師沒有回話，只有點點頭。

天色漸漸暗去，石頭從灰轉深灰，翠綠的樹漸漸成了深綠，溪水的光影被拿走許多，但還是看得見，唯一沒變的是聲音，不，樹林裡的聲音好像變大了，風吹動樹枝的沙沙聲，還有不同音高的蟲鳴，我依稀聽到貓頭鷹也在裡頭，咕咕，咕咕，還有竹雞嗎？如同台語的雞狗拐雞狗拐，簡直是喧鬧了。我從來沒有意識過樹林裡的聲音可以那麼大聲，為什麼書裡都用寂靜形容森林呢？明明就比小學生的班級還吵。

一旁地上有幾顆果實，應該是小西氏石櫟吧，那果實的長相，就是龍貓送給小女孩的那樣，有油亮的外層和凹凸的保護殼。會瞬間長成大樹。

我在哪裡呢？我在那座森林裡嗎？我會攀上樹，並且看到遠處的想念的人嗎？散落的果實，攫住我目光。我總說那是果果，與我想念的狗同名。

醫師的臉變成剪影，她壓低聲音說：「食蟹獴來了。」

「啊？」沒有心理準備的我，不太了解這句話的意思。

「那邊。」

醫師往她的右前方指，我什麼也沒看到，只有溪水緩緩流著，水變成黑色了。

我轉過去，瞇著眼睛仔細看，隱隱約約，只看到溪水和石頭間的草叢。

醫師伸長手臂，更用力地指了那方向，甚至略略轉動我的頭，調整我的視線，動作簡直像在檢查病人。

我看過去，草微微地動。在石頭的陰影裡，好像還有個陰影。灰灰的一片，那輪廓有點像竹掃帚，但又不太清楚。

習慣了黑暗，我慢慢地看出來了。一個直角三角形，尖角緩緩地在地上鑽看、動著，真的很可愛，低著頭在覓食的樣子，和一隻中型犬差不多。

「很療癒吧，牠應該是在找小魚或者溪裡的小螃蟹。」醫師小小聲，可能是怕打擾到那隻食蟹獴。

我點點頭，醫生的聲音在我耳際傳來，帶著點溫度：「之前有位生態老師帶我看過，非常可愛。牠們是保育類動物，也是環境生態指標，有牠們的地方表示環境的狀態還不錯。」

我突然發現，食蟹獴長得很像果果。

雖然，就長相而言，完全不一樣，但那種存在的感覺，帶給我很接近的印象。愈看愈覺得，彷彿是果果正在我的沙發上低著頭，用鼻子嗅聞著，來來回回。那樣的無害、無心機，是一種我可愛、我大方的態度。我想，牠們都靜靜地可愛著，讓這個世界好看一點點。

「我想，也許是你的狗召喚食蟹獴來的吧。你知道，可愛的事物，牠們彼此認識。」醫師不知為何突然說出這句話。

聽到這句話，我的眼淚就流下來了。

使勁地點點頭，在心裡向果果謝謝。

食蟹獴在水邊低頭覓食，仔細看，似乎有找到小魚還是什麼，牠用鼻子和前腿擺弄著，好像一場現代舞表演，用肢體述說一段故事。看的人或許無法一眼就懂，但經過一段時間後，似乎又好像懂了點什麼。

我的心情就是這樣。

一種被理解的感覺，儘管我還不理解世界為什麼會這樣，但我已經先被理解了。

噢，我只是遇到糟糕的事情，不是我糟糕。

夜色裡，我不動，心好像在月光下晾乾了，眼淚也慢慢地和皮膚上的汗一樣，平靜地蒸發了。

10

黑色的T恤上頭印了字。
我開心地掏出錢包，買了一件，
這是我今天最有創造力的事吧，
很自然的，沒有勉強。

隔天，我驅車往北開，想去個國小。
我原本想要環島的，但是想去的地方突然冒出來，而且是反方向。
「怎麼辦呢？」我問麥可。
麥可笑而不答。
我好掙扎。

樂團T

棉製品。以樂符提煉而成，覆蓋於身體表面時，能感受到奇妙力量，提醒自身。

「折返感覺好像很笨喔？」

麥可看著遠處，沒有回答，手輕輕地在果果的背上摸著，果果好像很舒服。

「我應該會被笑吧？什麼環島，哪有人環島又開回去的？」我自顧自地說：「做什麼都失敗，做什麼都半途而廢……」

「我就是魯蛇！」我喊得很大聲，原本舒服到閉著眼的果果，好像被我的聲音嚇到，睜開了眼睛。

「其實……」麥可的聲音很輕，「誰會笑你？大家並不知道你在環島啊！再說，大家又是誰？」

對，根本沒有人知道我要旅行。雖然折返看起來有點不聰明，但總比不能去做自己想做的事好。

「這輩子我都被教說直線距離最近，但我的問題是，我沒有想去的地方啊，沒人規定我要環島，也沒人規定環島就不能折返啊，我想去看看嘛！」

「那就去啊。」麥可輕描淡寫。

「我是折返跑的專家！」我大喊。

「折返跑的專家！」麥可也跟著振臂高呼，彷彿選舉場中的加油手，拿著麥克風，以手勢意氣風發地帶領著全場觀眾吶喊。

所以，我就開了快一個小時的車程北上，開在從沒開過的省道，電話響起時，我直覺接起，但幾乎是在反應的同時就後悔了，是「０２」開頭的。

「你好，這裡是醫院。」是低沉的女聲，接著確認了我名字。我心裡很想說我不是那個人，但嘴巴竟不聽使喚地答了是，這是多少年訓練成的被動反應？

「您這週一應該要回診的，醫師請我這邊聯絡你。」

「不好意思，我在忙。」

「可是您的狀況，自己知道嗎？」

「喔，我不在台北。」我答非所問，希望這對話可以趕快結束。

「那您哪時候會回台北？」

「我暫時不知道。」我講這句話的時候覺得很白痴，暫時不知道，等一下會知道嗎？

「好，醫師提醒您儘快回來討論處理的方式。」

「謝謝。」我心裡想的是，我沒有說好，就不算說謊。

「盡快喔，不能拖的。」那深沉女聲最後的交代，有點像老師提醒一定要寫作業，不寫會怎樣？不寫會死掉。

麥可看著車窗外面，假裝沒有聽到這段對話。

果果看著綠色的田，假裝沒有聽到這段對話。

我開著車，假裝沒有聽到這段對話。

好不容易抵達了，國小對面是農會，我看路邊沒劃線，就停在農會前。學校門口有年長的志工拿著交管棒指揮著，好讓行人安全過馬路。

我打開車門時，門邊擺的書掉了，這是我在桃園晴耕雨讀書店買的，布考斯基的詩集。後來我甚至買到原文版，是他一九七四到一九七七年的作品選集，我喜歡他寫的〈Alone With Everybody〉，簡直就是我。

晴耕雨讀書店位在一大片農田中間，簡直就像霍爾的移動城堡，寬闊的稻田中，安靜地站立著一位書店，想來就覺得十分奇幻但又充滿溫暖，讓人不時地想再回去，買書或看書。窗外的風光，讓人打從心底感到閒適。

那書店，幾乎就像是詩在這世界的位置。

同時你也會覺得，有詩的世界比沒有詩的世界好。

我把詩集撿起來，怕被人發現似地快速塞到車門邊。明明沒人看我，我也假裝沒事。關上車門，朝路旁拿交管指揮棒的志工走過去。

遠遠地點頭，老先生臉上的皺紋很深，久經日晒的皮膚，讓他的牙齒顯得特別白。

路上都沒車。

不，應該說，要過好一段時間才會有一台車，只是車速都很快。

因為沒有車，所以開很快。台灣的鄉間晚上大概都是如此。這是人性嗎？在沒人的地方違法，有一種法外之徒的快感，好像那樣的不守規矩可以賺到額外的一些什麼，儘管根本沒什麼。

我只是想說，現在我要過這馬路，有那麼點危險。

每次看到跑步的人闖紅燈，就覺得深具哲學意義。那是充滿悖論的行為，到底是想要活還是想要死呀？

不過現在輪到我了，想要結束自己生命的人，怕危險，感覺有點怪怪的，但事實就是這樣，誰都怕危險，或者說，害怕死得很愚蠢吧？

噢，我說出口了嗎？

對，我一直想結束我自己的生命。

我不認為那是自殺，雖然我也不大知道，自殺和我要結束自己生命的差別，但總之，不一樣。

我一直在找地方，一個適合結束自己生命的地方。

今天還不是那一天。

今天我想看演唱會。

光亮的農會，是一種日光燈特有的白，在周圍樹木的黑暗中，十分突出。門口堆著許多紙箱，凌亂的秩序，高度的實用主義。仔細看，大致就是衛生紙和飲料。我想進去逛，往門口走兩步，又沒了興致。

最近，常常臨時起意的，感到沒意思。

去到一半的路上，就只想放棄。

我站在那用水泥鋪的小小斜坡，轉過身，背對著農會，看向對面的國小。

老先生認真地盯著要過馬路的行人，手上拿著發出橘紅光的棒子，有點像鹹蛋超人。

我經過老先生，走斑馬線，頭上的閃紅燈毫無作用。發明這個的人，一定不知道人們只會因為紅燈而停下來，閃著的紅燈就變成霓虹燈了，而沒有被撞的行人，大都是理解閃紅燈意義的倖存者。

這個國小的名字，從來只會讓我想到豬腳。這是我貧乏的鄉土知識，有點糟糕。穿過了弧形的小門，走進校園，迎面的小穿堂，兩側被許多小攤位擺滿。右邊是賣樂團T恤的，黑色的T恤上頭印了字。我開心地掏出錢包，買了一件，這是我今天最有創造力的事吧，很自然的，沒有勉強。

拆開包裝，急著想換上。憑我對國小的格局猜測，廁所應該會在角落吧。我經過許多小攤，看到正中央的草地上已經擺滿了椅子，繼續沿走廊繞行，一隻黑狗過來聞了我，我把手背伸出，靠近牠的鼻子打招呼，彷彿我們是舊識。黑狗甩了兩下尾巴，以一種爵士樂慢板的速度，輕盈地離我而去。

我繼續往前，視線搜尋著。「歹勢，借過一下。」我轉頭看，是剛剛在校門口指揮交通的老人，他的台語道地，嗓音低沉，帶著菸酒嗓的沙沙粗礫感，如果唱英語歌，應該就是李歐納．柯恩了。

我側身讓他過，突然起了個念頭，想看他要去哪裡。

我一邊往前走，一邊想著自己怎麼忽然成了跟蹤狂，而且是跟著七十多歲的台語版李歐納·柯恩？在夜裡的國小，有種強烈的不真實感，但我仍然小心翼翼地跟著李阿伯的腳步。之前有位醫師叫我趕快去做一直想做但沒做過的事，不知道當跟蹤狂合不合乎醫師的建議。

白牆上有隻灰色的飛蛾，牠擺動翅膀，影子也隨之振盪，但在我眼裡有時間差，好像是影子先動，牠才跟著動，會這樣嗎？

阿伯走進廁所了，我像個新入行的偵探，守在外頭，看著飛蛾隨影子而動。影子也許有時候也可以成為領導者吧，我心想。

「你說什麼領導者？」很低的聲音從我的左邊傳來，我趕緊轉頭看，是阿伯。

「啊？」我只發得出這聲音。我又把心裡想的話說出口了嗎？不，我沒有。

「你說影子可以成為領導者喔？」阿伯的聲音好像是從臉上的皺紋發出的，我只能看著那道皺紋和聲音同步，動呀動的。

我嚇得說不出話來，而阿伯下一句才更讓我害怕。

不知道為什麼，我想起那本詩集的名字，《愛是來自地獄的狗》。

11

「那他為什麼要穿橘色雨鞋啊？」

他們都不回答，所以我大聲地問。

「在沒有光線的地方，橘色是最顯眼的。」

阿伯的聲音像是被砂紙磨過。

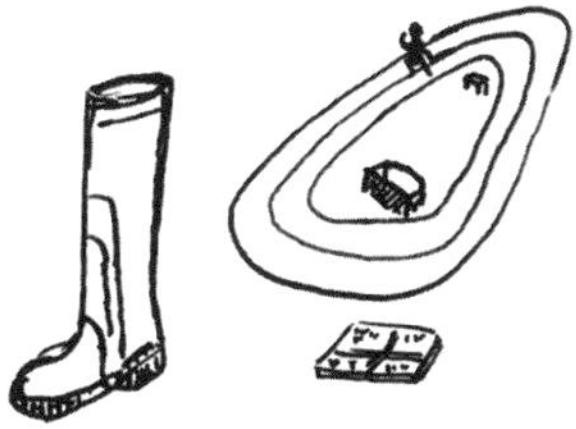

二〇七型下田鞋

PVC，橘色。鞋面亮面，防水，耐磨，止滑，尺寸十至十二號，並以半號計。腳板較寬厚者，建議尺寸拿大一號較合適。人的左右腳皆有大小腳，請依較大的那隻腳為主。

「你昨天不是有看我吃飯？」聲音像李歐納・柯恩的阿伯說，好有磁性。

昨天？昨天，我只有跑步，遇到林醫師，應該沒有看人吃飯呀。

阿伯一臉神祕，彷彿每條皺紋都在笑，突然說：「那要不要看我跑步呀？」

他彎腰，從牆角拿起一雙橘色的塑膠雨鞋，套在雙腳上。等等，哪裡怪怪的，我看了一會兒，發現他似乎沒有脫掉原本的鞋子。不過，我居然也想不起來，他原本穿什麼鞋子？我真的有看到嗎？

還在想的時候，阿伯又彎腰拿起另一雙橘色塑膠雨鞋，我正想著他要拿另一雙做什麼時，他已經把鞋子套上了雙手。

我感到混亂。

阿伯對我一笑，轉身背對我，往走廊外去。漆黑中，是尋常的小學操場。

接著，阿伯跑操場，四肢著地。

我望著黑暗中的那灰色身軀，以一種輕快不喘的節奏，咻咻地繞著操場，逆時針方向。在微弱的光線裡，我可以清楚看到那四隻橘色的鞋，規律地落地揚起，落地揚起，一下子，阿伯來到我面前，靠近我的時候，咧嘴笑，口中的白牙雪亮，在夜色裡顯得高雅。

突然，在我面前，阿伯舉起他的右手。不知為何，我也舉起了右手，我就和塑膠雨鞋的鞋底擊掌。

阿伯和我擊掌後，又繼續往前奔跑。背對我的身影，一下子就去到遠處。我的目光被他的動作吸引，一直緊跟著。

「真是愛運動的老頭呀！」一旁傳出聲音，我轉頭看右邊，沒有人，再看向左邊，是麥可。他動動眉毛，兩手一攤，一副不是他說的樣子。

對，應該不是他說的，因為是女聲。

麥可用眼神示意，要我往下看。果果趴在我腳邊。

「昨天你不是有看他吃飯？」

聲音是果果發出的嗎？我想著。

「你會說話？」我問了，帶著遲疑，朝著果果的方向。

「你會說話，為什麼覺得我不會？而且，嚴格說起來，每隻狗都會，只是要不要跟你說而已。」真的是果果發出的聲音！嘴巴動的同時，聲音傳出來，有點像小時候看過的動物電影，會用嘴巴開合對嘴的那種。有點詭異。

果果的聲音是有點低沉的嗓音，大概類似雷光夏。

我實在太驚訝，忍不住追問：「那以前我對你說話，你怎麼都不回答我？還有，我昨天沒有跟誰吃飯啊，你和那個阿伯為什麼一直說我跟他吃飯了？」

不知道為什麼，我並不感到害怕。

「要是被你知道我會說話，應該對你我都不太好吧，你仔細想想。然後，我是說，你看對方吃飯，不是你跟對方吃飯。」果果的狗嘴開闔著。我感到一股暈眩，因為我想起來，昨天我看誰吃飯了。

「他是食蟹獴？」我問。

「是。」果果的聲音低沉，但有一種權威感。

「食蟹獴為什麼要穿橘色雨鞋跑步？」混亂的我實在好奇，問了好瘋的問題。

「那你為什麼要跑步？」果果反問我，仰著的角度。

一旁的麥可饒有興味地看我，似乎想看我怎麼回答。

「運動健康啊，減壓。」我脫口而出。

果果點點頭。

「你的意思是食蟹獴也需要運動減壓，需要健康嗎？」

果果點點頭。

「不是啊！第一個，你怎麼知道他是食蟹獴？第二個，為什麼食蟹獴需要運動減壓？他壓力很大嗎？還有，你為什麼會說話？」我氣急敗壞，把心裡的疑問倒出來。

「我剛剛就說，你知道我會說話後，一定會一直跟我說話。」果果一個字一個字地說，似乎有那麼點不耐煩。

「我的問題很合理呀！為什麼他是食蟹獴？為什麼他要運動？為什麼你會說話？這些都是正常人會有的疑問吧！」

「說話只是聲帶振動而已，那也沒什麼。重點是說了什麼，也就是意念。」果果說。

「意念？」

「大腦是很奇妙的。」

「什麼意思啦？」

「這樣說好了。你知道我腦裡有腫瘤。」

「我知道，最後，醫師是這樣判斷的，所以你才會癲癇發作，還有後來，不能動……」

我有點講不下去，想起果果臨終時安樂死的樣子。

「但其實沒有人看到那個腫瘤吧？」果果說。

「對，因為醫生說要照電腦斷層，照了之後，也不能怎樣，不能動手術，就叫我們不要照了。」

「是啊，很多事知道了又不能怎樣。還有，你無法確定你真的知道了。」

「這又是什麼意思？」

果果舉起左前腳，指操場上那灰色的身影：「我說他是食蟹獴，你怎麼知道他不是？」

「我可以問他啊！」我理直氣壯。

「好呀，那你等等可以問他，但記得，他喜歡人家有禮貌。」

「食蟹獴喜歡人家有禮貌……你要不要聽看看你在說什麼？」我雖然怕果果會消失，但還是忍不住吐槽。

「食蟹獴喜歡人家有禮貌。我再說一次，沒有問題。」果果的語氣，彷彿律師在法庭攻防時的堅定。

麥可還是一臉笑，聽我和果果鬥嘴，表情欣慰，好像在看孫子瞎鬧打架。

「那你為什麼說他需要運動減壓？」我繼續追問。

「那你為什麼需要運動減壓？」

「我壓力很大啊！」

「他可能也是。」果果一副理所當然。

「最好是，我是說如果，如果他是食蟹獴的話，他會有什麼壓力？」

「他是保育類動物。」

突然，我好像懂了些什麼。是這樣嗎？

「每個物種都有生存壓力的，不要以為只有人比較了不起。」果果淡淡地說。

「我不會覺得人比較了不起啦，我常覺得人比較煩人，不，是煩世界，只有人會破壞環境。」我回答。

麥可認同地點點頭。

我突然想到，為什麼我不問麥可，他從不說謊。

「麥可，阿伯是食蟹獴嗎？」

麥可點點頭，看來就是了。雖然還不太能接受，但我不禁想，難怪阿伯穿灰色衣服，昨天看到的食蟹獴也是灰色的毛。

「可是，食蟹獴長得很可愛耶！」我略略抗議。

果果突然插話：「阿伯不可愛嗎？」

「不是，我的意思是，食蟹獴看起來很年輕可愛，沒想到，是個老人。」

說完我就後悔了，因為果果以年齡來看，也是條老狗，不，是老婆婆了。

果然，果果即刻回：「那你覺得我不可愛嗎？」

「不是，我的意思是，從人類的角度看，動物好像都很可愛，因此沒有想到年齡的問題……」我突然喉頭一陣緊。

「你當然很可愛，你是世界上最可愛的。」我說的時候，眼淚已經要流出來了。

一直專注在和果果說話，等我抬頭看，灰衣阿伯已經不見蹤影。微弱的光源下，我試著仔細找，但周圍都是樹叢，看不清楚。

「那個阿伯呢？」我問。

麥可聳聳肩，表示不知道。

果果也沒回答。

「那他為什麼要穿橘色雨鞋啊？」他們都不回答，所以我大聲地問。

突然，傳來李歐納．柯恩的聲音：「比較安全啊。」

聲音來自我後方，我回頭，那位灰衣阿伯，正坐在走廊的磨石子地上，要脫橘色雨鞋。遠處舞台的燈光，有幾道流瀉過來。黑暗中，橘色的鞋很搶眼。

「在沒有光線的地方，橘色是最顯眼的。」阿伯的聲音像是被砂紙磨過。

確實，我有幾件跑步衣是橘色的，但我不知道是這個原因。

「你不知道，我們有幾個是被路上的車給撞到的，那個叫路殺……」

一時之間，我也不知道要回什麼。要如何回答一個穿雨鞋跑步的食蟹獴關於野生動物路殺的問題？答案當然是，我們這些人類真的很煩。

灰衣阿伯把雨鞋擺在牆邊，站起身，對麥可和果果點點頭。

「那我先回去了。」一樣粗糙的嗓音。阿伯走向遠處的樹叢，我望著他，他的灰衣有點模糊，幾步後，慢慢地看不見了。

「他要回去哪裡？」我真的很驚訝。

「他家吧，你總不會認為他家在國小裡吧？」果果回我。

「你本來就認識他嗎？」

「是你很想見到他的。」

「什麼？」

「是你很想見到他吧？」果果跟我說。

我回想，昨天確實很想見到食蟹獴，但說不過去，難道是因為我想見到食蟹獴，所以召喚了他嗎？

「你的意思是，因為我想見到食蟹獴，所以，他才出現的嗎？」我問。

果果大大的眼睛看著我，後方舞台傳來電吉他的聲音，緊跟著，爵士鼓的節奏響起，演唱會開始了。

我在電吉他聲中，用力大喊：「那，我也很想見到你們啊！」

巨大的音樂聲裡，果果和麥可沒有說話，卻都轉向我，靜靜地看著我。

我覺得臉上有些液體流下，我沒有理會，沒有擦它。

因為黑暗中，橘色才會顯眼。

悲傷不是。

12

小小的花朵，在黑暗裡，刺目。
討厭，什麼姿態，
自以為光明的模樣，愈暗愈亮嗎？
我心裡埋怨，小小聲，怕被花聽見。

燈稱花
冬青科，冬青屬，多生長在野徑旁，落葉灌木。春開小白花，花冠白色，花梗纖細。

「每個人都叫我要活在當下，怎麼沒有人說可以死在當下？」我這樣問。
果果沒有回答。
「你腦子裡有腫瘤，我腦子裡也有。我們是遺傳嗎？寵物有，主人也有。」我故意胡說，以為可以改變什麼。
「你說過，你是寵物，我是主人。」果果回答的聲音很低沉。我忍不住笑出來。

果果沒說錯，我因為知道果果可以說話，就拚命對她說，搞到她似乎覺得有點煩。

那天的表演，很令人感動。

一群八十多歲的老人上台，唱著他們小學時候的歌曲，等於是七十年前左右的歌了，主持人說，他們是回頭花時間查訪找尋而來的。

主持人也是當地的文史工作者，說他小時候看父親和一些同學，都已經是老人了，每次喝了酒，仍唱歌跳舞。旁邊的人都不知道他們在唱什麼歌，跳的舞又是什麼。有的村民還覺得他們很吵鬧，喝醉了，亂七八糟，莫名其妙。

他本來也覺得煩，後來有了歲數，就想知道答案。有文史研究背景的他，開始追問，訪談那些被稱為地方耆老的人們。慢慢了解到，那些歌應該是當時的日本公學校教的，於是起了個念頭，想要讓這些老人們再次上台唱一遍，那是一種追想，是一種記憶。

事情不太順利，因為年代久遠，他找到了一些舊照片，一些拼湊起來的詞，但曲子本身，倒是有些佚失了。

怎麼辦呢？

巧合的是，二十多年前，有個年輕人開始想用自己的音樂改變世界，曾經以社區巡迴的形式，在各個鄉鎮，簡單到接近克難地演唱。有一次，這位文史工作者，正好在年輕人演唱結束時過來關心，後來還開車送年輕人回家。

沒想到，多年後，年輕人成了歌王，還組了樂隊。

成名二十多年後，歌王想要回到初衷，於是辦了巡迴演唱，回到當初表演過的幾個小地方，又找上了這位文史工作者，聽聞了尋找七十年前的曲子的事。樂隊裡剛好有從日本來的音樂家，請地方耆老們隨口哼唱，那不成調的，經由音樂家的巧手，竟重新拼湊成曲了。

他們命名為「萬巒音頭」。

我站在舞台燈光照不到的角落，聽主持人講這段故事。才剛七點，已經淚流滿面。怎麼可能不流淚呢？當你看著滿頭銀髮、臉上的都是時間洪流痕跡的一群老人站在台上，以他們的聲音獻唱七十年前的歌曲。

在我右後方的教室走廊，冰涼的磨石子地板上，一個大約兩歲的孩子，理著短短的頭髮，有時臉貼地，有時仰躺，四腳朝天，正在用身上的肌膚來吸取土地精華。在我眼前，差距八十年左右的生命，都正在做自己的事，自在的事。

那我呢？

麥可和果果好像去逛攤位了，我看麥可在一個獨立書店的攤前，認真地讀著好像叫《採集人的野帳》的書。果果立在冰淇淋攤前，抬頭仰望，不知道是因為天氣熱還是冰淇淋氣味誘人，伸長的舌頭，幾乎要掉到地板上。

接著，上台的是當年那位年輕人組的樂隊。

電吉他的聲線激昂，那可是亞洲非常厲害的日本吉他手呀，技巧高超，演出投入，是很多吉他手的偶像。爵士鼓聲急促，演奏者也是金曲獎的常客。而手指快速在琴鍵上舞動的鍵盤手，就是那位編出佚失曲子的日本音樂家。我在心中默默向他致謝。

我左右轉頭，好奇當地居民的反應。只見所有人都打扮輕鬆，居家的T恤短褲，一張張專注的臉龐。有些叔叔伯伯一邊抓癢，一邊目不轉睛；媽媽環抱著幼稚園年紀的女孩，在女孩耳際輕輕地跟著唱，緩緩搖擺，實在好美。

隨著我不專心的張望，還看到一個奇妙的景象。

舞台的側面，一棟國小教室的紅色磚牆上，燈光照著，竟然剛好有主唱和吉他手鮮明的剪影。隨著主唱的口部張合，聲音流洩出來，實在是太奇妙了，我感到一種藝術的神聖性。

這應該不是現場舞台燈光組的刻意設計，但簡直是皮影戲的民謠演唱。

我看得入神，不知道什麼時候，麥可也來到我身旁，與我看一樣的方向。

「哇，真棒！」麥可的聲音透出興奮。

「怎麼會那麼巧啦？」我讚嘆。

「應該是老天爺設計的，答謝這個年輕人。」

我看到麥可隨著音樂節拍擺動頭顱，表情十分沉醉。

我想起，上回在國家音樂廳的第一排。

那是在疫情期間極少數的爵士音樂會，演奏的曲目是邁爾士．戴維斯，由台灣厲害的小號手領軍。依照慣例，我馬上把這消息告訴麥可，並問說是不是由我來買票。

沒想到，麥可說他有敬老票可以買，還傳來他選的座位給我看。

我立刻買了他旁邊的座位。從沒坐過那個位子耶，興奮極了。

演出當天，那個位置可以清楚看到樂手的手指、吹奏的嘴型，還可以超近距離地看到表演者在樂聲裡的表情，是那麼自在，無憂無慮。

中場休息時，我向麥可道謝，問他要不要喝場外正在賣的白酒。

「謝什麼？不是你找我們來聽的嗎？」他一臉驚訝。

「可是，是你挑的好位子啊。」我回。

他有點害羞地笑：「我不知道我買的位子是哪裡，只是隨便點一點而已。」

我大笑著走出廳外，想去買一杯好酒謝謝他。沒想到，眼前長長的人龍，從賣酒的攤位一路延伸過來。我看了一眼，只好作罷。

現在想，還是覺得可惜，我太容易放棄了，對每件事。

要是知道，幾個月後就沒機會再請麥可喝酒，我一定會排隊的，不論前面的人有多少。

我點開手機上的購票系統，想搞清楚音樂會是哪一天。發現是八月一號，晚上七點。

噢，所以，不是幾個月後，而是就在那音樂會的一個多月後，麥可離開我。

我看到日期，立刻就哭出來了。

淚眼模糊裡，讀到當初主辦單位寫的文案，「向爵士小號手邁爾士·戴維斯致敬！」

和麥可聽過幾場音樂會呢？好多好多場，但總覺得不夠，我還想繼續和他聽下去啊。

好難受，眼淚掉下來，我趕緊擦掉，又怕被旁邊站著聽音樂的麥可發現。

他知道我剛才在查我們聽的音樂會時間嗎？我不知道。我不想讓他知道。

麥可的身體朝著前方，眼睛看著牆上樂手的身影，伸手到我旁邊，拍拍我抖著的肩。

我慢慢冷靜下來，在音樂裡，專心地大哭。

是惆悵吧，或是單純的心情低落。總之突然有種噁心感，從腳底如藤蔓長上來，攀著小腿，一圈一圈的，繞過骨盆，纏過腰際，經過肝臟，勒住腎臟。我得在它扣住肺臟前，移動，奔跑。我得跑！

我離開舞台所在的校園中庭，跑出學校大門。以不至於看來太過驚慌的速度，從三三兩兩聚在一起說話人群間穿出。

往右邊去，在不知道往哪邊去的時候。

夜裡，常見的棕櫚樹枝葉尖銳，不甚友善，彷彿想刺傷人。

前面是難以辨識的陰影，隱約看出厚重線條，走近可以看到，是一座有些年分的石砌大門。及膝的蔓草間有塊告示，說日本時代即有這國小，是當時西式建築風格下的產物。

我感到好奇，半是無聊，走向那高約兩層樓的大門，愈是走近，愈能看到細節。裝飾的花紋典雅，伸手去摸，可以感受到表面的粗糙，磨擦皮膚留下淡淡痛楚。痛有種安心感，奇異的，在這空無一人的地方，讓人感覺到被接納。

「仔細盤點，仔細感受。」醫生當初對我這樣說時，我覺得，如屁，風吹就將散去。現在卻常不自覺這樣做。

只是我已經沒有機會跟醫生道謝了。

「為什麼？」果果突然出聲。

不知道她什麼時候出現的，我也無意回答，只好假裝沒聽到，並作勢在觀察門的細節。

白色的石材，如同西方神殿的模樣，就算在黑暗中，也有股難以忽視的壓迫感。不過，一時又說不上來，似乎有些突兀。

我想了想，這種似曾相識，是小叮噹的任意門。

一座看似宏偉的門，孤伶伶地立在那，毫無作用，不需要經過這門才能到另一邊去，因為沒有牆，那一邊就是這一邊，沒有一邊一國，根本只有同一邊。

門是假的，沒有意義。

「你覺得這個門沒有意義？」果果又在問我話了。

「看，你可不可以先不要說話？」我忍不住吼，在夜裡的蟲鳴中。

「你不是很想跟我說話？現在又不要了？」果果的嗓音，泡過威士忌。

「我不想討論沒意義的事。」我回。

「你是不是覺得醫生也沒意義？所以讓她再也不能跟你說話？」果果質問我。

「我沒有做什麼奇怪的事。」我小聲地說。

但果果並沒有放過我，「那她現在在哪裡？」

「她在哪裡不關我的事。」我靠近那座大而無當的門，試圖擺脫果果。

「你腦子裡的東西也不關你的事嗎？」果果的語氣嚴厲起來。

「你腦子裡也有長東西啊！」我試著反駁，雖然攻擊果果對事情沒有什麼好處，但我只想得到這個。

「我長是沒辦法，因為我老了，那叫衰老病變。你還那麼年輕！」果果回我。

「年輕就活該嗎？」

「什麼活該？」

「抗癌就是受罪，我不想受罪。」我鼓足勇氣，說完的時候，覺得自己消氣了，像個完全乾癟的破氣球，掛在樹枝上，被風吹動，醜得格格不入。

果果靜默了起來，風吹動樹葉，樹葉發出聲音，擋在我們之間。

一旁小徑裡，穿插著幾株燈稱花，小小的花朵，在黑暗裡，刺目。討厭，什麼姿態，自以為光明的模樣，愈暗愈亮嗎？我心裡埋怨，小小聲，怕被花聽見。

我慢慢走向前，那座石造的門，厚實地在黑暗中矗立著，彷彿羅丹雕塑的地獄之門。

「你如果過了那扇門，我就幫不了你。」果果嚴厲的語氣，透著不安。

「什麼意思？」

「我知道你很想跨過那條線，但那不是你過得去的，應該說，你過去就完了。」

「可是，我很想念你和麥可。」我不滿地念著，抓了抓被蚊子咬的地方。

「你要是過去後，卻發現我們不在那邊，你應該會後悔。」果果說。

「那你們在那邊嗎？」

我的腳登上了門的階梯，第一階很穩當，也許過去日本的達官貴人就是從這裡下車，踩上這塊土地的。

「我不知道如果你到了那邊，我們是不是就會見到面。很多東西不是這樣設計的。」果果幾乎已經是憤怒的語氣了。

「什麼東西不是這樣設計的？」

「失去。」

果果講完後就消失了。

黑暗中，我在門前面大叫，最後變成大哭。

還好，音樂聲很大，我看起來比較像是在深呼吸而已。

我沒想到最後會變成這樣。

多數的事都一樣，我都是沒想到的那個。

我拿起手機，先傳訊息過去。對方回可以，我趕緊坐好，按下視訊按鍵。

「謝謝幫忙。」畫面晃動著，我道謝，有一種在對天上的神明道謝的感覺，因為是對畫面外的護理人員說。我從來沒看到對方的臉，只看過她的手指，偶然地進到螢幕裡。

「不會。」對方的聲音傳來，有種疲憊中硬是打起精神的感覺。

畫面穩定下來，應該是手機被放置在一個媽媽可以看到的位置。媽媽的臉占滿了整個螢幕，衣物厚重，幾乎和我的心一樣。

「媽媽——」

我的聲音爽朗，好像有什麼開心事，但明明沒有，聽起來超不真實。

畫面裡，我媽望著我，不，應該說，似乎望著我。她的表情帶著困惑，不明白我為什麼要對她大呼小叫。

「媽媽，今天很好吧？有什麼開心的事嗎？」

母親望著我，突然，緩緩擺頭，看向鏡頭外，不再正眼瞧我。

我想到，母親後來有老花，打俄羅斯方塊時要戴老花眼鏡，但此刻她沒有戴，所以可能看不清我是誰。而且就算戴上眼鏡，母親也不是那麼想看吧。

她已經好久沒跟我說話了。

我感到尷尬，思索著字眼，一下子患了失語症。

「你那邊天氣怎麼樣？」我找到一個話題，但說出口的同時，就後悔了。在機構裡，天氣如何，根本毫無意義，因為媽媽不會出去。

我又想到食物，要聊最近吃到什麼好吃的嗎？可是，媽媽的鼻子上裝著鼻胃管，她只有被灌進不同牛奶，沒有經過嘴巴，所以舌頭無法嘗到任何味道。

我這樣的言不及義，要是在過去，母親一定會說，「吵鬧」。而此刻，她默然，或者，漠視我。

我鼓足勇氣，想到一個可以談的話題，「我今天去聽人家唱歌，唱得很好聽耶……」

媽媽依舊沒有看我，我有點講不下去，也不知道媽媽看過演唱會嗎？我完全沒有印象。她四十五歲車禍前的人生，似乎只有照顧我們，完全沒有娛樂。她總是板著臉，似乎在忍受著生命裡的苦惱，並且勝過它們。

噢不，我想起來了，車禍後，媽媽變得愛笑，和以前完全不同，總是與人聊天，總是為了一件小事情而開心。

那麼，母親是什麼時候，開始不笑的呢？我想不起來，是這五年嗎？是這開始不說話的五年嗎？

為什麼我連這麼簡單的問題都答不出來？

我算什麼孩子？

13

那棉被是客家花布，
花色不同，非常好看。
有深紅、粉紅，也有黃色，
折成花時，就像朱槿一般。

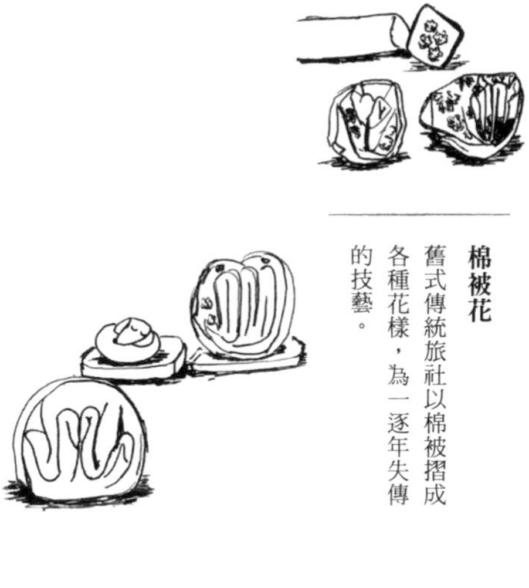

棉被花
舊式傳統旅社以棉被摺成各種花樣，為一逐年失傳的技藝。

苗栗是存在高速公路綠色標誌上兩個白色的字，知道有這個地方，卻那麼少去，比一些外國的城市，如東京、洛杉磯還少去。開車的路上，愈想愈覺得自己奇怪，為什麼這個島上那麼多地方沒有去過，卻總是急著往國外去呢？

想到有一次，朋友說要去露營，在苗栗的山上，不過下大雨，就取消了。後來，我在報上看到，不少露營區是不合法的，業者沒有專業規劃，造成不少山坡地水土保持的問題，創造的排泄物和廢水更汙染環境。於是朋友要再約時，就有點意興闌珊。

喜歡自然而去親近自然，但助長非法還破壞了自然，感覺很怪。

我以為自己沒有去苗栗的理由，不過今天很想去一個地方，是間獨立書店。

原本南下的環島不只折返，還愈來愈北。怎麼會這樣？我好掙扎，可是想去的地方不去，會不會更浪費？浪費人生？

我一邊念自己，一邊開車上高速公路，一邊聽音樂。三張專輯後，就到苗栗了。

只浪費了三張專輯的時間。

不，我多聽到了三張專輯。分別是Tom Misch的《Geography》、The National的《First Two Pages of Frankenstein》，還有麥克．米勒的《Circles》。

前兩張是疫情期間做的音樂，最後一張是死掉後做的。

受到家屬拜託，製作人找到麥克．米勒之前的錄音，重新混音編曲，然後再做成專輯。我會知道，是因為Thundercat寫過一首歌，紀念他的好友麥克．米勒。他們通完電話後幾個小時，麥克．米勒意外過世。

我是不可能在麥可和果果面前說這件事的。

但我還是說了，因為看他們在車上跟著這張專輯搖頭擺腦，感覺很喜歡的樣子。

是不是死掉以後，就不會在意死掉的事呢？

我不知道，我只知道我鬆了一口氣。

專輯播完的時候，正好要從交流道下高速公路。因為獨立書店而去苗栗，這也是書店獨立於世間的價值吧？

看地址，在中山路上，似乎離火車站很近。中山路好像都很靠近火車站，不知道為什麼，大概也是這座島的特點吧。中山路最靠近火車站，中正路最熱鬧，不過台北市的中正路稍稍例外。

我轉頭看麥可，他仔細觀看著窗外的風景，好像對這裡十分好奇。果果也是。下了交流道，迎面有一幅極大的看板，是頗具爭議的候選人，曾經背有刑事案件，讓人腸子流出的那種。比腸子流出更可怕的是，他說那沒什麼，只是小事。我隨口說。

麥可微笑回應：「每個人的尺度不一樣。」

「要是我，一定立刻就暈倒了。」我說。

麥可還是笑。

「我是說，如果我砍人，看到對方的腸子，我應該會立刻暈倒。」

麥可看著窗外，道路兩旁都是招牌。

果果突然插嘴：「砍人的人暈倒，怎麼講都很好笑。」

「你最好笑啦！」我不甘示弱。

「你最好笑。」果果很快地答。

「你更好笑。」我立刻補槍。

「你好好笑。」果果又來。

「你笑死人。」我想到一個厲害的。

「你笑死狗！」果果竟然比我還厲害。

「喂，你這算歧視嗎？」我只能抗議。

「笑死人就不是物種歧視嗎？」

麥可被我們逗得笑咪咪，嘴巴哼著歌，手指在大腿上打著節拍。仔細聽，是老鷹合唱團的〈Hotel California〉。

「要是我，才不敢去住那間旅館呢！」我隨口說。

「為什麼？」果果從後座問。

「聽起來很恐怖，那麼老了。」

「老旅社不一定恐怖啊，你看外面。」果果說。

我順著她，往後車窗的視線看過去。真的是個老旅社，就在馬路邊。

我看了一下時間，書店應該還沒開，「我們去那個旅社看一下好不好？」

「旅社可以看嗎？不是都要住？」果果感覺很懂旅社，明明作為狗的她沒住過幾次。

「我也不知道。問一下價錢也很好啊，說不定很合理。」我回果果，看旁邊麥可也在點頭，就往最近的停車格，把車停進去。

下了車，有種異樣感。

這是另一個國度。

照理說，各縣市的中正路那麼熱鬧，車子應該不太好停，可是我臨時起意要停車，就立刻看到停車格。

而且，中正路那麼熱鬧，怎麼整條路上只有我一個人？那股異樣感，應該就是無人的中正路。

我心裡這樣想，轉頭看到麥可，我微微笑。

「沒有人走在中正路上。」我說。

「沒有人走在中正路上？」他重複一遍。

我再說一次：「沒有人走在中正路上。」

他似乎懂了，肯定地點頭，並用肯定的語氣說：「沒有人走在中正路上。」

沒有人走在中正路上，字面上的意思，就是那樣，但也可以延伸為，沒有人走在那個叫作中正的人的路線上。

對於畢生關心人權的麥可，這應該是最開心的比喻吧。

我是個叛逆的傢伙，很討厭威權，對於規定，只想知道違反會怎樣。

我喜愛的偶像都有點叛逆，好比搖滾明星Kurt Cobain。

工作上，我追求創意，以為是世上最大的叛逆。

直到我認識麥可。

我慣常暢所欲言，他慈眉善目，微笑聽我胡說，彷彿世上最好的聽眾。

後來，我輾轉從書籍報導發現，媽呀，我怎麼敢在他前面耍塑膠小刀啦！我再有創意，也沒辦法創造一個政黨；再怎麼叛逆，也無法像他一樣，面對威權勇敢站出來，挺立到底。

爸爸曾告訴我，他在我三歲時，去參加一個遊行，遊行的最後，以鎮暴警察打人收場，開始全國大搜捕。我爸爸趕回家，看著稚小的我的臉龐，連夜把收藏多年的黨外雜誌，全拿到燒金紙的桶，一次燒掉。

長大後，我對父親抱怨：「那些雜誌怎麼不留下來，這樣我就有珍貴的收藏了。」我還記得，父親笑著對我說：「我怕留下來，你就沒爸爸了。」

麥可正是當時那些黨外雜誌的編輯，也在那遊行現場參與組織，甚至日後還因動員戡亂條例被起訴上了法庭。面對牢獄之災和可怕的威權，他依舊昂然挺立。

經過四十年，我發現自己的父親和麥可在歷史中奇妙交會。

和麥可交往愈久，我也愈發現一個君子的模樣。

我慣常邀他們夫妻出遊，參加聚會。車子開抵，總見他在路旁，透過車窗，笑吟吟地對我點頭，再到後座打開車門，讓妻上車，溫柔地講句：「小心，要關門囉。」與妻四目相接，嘴笑目笑，確認後才把車門關上，再到副駕座開門上車，向我致謝。在當代，這是罕見的紳士了。

他在一連串價值觀衝突下，面對已變質的同志，選擇離開自己一手創立的政黨，十分安靜的。沒有記者會，沒有聲明稿，只是從家中電腦列印出退黨申請書，再到樓下超商傳真。沒有抱怨，閉口不提。

他對人權正義的堅持，讓我佩服。有回，一位性侵案的被害者拜託我的朋友去當證人，我很支持，但心中也不免憂慮，害怕那加害人會對我的朋友不利。去找麥可喝咖啡聊天，提到心裡的雜念。麥可一聽，手掌使勁拍桌，以台語說：「免驚！惡人無膽，那種垃圾只會羞愧地躲起來而已！咱要勇敢，站出來！有代誌，跟我說！」那一天，我的心，安定了下來。

面對威權，他憤怒反抗；面對兒童，他則彎下腰來，視線平行，言語和藹真誠。有次他和一個三歲小女孩一起在客廳開合跳一百下，我看得目瞪口呆，只因為小孩想要跳，這什麼歷史畫面？孩子是我們的主人翁，這話在他身上不假。

他號稱安平愛買王，但買了台灣在地的東西都不只是給自己，還分送親朋，因為他打算有意識地支持台灣。他每天四點就起床運動，自我鍛鍊，跑步游泳腳踏車老人三項。我照樣畫葫蘆，每天至少運動半小時，大汗淋漓，以示敬意。

一次出遊，攤販誤以為他是我爸爸，我從此在心裡把他當作乾爹。

他去年帥氣地在他心愛的台灣高山上離開……

我把眼淚哭乾，他就出現了。

第一次，是在我跑步的時候，邊跑邊哭的我，在淚眼模糊間，發現他跑在我身邊。我試著與他說話，他也會和我說話，但我無從得知他出現的時機，似乎沒有規律，只覺得，好像在我去新的地方時，他特別容易出現。

我自己的解釋是，因為他在世的時候，我們很常出去玩，幾乎每個禮拜。一起去的地方甚至比我這輩子和父母去的還多，因此，現在他會在我到新的地方探索時出現。

但我不敢問他。

怕問了他會不見。

我和麥可走進騎樓，旅社門口有台偉士牌老機車，保養得發亮。走廊的磨石子地板，十分光潔。

「棉被花。」

麥可口裡念著，但我不懂這個詞的意思。棉被做的花嗎？什麼東西啊？

結果，真的是棉被做成的花。

我跟著走進去，看到門口有個展覽，介紹著「棉被花」，平台上擺了六、七個棉被花，原來是舊時代旅社一種失傳的技藝。旅館的工作人員憑著巧手，把原本鋪在床上的棉被，折成各種花的模樣。我看著介紹，一字排開，至少有十種以上不同花的造型，這間旅社還以教學體驗的方式邀請旅客來學習如何折出一朵花。

那棉被是客家花布，花色不同，非常好看。有深紅、粉紅，也有黃色，折成花時，就像朱槿一般。

我轉頭看向小小的櫃檯，一位老奶奶正在向兩位背包客介紹著，原來以前苗栗火車站周邊超級熱鬧，南來北往，以前各個地方的人要做生意，都會在這裡過夜。

正想認真聽，突然發現果果正躺在一個棉被花上，我嚇得大叫：「果果！」

可能聲音太大，老奶奶轉頭，問了句：「有什麼事嗎？」

奶奶應該看不到果果吧。我一下子不知道該怎麼回答，眼角剛好瞄到咖啡的字眼，急中生智：「有果香的咖啡嗎？」

「咖啡喔？你去隔壁。」老奶奶說完後，又面向那兩位認真聽的旅人。

其實，我也很想聽下去，可是不太好意思，只好瞪了在棉被花上縮成一圈的果果一眼，抬起腳往隔壁走。

穿過一道門，隔壁是漂亮而現代感十足的咖啡館，但感覺也是旅社的一部分，因為仍有不少舊時代的傢俱。看牆上文字介紹，原來留學國外的孫女回來台灣，和老奶奶重新把家裡的旅社整頓一番，增添文青感，帶來新的面貌。

吧檯後，一位年輕女生正在整理咖啡手沖器具。我翻翻桌上的菜單，決定點一杯來喝。

「麻煩一杯耶加雪菲。」

年輕女生抬起頭，清秀的臉龐，輕聲說：「好的。不好意思，手沖要稍等一下喔！」

「好，沒問題。」我用手機結帳，等候年輕女生手沖。果果這時也走到這個空間來，來回聞著，麥可則仔細地讀著牆上的沿革紀事。

寧靜的時刻。

我常覺得，喝咖啡是想聞到咖啡香，而不是喝下它。

生命一如咖啡，是杯苦水。

帶點距離的體驗，或許比親身經歷來得輕盈些。

14

「你知道石虎的英文是什麼嗎？」

麥可皺著眉，搖頭。

「Leopard Cat」

麥可的眉毛揚起。

「雲豹貓，哈哈哈！」

我自顧自地笑，是為了掩飾慌張。

走到門外，想再仔細看看這旅社的外觀。

許多過去的設計都被保留了下來，散發出一種舊時代的氛圍，很有意思。

「很有意思吧？」我身後一個聲音傳來，女聲。不知為何，帶點誘人的感覺。

台灣石虎

三到六公斤，毛黃褐色，兩條白色縱紋在額頭，眼眶具白圈，耳朵背後白斑為其明顯特徵。

我轉頭，是位身材曼妙的女子，黃色布料的衣服緊密貼合身體，讓上身的曲線畢露，迷你裙下的腿非常修長。我幾乎看傻了眼，因為和這個沒人的沒落城鎮很不協調，不，根本是衝突。

我只能傻傻地回，「對啊。」美麗事物會讓人石化。

「他們的咖啡不錯，房間也很特別，還有那種傳統一顆顆彩色小磁磚鋪成的浴缸。」

「哇，真的嗎？我老家的也是。」

「你老家在哪裡？」

沒想到女子會這樣問，我趕緊回答：「台南。」

「台南很棒耶，我一直想去玩。」

「嗯，不過有時候太多觀光客了。」

「我去的話，就是觀光客了。」

女子的聲音，好像在對我撒嬌，害我一時之間不知道該怎麼接話。

「沒有啦，我的意思是，你們去觀光很好，我就比較少回老家了。」

「那我如果去玩，可以找你嗎？」

「可以啊，但我不一定會在。」

「討厭耶，我不是在跟你約嗎？」

我只能傻笑。

好討厭自己傻笑。

「我們來跳繩吧！」女子嫣然一笑，不知道從哪拿出一條跳繩，看來是競賽用的那種。

太突然了，我呆呆地站在她面前，不知所措。

女子雙手握住跳繩的握把，臉正對著我，似乎就要開始跳了。她直直地看向我的眼睛，我好像被她吸進去。她的眼睛真美麗，好深邃。

身體不由自主，膝蓋略略彎曲……

然後，女子把手放下來，好像改變主意了。

「算了。我問你，你知道石虎嗎？」

「啊？石虎？」我一顆準備要跳繩的心，沒有預期到會變成石虎。

「我本來要綁架你的。」

「啊？綁架？」我好像只會重複對方的話。

「我們家族很多人路死，我很想報仇，所以來這裡。我本來以為你是當地人。」

「當地？」

「跟你聊之後，發現不是。但我太氣了，本來想說不管，反正你們都是人！」

「人？」

「我原本想說，帶走一個算一個，但真的要做的時候，又覺得如果我什麼都不管，那不是跟人一樣嗎？一樣莫名其妙地殺害別種物種。」

我有點困惑，眼前這個女的到底在說什麼，她是不是跟我一樣腦子有問題啊。

「你本來不是要找我跳繩嗎？」說真的，問一個有問題的人這種問題，不也有問題嗎？

「雙人跳繩，要進行下去，需要高度的協調，然後進入天人合一的狀態。」

「天人合一？」我又繼續重複對方的最後一句話了，不想這樣，但似乎沒辦法。

「天人合一，就是雙方要節奏一樣，呼吸一樣，狀態一樣。」

「一樣？」

「跟已經死掉的石虎天人合一，你覺得會怎樣？」

「呃……」我其實不知道會怎樣，只好隨便猜：「會一樣？」

「會跟死掉一樣。」

「哇啊！」

這是什麼奇怪的鬼故事啦，這個石虎小姐好會說恐怖的故事。騎樓外的陽光灑進來，磨石子地板反射光線，照得石虎小姐周圍都亮閃閃的，有點看不清楚。

「總之，我改變主意了。」石虎小姐說話時，嘴巴翹翹的，好可愛。

「噢，好。」

「那我去台南玩，可以跟你約嗎？」

「啊？跟我約？」

「我開玩笑的啦，我沒辦法離開這裡。」石虎小姐的臉上，又突然一股悲傷。

她突然轉身，光包圍在她身上，而且我還看到她的耳後，兩邊對稱地發出白色亮光，愈來愈亮，一下子就看不清了，眼前的畫面變成爆亮，全白。

「不好意思，你還好嗎？」

依稀聽到聲音，視覺也慢慢恢復。我看到眼前是一張臉，好像在哪裡見過。是咖啡館的女孩。在她背後，是天花板。

我的身體平躺在地上，又暈倒了嗎？

一股咖啡香飄來。

「你要不要去醫院？我剛剛想說要叫救護車了。」女孩憂慮的聲音，好像是從她兩道緊鎖的眉毛發出的。

「不用，不用。」

「可是你昏倒耶。」

「沒關係。」

「真的沒關係嗎？」

「沒關係。」

聞到咖啡的香氣，讓我感到舒緩。一杯咖啡在女孩手上，是我點的吧？麥可一臉擔憂地蹲在女孩旁邊，果果的臉也湊近了，好像要舔我……

我是在日榮本屋裡回魂的。

「你知道石虎的英文是什麼嗎？」

麥可皺著眉，搖頭。

「Leopard Cat」

麥可的眉毛揚起。

「雲豹貓，哈哈哈！」我自顧自地笑，是為了掩飾慌張。

我不知道是因為遇到石虎小姐才暈倒，還是暈倒讓我見到石虎小姐。麥可有點擔心我的樣子。我坐在書店裡的角落，又點了一杯西達摩咖啡。想說達摩可以鎮妖，但西達摩其實來自非洲，應該沒有用。

桌上的書，是我剛剛買的小說。店裡幾座木頭書櫃，簡單但可看出用心擺設。書籍更是透露了書店主人的品味，大量的文學小說，一些社會議題的論述，還有與山林原野有關的知識。平常大概也辦不少講座，難怪有人說，這裡是重要的文化聚落。

麥可坐在我面前。我查找著石虎的資料，看了一些新聞。

那發著光的女子，也許真的有很多話想說。她不是妖，人類才是，可以做出那麼多妖魔的事，卻還振振有辭。

坐在書店裡，看著窗外的天空漸漸暗去，我無能為力。
走出門前，對著旁邊的一張石虎貼紙說了句：「抱歉。」
它沒有回我。

15

「是貓頭鷹嗎？」我忍不住出聲問。

老師的腳步停下，轉身面對我，臉上堆著笑。

「可能是哦，我們附近有人在復育。」

「復育？牠們快絕種了嗎？」

「據說是。」

草鴞

鴞形目，草鴞科，棲息田間草地，台灣瀕臨絕種的貓頭鷹。棕褐色，翅膀上有黑白、橙色斑點。習於黎明及黃昏低飛。心形面盤，臉部顏色較淡。

隔幾天，我又開著車一路南下，要去一個衛生所。不是現在的衛生所，是以前的。如果把我的軌跡圖拿來畫，應該是不斷地來回來回，簡直像在亂塗鴉一樣。如同麥可說的，我是折返跑的專家。

我開著車，和麥可聊天：「我已經想好，如果有人問起怎麼這樣子亂七八糟的旅行，我要怎麼回答。」

麥可坐在旁邊，挑起左邊的眉毛，等著我回答。

「我會問他，你明天還要到辦公室，那今天幹麼回家？」

麥可嘴角上揚，沒有說話。

我握著方向盤，繼續大聲說：「因為我想要啊！」

麥可大笑，還拍手，鼓勵我繼續講。

「對，因為我想要，雖然根本沒有人問我。要是有人說我浪費了，我也承認。只是，因為沒有順路就不去，會不會也是另一種浪費？我們這輩子，讀書工作，都在找尋最省力的方法、最短的路徑，那如果每個人生的終點都是死亡，最短的路徑，會不會是現在就去死？」

好發議論的我，繼續大放厥辭，反正閒著也是閒著。

「如果不知道要幹麼的話，光活著本身就很浪費，破壞環境，使用大量資源。更偏激一點說，人生就是在繞路啊，看誰繞路看到的風景比較漂亮。」

「你為什麼想看巧克力？」麥可問，他知道我不吃巧克力。

「我只是很驚訝，我不知道台灣有人種巧克力豆，然後想到，我從沒看過巧克力豆，為什麼不去看看呢？在死掉之前，在自己無法決定自己的人生之前，試著決定自己的人生。我是這樣想的，不然，可以現在就去死呀，如果很在意浪費的話。」

電話突然響起，打斷了我，又是「０２」開頭。我瞄一眼，還是決定接起來。

「喂，你好，這裡是醫院……」

我一聽到醫院，就不太想讓麥可聽到，想要壓低聲音，可是電話是透過藍芽連到車上的音響，所以，小聲也沒用。

「醫生希望你盡快回來處理你的腫瘤。」

「有，我現在就是要去醫院，只是不是你們那家。」我不由自主地胡說八道，但其實不算說錯。

「那是要去哪一家？」

「呃，四鄰醫院。」我情急之下講出了目的地，可能因為看著導航的關係吧。

「四鄰醫院？」對方的聲音帶著疑惑，「好，那後續狀況如何，再請讓我們知道。」

「好，謝謝，再見。」我手忙腳亂地按掉電話。

麥可的眉頭皺著，沒有多說。

我也安靜下來。

這時候說什麼都不恰當。

我開到一個衛生所。

在過往，離鄉鎮最近的醫院可能在車程至少一小時的地方，居民一來未必有空去，二來未必有錢去。比起醫院，衛生所是當時許多人較常使用到的醫療資源，甚至有些老農終其一生，只去過衛生所。於是，在這樹比人多的地方，衛生所是重要的所在。

醫院不斷叫我回去，一直抗拒的我，結果現在還不是去了醫院？

這座衛生所四周是種滿果樹的果園，建築物白得如同一張衛生紙，方方地躺在綠色畫布上。我下車，看到白色牆面上掛著過去的招牌，厚實的字體，充滿可信賴的感覺。

「四鄰衛生所」，那「生」字，看起來有股起死回生的力量。

不過衛生所現在的用途，也清楚地在旁邊展露了。告示牌上寫著「可可食品實驗室」，講述了青年返鄉務農種起可可豆的故事。他們租用了已廢棄的衛生所，作為產品展售和食農教學的場地。

我推門走進，聽見遠方傳來嗚嗚的聲音。

「因為我不吃巧克力，所以我來做巧克力。」當老師問我參加課程的原因時，我這麼回答她。

她驚訝地大笑。

我發現，當我認真地表達時，大家都會笑出來。

愈認真，笑聲愈大。屢試不爽，彷彿我是偉大的喜劇演員。儘管我真的覺得自己在這世上，格格不入。

「既然你那麼有心，我身為排灣族公主，就先帶你去可可和它的產地吧！」

「是也不用啦，我很懶。」我趕緊對老師說，因為想到戶外蚊子一定很多，我怕被叮。

「不好意思哦，這是課程的一部分。」老師已經從牆上的掛勾拿起成串的鑰匙。

老師臉上的歉意，從我的角度看，不是那麼真心，甚至帶點開玩笑的感覺。作為老愛開玩笑的同路人，我趕緊補上：「我怕被蚊子咬，我對蚊子的口水過敏。」在衛生所，當然得用醫療理由。

「沒問題，我們有防蚊液，很有效的。」老師笑容不減。

上了老師的車時，我想起林醫師，雖然只有一下下，我仍舊感到暈眩。

透過擋風玻璃，兩旁的樹夾道歡迎我們。真的是夾道，樹枝一直劃到車身上。車子一路就像摩西過紅海般地推開樹枝，我甚至開始懷疑，手機地圖上真的有這條路嗎？

「你平常也是走這條路嗎？」出於一種禮貌，也是對車內安靜的不適應，我試著發問，不，其實比較像搭話。

「對啊，沒有別條路。」老師答得很自在，彷彿這條路是人生的康莊大道。

終於，車停下，雖然在我眼裡，和十多分鐘前沒有兩樣，眼裡盡是綠色的樹枝。老師下了車，彷彿自樹叢裡變出一個門。我噴灑出如豪雨般濃烈程度的防蚊液，幾乎是讓身體完全浸泡在其中，才跟在老師身後，走進樹間的小徑。

又聽到嗚嗚的聲音，抬頭張望，卻看不到。突然間，有個身影低空掠過，速度很快。

「是貓頭鷹嗎？」我忍不住出聲問。

老師的腳步停下，轉身面對我，臉上堆著笑。

「可能是哦，我們附近有人在復育。」

「復育？牠們快絕種了嗎？」

「據說是。」

我左右張望著，很想找到貓頭鷹的身影，但看到在飛的，似乎都是蚊子。

老師指著我左邊的一棵樹，「這就是可可樹。」

我看著旁邊高近兩層樓的樹，有點驚訝。「我以為可可樹是會比較矮的。」

老師笑笑，指向高高的樹幹上，一個比我手掌大的果實。那大小似乎介於比較小的木瓜和芒果之間，紅色的，一旁也有黃色的。我來以為可可豆與咖啡豆一樣，都是一串小小的果實，長在低低的樹枝上，顯然它們不一樣。

「這種黃色的，是還沒熟嗎？」我指著最靠近我的那顆果實問。

「不是，紅色和黃色是不同品種。這裡本來是檳榔園，我們接收後改種可可，並請當地的居民來幫忙。有位阿媽每次來都說太累了，要一直照顧可可樹。以前他們種檳榔，種下去就可以等收成了，說我們太傻啦！」老師很熱情地分享，眼睛裡有光。

「所以，我等一下會很累？」我聽到關鍵字，趕快舉手。我是想做沒做過的事，不是做不想做的事啊，這兩個還是不太一樣的。

「可能喔！」老師說完，臉上大大的笑容，幾乎和可可的果實一樣大。

我發現樹上不只有巨大的果實，也有漂亮的花。老師察覺了我的視線，又問了我：「你覺得紅色果實的花是什麼顏色？」

「紅色吧？」

「很棒，接著我們可以來採果了。來，你拿這枝。」老師遞出剪刀，口裡說：「看我的手勢。」一動作俐落地捧著一顆黃色果實，一剪一轉，果實就落下了。

「好，輪到你。太陽下山前，要把整個園子都採收完。」

「啊？我以為只是體驗課程耶！」

「不是，你參加的是打工遊學團，要有足夠的產量，才能離開血汗農場。」老師開著玩笑：「趕快，等一下蚊子出來，我怕你這外地人會變人乾。」

「什麼人乾啦，這裡的蚊子是吸血鬼喔？」我一邊哀號，一邊挑了顆紅色的果實。剪刀一剪，果實的重量馬上落到我手中，沒有外表來得沉，似乎有種空心感。

「很輕耶老師！」

「老師當然很輕，我都有在健身呢。」

「我是說可可啦！」

「對呀，所以，種可可很辛苦，種很久，收穫只有一點點。」

「很珍貴的意思嗎？」

「對呀，跟我們原住民一樣。好了，我看你不是採收的人才，我們趕快回去做可可，不然我今天不知道幾點才能下班了。」

「我不用採收了嗎？」

「做可可不會比較輕鬆啦，你等一下就知道，說不定你還會拜託我讓你回來採收呢！」

「拜託，老師，不要太辛苦，我是有付費的體驗課程耶！」

「對呀，所以要讓你體驗個夠啊！好了，走吧，蚊子王要出來了。」老師示意我趕快收工。我拿出手機，拍了張樹上果實的照片。標準的城市鄉巴佬。

回程的路，同樣樹叢夾道，同樣難以辨識，但奇怪的是，似乎比來的時候快。

我讀過一個理論，為什麼回程感覺較快，這是一種心理作用，對於沒去過的地方，因為對未知的焦慮，便會感到路程漫長。

或許，對於死亡，也是如此吧。我看著車窗外止不住的綠意想。

突然，有一種被注視的感覺。從上方，也就是樹叢和天空之間。

透過車窗玻璃，我發現了，一個愛心。

樹叢間，愛心看著我。

一隻貓頭鷹飛過去，牠的臉是愛心。愛心正對著我，好美。

16

我離果果更近了。
她的頭，正好在我手肘和身體形成的三角形裡，看著我。
三角形中有個三角形的頭，
兩顆黑黑的眼珠，透出的晶亮光澤，
像剛剝下的可可豆。

可可豆
製作巧克力的主要原料。每個可可果實約有二十至二十五粒可可豆，色黑，果實的成熟期約為四到六個月。

回到教室，老師從桌子底下拿出一枝鐵鎚，對我微笑。
「做巧克力為什麼需要鐵鎚？我猜你心裡一定這樣想，但可可可是千錘百鍊才有的。」
老師的幽默感，實在太強壯了。

我無意識地接過那鐵鎚，木質的把柄，巨大的金屬頭，不像一般家用的，比較類似雷神索爾的那種。我搞笑地擺出雷神的動作，幽默感是會傳染的。

「很好，雷神，你等一下對著可可果的中間敲。要用力哦，不要當沒力的雷神。」

「老師，我不喜歡暴力。」我拿著巨大的鐵鎚，但完全不知道怎麼弄。

「我也是，但我們不要沒力。啊，等一下放在桌子上敲，不然我怕你把自己的腳給敲爛了。我們這裡雖然以前是衛生所，但現在沒有可以救你的東西。」

我把比我手掌大的可可放在桌子中央，用鐵鎚瞄準中心。

「試試看，不用力敲不開的。」

我用力一敲，可可的表皮裂開來，一道細細的縫。

「再一下，你要能夠把它剝開來。」

我再敲一下，裂縫更大了。我放下鐵鎚，用力剝開，黃色外皮底下有白色的果肉，包覆著深黑的果核，一種類似人體器官被打開來的感覺，我突然一陣噁心。

「對不起，我出去一下。」我拋下可可，丟臉地衝出教室。幸好，廁所就在門外，我急忙衝進去，快速關上門，迎面就往馬桶彎腰。

要吐，但沒有東西。連咳了三下，只有眼淚流出。

我望向白色的磁磚，看得出有點年分，但清潔得十分乾淨。對著洗手台上的鏡子整理一下頭髮，用水打在自己的臉上。清涼襲來，原本悶悶的心，瞬間打開，好像我活過來了。

我再端詳有點狼狽的自己，決定還是得出去，面對世界。

走進教室，老師依舊鎮定，用笑容迎接我。「來，我們繼續哦！」彷彿剛剛完全沒看到我衝出去。

要坐下時，才發現我的托特包，從椅背上掉到地上。一本小書從袋口露了出來，是《永遠的蘇珊》，我在嘉義的勇氣書店買的。

去勇氣書店的那天，漆黑的夜裡，在附近繞了半天沒有車位。找到停車位時，店剩半小時關門。

黑暗中，我匆忙闖入，慌慌張張地從外面的防火梯一路往上爬，只因在一片黝黑的園區中，唯有書店亮著溫暖的燈光。我彷彿飛蛾撲火，又害怕又緊張，結果爬到上頭時，發現門鎖住了。

原來，不是從那門進出，所幸主人聽到我造成的聲響，沒有責備，客氣地從裡頭開門讓我進去。我開心地進到店裡，有種盜本壘得分的感覺，還點了杯手沖咖啡，彷彿這樣就可以延長書店的營業時間，趁書店主人沖咖啡時瀏覽店裡的書。人家明明沒有這樣說，只是我自己如此以為著。

但結局很美好，我拿到了一本很棒的書，還有一杯很棒的咖啡。送上來的杯子應該是手捏的陶器，燒過後的釉散發著溫潤，在那環境裡，安靜地放著淡淡光采，也像那間書店。

《永遠的蘇珊》作者努涅斯寫過我很喜愛的小說《摯友》，得到美國國家圖書獎，但沒想到她曾經貼身和蘇珊．桑塔格工作過，甚至一度是蘇珊兒子的女友。這本書就是她回憶那時代的蘇珊，一種奇妙的親密，文字優美，並且帶著許多私密經驗，多少滿足了我對於人生的窺探感。

手上拿著這書，我記起那夜晚。我在想，麥可一生都是人家尊敬的民主前輩，每個人都會傳頌他在戒嚴時期和威權拚搏的事蹟，每個月寫黨外雜誌，還要小心不被特務發現，把雜誌夾在色情書刊中運送，平常更是長期被情治人員跟監竊聽。那種巨大的壓力，難以承受，但大家只知道他的豐功偉績，應該沒有多少人像我一樣可以和他一起生活玩樂。我不也像是努涅斯可以親炙蘇珊．桑塔格嗎？就算短暫，都是我的幸運。

我似乎有點出神，回過頭來，眼前是巧克力老師，微笑望著我。若無其事的老師要我把黑色果實從白色果肉間取出來，一顆顆尾端細尖散發黑色光澤的果實，讓我聯想到釋迦籽。

「你吃吃看白色的果肉。」老師笑盈盈。

「啊？」今天真的要做那不曾有過的嘗試嗎？今天真的要有那麼大的進展嗎？正在想的時候，從手肘和身體的隙間看到地上，果果正坐在那裡仰頭望著我，嘴巴張開，舌頭伸出，眼神專注，深情的。

「你吃吃看，很好吃的。」老師鼓勵我。

果果聽到「好吃」兩個字，似乎更興奮了，舌頭伸長，哈哈哈地喘著氣。

我勉為其難地剝下一點白色果肉，放進嘴裡。一種苦味傳來，跟著一絲植物的氣息。不難吃，但不是我愛的味道。

「豆子還要經過發酵、曝晒、烘豆的過程。但我們要讓你體驗，所以直接給你已經烘好的豆子。」

我鬆了一口氣：「所以今天就到這邊結束了嗎？我不吃巧克力的。」

「我知道你不吃巧克力，你一開始有說過了。好，接著要馬來貘喔！」

我是不是聽錯，「馬來貘」？

「不是啦，馬上來磨啦！什麼馬來貘，哈哈哈。」老師的笑聲好像停不下來。

看到老師從身後的櫃子拿出一個金屬的研砵，我恍然大悟。砵呈圓形，厚重，亮銀色，彷彿外星人的太空船。裡頭擺著一支一端極為寬大的圓棒，感覺頗有重量。

老師再從旁邊的盒子拿出一些豆子，色澤與我剛剛剝下來的不太一樣。我隨手撈了幾粒，放入研砵中。

「你那樣太少了。」老師又放了一把進來。

「我又不吃巧克力。」

「你已經說過了，難道哪個廚師會把他做的東西全部吃掉？要為世界付出呀。而且，我保證你今天好睡！」

「好睡？」大家都會關心我的睡眠問題，我看起來很不好睡嗎？

「這個豆子要磨，磨完你就知道，人間仙境啊！」老師一臉不懷好意。

我拿起砵杵開始磨，有點重，可可豆慢慢地碎掉。類似三合一咖啡的顆粒大小了，我遞出給老師看。

「這還早哦，要磨出油來。」

「油？」

「就是油亮亮的啊，你趕快磨啦，我還想回家吃飯耶！」老師催促我。

我只好低頭繼續磨，顆粒愈來愈小，但好像沒有油。我開始感到無聊、手痠，手痠又比無聊嚴重許多。

果果抬著頭看，表情依舊專注，但好像有點在看笑話，幸災樂禍的感覺。

「對了，你可以把研缽抱到身上磨，這樣會比較有力氣啦！」老師把桌上的研缽送到我懷裡，示意要我坐下，「你繼續磨，最後會變成油亮的膏狀，在那之前不用給我看，我去整理一下東西。」說完就走出了教室。

坐下後，我離果果更近了。

她的頭，正好在我手肘和身體形成的三角形裡，看著我。三角形中有個三角形的頭，兩顆黑黑的眼珠，透出的晶亮光澤，像剛剝下的可可豆。

放在身上磨，確實比較好施力。顆粒慢慢變成粉，愈磨愈細，旁邊開始有些反光，那應該就是油吧？

我看四下無人，手繼續順時鐘轉著，對果果說：「你知道我不吃巧克力？」

果果點點頭，沒說話。

「你知道你不能吃巧克力？」

果果沒說話，搖搖頭。

「狗不能吃巧克力啊！」

果果沒說話，搖搖頭。

「狗吃巧克力會怎樣？」

果果沒說話，搖搖頭。

「會死掉啊！」我說。

果果沒說話，搖搖頭。

「好吧。其實不用怕，你已經死掉了。」我說，手繼續轉著。

果果圓圓的眼睛，閃爍著亮光，和我手上的巧克力一樣。

地上有一點閃光。

那星星，是從我眼睛滴落的。

17

這時需要來點降火的。
風吹動著，那布上下擺動，
好像在對我招手。
坐在橋頭的猴子，一動也不動，
沒有被風吹動，沒有被什麼打動。

「果果，你怎麼都不說話了？」
果果還是端坐著，沒有說話。
我看向旁邊的麥可，他一慣地微微笑。
「果果。」我又叫了一次。

仙草
唇形科，多年生草本。陰乾枝葉後烹煮，加澱粉糊化，可成仙草凍。

果果望著我，意思是她有聽到。

「你怎麼不說話？」我又問了一次。

果果打了一個哈欠，意思是她有聽到。

風吹，樹枝動，樹葉說話。

那天，磨出來的巧克力膏，加上熱水，就可以泡成熱可可。

我說：「我不吃巧克力。」

「你說四遍了，到底想怎樣？」老師臉上帶著爽朗的微笑，開著玩笑。

「我只是說我不吃巧克力，沒有想怎樣。」

「那你加牛奶好了。」

後來，我不只加牛奶，還加了冰塊，喝了冰的巧克力牛奶。其實很好喝。

那天很好，我做了我不會去做的事。

還有，我知道那天的歡快，應該是一種發作，但這不重要，或者說，只對醫生來說很重要。畢竟判斷不同，醫療上的處置會不一樣，甚至會有極大的結果差異。

對我來說比較重要的是，和果果說話。

但她從那天就不和我說話了。

我們正在美濃的一棵大樹下。

樹很大很高，應該是茄苳樹。綠蔭下，我可以感覺到風緩緩吹來。

一旁是座日式建築，應該是之前的派出所，整理得美極了。我坐在白色的大石頭上，迎面是座橋。橋的最前頭，有隻石頭做的猴子雕像，樣子也好可愛。

「猴子耶！」我叫果果看。

果果抬頭看向猴子的方向，沒有說話。

「你怎麼不說話？不高興喔？」我問。

果果還是不說話，低頭舔自己的腳趾，與往日時光一樣。

「果果怎麼不說話？」我轉向坐在我身旁的麥可。

麥可笑一笑：「你有看過哪部動物會說話的電影，是好看的？」

「啊？什麼？」

「有哪一部電影動物說話，然後你覺得好看？」麥可有耐心地重複一次。

我想了一下，「奇奇與蒂蒂、唐老鴨……」

「嚴格說起來，牠們其實沒有說話。」

「有啊，他們會咕嚕咕嚕，嘰嘰呱呱……」我模仿卡通人物的聲音，麥可笑了。

「那算說話嗎？而且，我的意思是，真實動物演出，然後人聲配音的那種。」

我想了一下：「嗯……好像真的都很蠢。」

麥可微微點頭。

「你的意思是，果果不想要看起來很蠢？」我難以置信地問麥可。

麥可聳聳肩。

我低頭問地上的果果，「是嗎？果果，你不講話，是因為怕看起來很蠢嗎？」

果果沒有說話，但望著我，與往日時光一樣。

「可是，我已經知道你會說話了。」我有點急，像很久以前想挽回某段感情，單方面被分手，想趕快把什麼屬於我的東西拿回來的感覺。

果果沒有說話，低頭，趴下。

「果果！」我大聲喊，簡直就是當年不成熟的我，以為大喊就可以喚回什麼。但我也知道，當時的對方其實不是沒聽到我說話，是不想再聽到我說話。

果果閉上眼睛，接著，不可思議地發出呼嚕聲，規律且勻稱的呼嚕聲。

我想起喜愛的獨立書店，小間書菜。

只要到宜蘭，一定要去走一走，雖然這間書店常常沒開。但沒開這種事，你得到了店門前才知道。

雖然與薛丁格的貓不太一樣，但有一點一樣，就是你都可能失望。

反過來說，一個有時沒開的獨立書店，有時也可以反過來影響地方。

他們會辦書市喔，而且很多次了。辦書市的時候，會有樂團表演，台上的女主唱，可能剛剛還在舞台下的攤子炒菜；上台唱歌，孩子會在下面大喊：「媽媽！媽媽！」不要以為她是隨便來充場的，她是真正搖滾樂團的主唱啊，只是也有在歌手以外的其他身分而已。

我非常喜歡這種感覺。

小間書菜辦的活動，大概都會有許多對環境友善概念的店家來共襄盛舉，還有來自台灣各地的獨立書店，加上其他奇妙的產業，充滿了驚奇。

有次辦了釣魚大賽，其實是要請大家把魚釣上來記錄後放回，好作為生態調查。

有次選舉，一直有阿公阿媽走進書店，問是不是有人要選村長，他們連連否認。阿媽就說：「有啦，你們一定是要選舉，不然怎麼會辦那麼多活動？那我跟你們說，前面那個路口常常車禍，一定要解決。」留下一臉愕然的他們。

又有阿公走進來，「你們如果要選村長，那個垃圾的問題要想辦法解決啦！」

一次又一次，搞到後來他們想說，平常這些阿公阿媽都不會進來書店，卻因為選舉而踏進來，那乾脆就來選村長好了，真的繳了保證金，登記參選；真的掃街拜票，用農耕機作宣傳車；真的拍競選影片，手機拍的；真的做競選旗幟，用牙籤加上比鈔票還小的紙張輸出。

假參選真認識。他們就是會把一件有嚴肅意義的事情，用奇妙有趣的方式規劃，讓更多人可以參與。

書店女主人在臉書上說她有憂鬱症，但她總是讓人不憂鬱。

希望這次我的旅行最後可以去到他們那邊，感覺應該會讓我好一點。

眼前的果果看起來不憂鬱，但很安靜。我有點擔心。

「果果，你在生氣嗎？」我對著果果喊。

果果沒有說話，緊閉的眼，兩道新月般的弧線，感覺已經進入沉沉的夢鄉。

「果果沒有在生氣，她只是不想說話，就跟以前一樣。」麥可望著上面茂密的樹葉，淡淡地說。

「就跟以前一樣？」我有點氣，但又有點懂了。

遠處，一間歇業的店鋪，門口一片布上頭用毛筆寫著「仙草」兩個字，筆觸渾厚實在。我想，這時需要來點降火的。

風吹動著，那布上下擺動，好像在對我招手。坐在橋頭的猴子，一動也不動，沒有被風吹動，沒有被什麼打動。

跟以前一樣？

「可是，明明都不一樣了。」我只能小小聲地說。

18

雖然炒水蓮很好吃，
高麗菜乾湯更是鮮甜，
但叫客人去看水蛭，
這樣好嗎？

美濃這名字很美，又美又濃。

許多人到美濃一定會吃粄條，我原本也這麼計畫，只是不曉得得吃哪家才好，坐在樹下，風吹得舒服，看到對面有個小店，招牌字體優雅，就跨步過去。

結果，是個奇妙的店，賣精釀啤酒。

我不喝啤酒。

水蓮

又稱野蓮，台灣原生種，多年生的水生草本植物，細長嫩莖可作蔬菜食用。

不過，這間店設計真的很好看哪，牆上還有幾道餐點，可以坐下來。野蓮，名字好美。我點了一道，才知道，野蓮就是水蓮。過去美濃的經濟作物是菸，有許多菸樓。現在的經濟作物則是水蓮，種在水池裡。大概是忙到一個段落，老闆娘走了過來，我有點緊張，盡量眼神不接觸。沒想到，事與願違。

「來玩啊？」老闆娘的聲音很爽朗，幾乎可以說是陽光。

其實不是，我是要殺人的，但不能這樣回答，給人們預期的答案比較適合。

「對。」我又夾了兩口水蓮。

「那你有去看水蛭嗎？」老闆娘親切地問。

我強作鎮定，誰會想要看水蛭啊？黑黑的，還會吸血。我搖搖頭。雖然炒水蓮很好吃，高麗菜乾湯更是鮮甜，但叫客人去看水蛭，這樣好嗎？

「水蛭很可愛哦，是我們美濃這邊的特色。」

好可怕，我趕緊點點頭，喝湯，想撤退逃走了。

可能是看我支支吾吾，老闆娘拿出了手機，點了幾下後遞過來。「我們那個生態教室做得很好，你可以去看看。」

我接過手機的同時，老闆娘還補了一句：「旅行不要只有吃東西啦，那樣太無聊了。雖然我們是賣吃的，哈哈！」

看到俐落短髮的老闆娘臉上有點不懷好意的笑容，心裡更緊張了。

結果，手機螢幕上是顏色鮮豔、長腿、身形纖細的鳥。我感到不解，水蛭是鳥類嗎？

「你一定以為是吸血的水蛭吧，我們這是站在水上的水雉啦，哈哈哈！」老闆娘一副惡作劇得逞的樣子，開心極了，也稍稍化解我的戒心。

「這個水雉真的很漂亮，顏色好明亮。」我邊看照片邊說。

照片裡水雉張開翅膀，在水面上，黃色的頭，細緻的眼睛，雪白色的翅膀，外型嬌小但色彩豐富，看來很自在。雖然我一直覺得鳥類是不是都居高臨下，有點瞧不起其他物種，但心底還是讚嘆。

「去看看啦，這幾年才復育成功的。他們那個協會很用心。」老闆娘的語氣中有種光榮感，好像自己的小孩有了點成就一般。

對方這麼以自己的家鄉為豪，對自己的作品一定也是。我想起，剛剛進來時婉拒啤酒，老闆娘說：「沒關係，每個人都有自己當下適合的狀態啦！而且常常是在旅行裡有所體會。我先生就是去英國旅行時，看人家在精釀啤酒，想說試試看，結果愛上了，又去了幾趟。」

我點頭表示贊同，只是說不出口，自己這趟旅行的目的地。

「所以，你去看看，搞不好水雉會帶給你什麼啟發也不一定。」

「你覺得我需要啟發？」

「每個人都需要吧，啟發會讓人覺得活著。」

活著，我很想回她，「我希望活著的人，沒有活著。」但我知道，這樣不算是正常的聊天，於是決定謝謝她。

車開在綠色的田間，不時會出現小小的圳溝，濺起的水花，一朵朵潔白盛開。仔細看，會覺得像一種裝置藝術。

果果緊靠著右後座的車窗，專注地看著。因為不夠高，她的前肢搭在窗戶下緣，整個身體直立，宛如站著，帶著點努力，眼神堅毅。

我怕她跌倒，轉彎都特別慢一些。麥可看著前面的鄉間小路開展，心情不錯，嘴角略略上揚，哼著西洋經典歌曲。

導航顯示，已經到目的地了。原來水雉復育園區在美濃湖，下車前，我看到旁邊的水池裡都是人，水面上一片綠色。那人們穿著綠色的青蛙裝，好像正用些工具撈著什麼。

就像是名畫《拾穗》？只是人們的下半身都在水裡頭。

小路正對面，是個鐵皮搭成的新建築，協會的復育園區生態教室。有一位大姐站在入口處，防晒的帽子包覆著她的脖子，墨鏡、運動服、長長的袖套，身上全是戶外活動的配件，雖然清瘦，但站在那裡有股氣勢。

我把車靠邊停好，走進園區。幾排已經陳列好的椅子，面向同個方向，有兩、三個家庭已經入座。那位大姐招呼著，要我到桌上簽名。

我簽了假名，「謝奉君」，是國中同學的名字。

大姐要我拿一旁桌上的望遠鏡。黑色的望遠鏡相當大支，拿起來滿沉的。把背帶套上脖子，突然覺得自己像個專業的賞鳥學會人士。我調整上面旋鈕，朝著遠方的山看去，一開始模糊不清，等到清楚的時候，也不知道那是什麼地方，簡直就是我這趟旅行的寫照。

「可以就座了喔！」大姐把我從望遠世界叫回來，我趕緊回到坐位區，前面的椅子上是一個小女孩，手拿著貓頭鷹的水壺，轉頭看著我。眼睛圓圓的，一臉好奇，對遲來的我笑。

我也微微一笑。

她的爸爸抱著她，也對我笑了笑，一旁的應該是媽媽，正專注讀著手上的簡介。

要是我有家庭，我也希望是這個樣子。

我在這個家庭後面一排坐下，希望可以感染一點他們的幸運。

19

「你看，水雉停到我的心上了。」

「你有心上鳥了。」小女孩開心地說。

「我有心上鳥了。」我跟著重複一遍，彷彿我的心也插上了翅膀。

水雉

鴴形目，水雉科，水雉屬。台灣瀕臨絕種的二級保育類動物，近年復育。

「謝謝大家今天來，我們復育水雉有幾年了，今年有小小成績，幾隻小水雉出生了。」大姐拿掉墨鏡，講話很懇切，感覺就像位老師。

後來，談到這個協會都是志工，在這片湖泊周圍建立起基地來，教導大家認識鳥類的生態外，也保護地方上的環境。

「水雉，又叫菱角鳥喔，因為通常棲息在菱角田間，也叫夜行者。」

夜行者，是晚上行動的嗎？現在是白天，今天大概就看不到了，我正這麼想著，老師就回應了我。

「這個夜行者，不是晚上出來的夜，是在葉子上行走的葉行者。」老師拿出一張照片，一隻水鳥細細的腳踩在水面的葉子上，看起來像在水面上走，和耶穌一樣啊。

「像我們美濃這邊，產野蓮……」

聽到關鍵字，我整個豎起耳朵，因為之前在那間精釀啤酒店吃過，也才會來到這。

「野蓮池，也是水雉的棲息地之一。像對面，就正在採收野蓮。」老師指向園區外，我一看，就是我剛剛下車時看到穿著青蛙裝的一堆人，原來是在採收野蓮。

「野蓮，大家知道是什麼嗎？」老師問。

我看周圍的人都很安靜，氣氛有點尷尬，考慮了一下，畢竟我就是因為水蓮才來到這裡看水雉的，在心裡數一二三後，我舉手。

「是水蓮，我很喜歡吃。」

「對，野蓮就是水蓮喔！水雉是水鳥，喜歡棲息在水間，所以，菱角田和野蓮池都是牠們喜歡的地方。來，送你一個水雉胸章。」老師拿出一個針織的胸章，揮手要我過去拿。

正低頭端詳它的繡工時，前排的小女孩從爸爸的肩膀上探頭，看著我手上的胸章。圓眼睛透著笑意，十分可愛。

我抓著水雉長長的尾巴，假裝它在空中飛，由右而左，小女孩笑得更開心了。

飛兩趟後，我感覺到老師的目光，有點不好意思，往前遞給小女孩。小女孩搖搖頭。我晃兩下，示意要她收下。小女孩用無聲的嘴型說了「謝謝」。

依稀聽到老師講：「水雉是一八六五年四月二十三日，英國博物學家史溫侯先生在高雄發現的，從此正式列入台灣鳥類紀錄……」

天氣好，熱氣蒸騰，我的視線開始模糊。往旁邊看，麥可和果果正站在陽光下，背對著我，好像正在看人們採收野蓮。一人一狗，滿池的綠意，還有彎腰勞動的人們，不同深淺的遠山，這是台灣的《拾穗》，多希望大家都可以來看這幅畫呀！

「九〇年代因為環境惡化，台灣水雉被記錄到只剩五十隻，經過政府公告，成為保育類動物，台南市還列為市鳥。」

作為一個台南出生的小孩，我竟然從來不知道市鳥。不知道麥可知不知道這件事？昏沉中，一隻手伸我的眼前，是小女孩。藍色的小東西在她圓滾滾的小手掌中，一顆鹽糖，我接了過來。

以前和麥可出去野外行走，他總是變魔術般的，從口袋掏出五、六顆鹽糖，和同行者分享。那是一種細心的慷慨，給人需要的，在需要的時候。那可比送貴重的禮物，來得親切無負擔多了。

我喜歡這樣的人。

要是我有小孩，我也想要這樣的小孩。

要是我是小孩，我也想當這樣的小孩。

前面的爸爸從座位起身，小女孩走了過來。原來不知不覺，老師的介紹結束了。

「還給你。」小女孩把水雉胸章遞給我。

「不用，送給你。」我用最親切的聲音回。

小女孩睜大眼睛，爸爸站在一旁，也一臉驚訝，兩個人的五官有點像。

「可是，這是你的獎品耶！」

「我的獎品，變成你的禮物了。」

小女孩點點頭，認真地說了句「謝謝」，眼神帶著一種智慧。好像很清楚我需要送人禮物，這讓我自己好過一些。

「大家可以到旁邊購買我們的胸章，費用會作為贊助我們的經費。」老師在旁邊親切地說。桌上擺了樂捐箱，一旁有美麗的水雉胸章。

小女孩的爸爸把幾張鈔票投入後，拿了一個水雉胸章，彎腰給小女孩。

小女孩跑了過來，對我說：「給你。」

我好想哭，好像在海面上無助漂流，突然遇上陌生船隻，對我鳴了鳴喇叭，不，應該說拋出了救生圈。

我低下身子，接過水雉胸章，回了句「謝謝」，並立刻打開別針，別在自己的左胸上。

「你看，水雉停到我的心上了。」

「你有心上鳥了。」小女孩開心地說。

「我有心上鳥了。」我跟著重複一遍，彷彿我的心也插上了翅膀。

別著水雉別針的我，跟著人們，往後頭的湖區移動。

沿著一條小路，路旁的鐵絲網上，有不少介紹的看板，除了美麗的水雉照片外，還有一些賞鳥的提醒，大意是不要隨便製造垃圾破壞環境，並且減少對生物的打擾。

隔著鐵網，湖裡有荷葉，有各種不知名的水生植物。陽光下的翠綠和湖光反射的黃，讓我想到莫內畫的荷花。

老師指點我們往右前方看，我一開始只是看，後來發現大家紛紛拿起脖子上的望遠鏡。我跟著拿起，一開始只有五顏六色，調整了焦距後，遠方的花就近在眼前。

多久沒用望遠鏡了呢？千里眼是這種感覺嗎？

我放下望遠鏡，又回到現實世界，看到小女孩被爸爸舉起，放在肩膀上。

我沒有在看水雉，我在看這一家人。

「那邊，那邊，在那邊！」小女孩突然興奮地叫起來，我有點緊張，以為她發現我在偷看他們一家。

我朝著小女孩手指的方向，只看到與其他地方一樣的水草和荷葉。

拿起望遠鏡，往那個方向，看了十幾秒，突然發現……

我也看到了。

細長鮮豔的尾巴，纖細的身子，狹長的眼睛，白色的羽翼，正站在一片荷葉底下。
我突然意識到，我也可能會幸福的。
如果，我學別人看世界的方式。

20

現在只剩少數地方
保留這樣的傳統技藝了。
一如這本書記錄的，
曾經存在這塊島嶼的一場旅行，
如今鮮為人知。

苧麻

蕁麻科，常綠小灌木，莖浸水後洗滌，可得纖維。原為台灣原住民編織材料，後成農業副作物，漢人用於製作夏衣。七〇年代後，苧麻產業消失，唯原住民族仍保留種植和編織技藝。

麥可問我接著要去哪裡，我打開手機上的地圖，胡亂看著，隨手一指。
「為什麼？」麥可問。
「聽過卻沒去過啊！」
結果，好像走錯路，先到了另一個我聽過卻沒去過的地方，甲仙。

好吧，走錯就走錯，我大概也沒有走對的需要。看到一間冰店，把車停在門口，進去尿尿，再依使用者付費原則，點了芋頭冰來吃。

芋頭冰的口感很綿密，果果仰望著我，我只好假裝滑手機。輸入「甲仙」，再加上「文史」，第二個搜尋結果，就有讓我覺得有趣的事。

有位旅行攝影師，約翰．湯姆生，蘇格蘭愛丁堡人，他在一八七一年四月來台，拍了許多珍貴的照片，讓現代文史工作者可以藉由影像了解當時台灣原住民及漢人的生活方式。他走過的地方，就包含甲仙。

我一邊吃芋頭冰，一邊看網路上那些黑白照片，實在很美。

後來，有人將這些資料整理成書，搭配各個不同時期的地圖，以及現代的考察，將這個奇妙的旅行立體化了。我正感到佩服時，看到一個關鍵字，「書店老闆」。作者是位書店老闆，而且就住在甲仙。

用手機地圖查了一下書店的位置，離我所在的地方僅三百五十公尺。這麼剛好，我喜歡書店啊，一定要去看看。

我對麥可說，麥可挑起了眉毛，眼睛睜大大，驚訝地望著我，嘴角露出微笑。

看著已經停好的車，似乎不必特別再開過去，打算散步，仔細看看這個小鎮。路口有人在賣烤香腸，忍不住又過了馬路。

從小和爸爸一起出遠門，不管到哪，只要看到香腸攤，爸爸就會停下來，他一支我一支，一起邊走邊吃。對我來說，香腸就是旅行的味道，是認識一個地方的開始。

我拿著一支香腸，果果的腳步跟得更緊了，拚命搖尾巴，感覺比雨刷打到最快的速度還快。麥可手上也一支，臉上笑咪咪的，像小孩子一樣。

我們沿著大街走，看地圖要往右轉，沒想到，一轉進去，是個貓巷。

果果非常喜歡貓，雖然是一隻狗，但我們都懷疑她其實是由兩隻貓組成的。兩隻貓，後面的抓著前面的腿，走路時喊一二一二，就像舞獅裡頭的人一樣。

整條貓巷裡，牆上到處彩繪著貓，我們東張西望，看誰先發現角落裡的隱藏版。有的藏在窗戶邊，有的躲在屋簷下，倒是一隻真正的貓都沒看見，可能因為果果來了吧？

轉出那貓巷，到了一條長長的路，遠遠就看到那書店的招牌，巨大的兩個字。

走到書店的路上，一旁有間專營二手冰箱的店鋪，兩位大哥打赤膊，正費力地從白色小貨車後車斗搬下一台巨大的綠色冰箱，看來十分笨重，兩人臉上露出吃力的表情。

我緩緩從旁邊過，點頭打招呼，扛冰箱的大哥靦腆地回以微笑。我看到他們胳膊和肩膀交界處，有明顯的色差，那是認真勞動者身上的徽章。

周圍山林傳來尖銳的蟬鳴，我有種直升機要起飛的感覺，頭一陣暈眩，趕快閉上眼，準備蹲下。大概五秒鐘後又恢復正常，睜開眼，視線也逐漸清晰。果果和麥可一臉擔憂地看著我，我點點頭，轉身，向書店走去。

書店不大，看來像一個尋常的住家，正面的招牌以類似拓印的方式，大大地寫著店名，但可能因陽光曝晒而淡去許多，有種斑駁感，勉強可以辨識出字畫裱褙、文房四寶、新潮文具、佛教文物等字樣。落地玻璃上貼了不少海報，其中最大一張的黃色海報，以秀麗的毛筆字寫著那本書名。

走進店裡，層架上立著各種文具，螢光筆、鉛筆、水彩筆、毛筆，橡皮擦和幾樣玩具擺在一塊，玻璃櫃裡有計算機數台、文件夾、膠帶、打孔機，同樣擺設規矩，是過往台灣許多鄉鎮都會有一間的文具店，供應地方上的孩子各種上學需要用的物品。

這種小學生放學後可以和同學去尋寶、和老闆聊天的小店，感覺午後應該會充滿孩子的吱喳聲，不知道與門外的蟬鳴聲比，誰較大聲呢？

我在店裡張望著，一位五十多歲清瘦男子從店的深處走出，應該是書店主人，也是那本書的作者。我開口問：「那個……有沒有湯姆生的書？」

「噢，有。」老闆轉身自後方的木櫃角落拿出一本大書，白色封面上有張黑白照，一位原民女子背著一個孩子，面對鏡頭，時光凝結在那一瞬。

女子身上穿的是傳統服飾，應該就是苧麻做成的。把纖維來回捻過後，成為細線，織成布，現在只剩少數地方保留這樣的傳統技藝了。一如這本書記錄的，曾經存在這塊島嶼的一場旅行，如今鮮為人知。

老闆抿抿嘴，望著我，隔著玻璃櫃，彷彿我是日常來文具店的小學生。

翻開書頁，可以看到幾幀老照片，裡頭的人物多以側臉入鏡，那樣的姿態，有種奇妙的時尚感。除了人物，也可以看到彩色的風景照，與往昔地點的相互對應，回溯這十多年來查找路線的歷程。我讀了幾頁，忽然意識到老闆望著我，饒有興味的目光。

問了書價後，我請老闆幫我簽名。老闆露出笑容，拿出筆，慎重其事地書寫著。

「在旅行啊？」他彎腰低頭，伏在櫃檯上，隨口一問。

「嗯。」

「湯姆生也是。」

我順著他的動作望向門外，斜照的夕陽，像油漆潑在地上。門內漆黑如洞穴，彷彿保存了點什麼。

書名中有「尋找」兩字，我跟著他人的尋找，好尋找自己，尋找自己的問題，尋找自己的答案。

洞開的大門，成了一幅相框，邊框是黑色，門外的景象就成了幀照片。道路對面一位老婆婆坐在籐椅上，手拿著扇子，輕輕搖擺著。

麥可不知道從哪裡拿來一顆綠色的網球，在這幀照片的左邊，揮臂拋出。右邊是棕色的果果，搖著白色的尾巴，開心地跳著，追著球，咬回去給麥可。麥可拿了球，再振臂一丟。

來來回回，彷彿一種輪迴，但是開心快樂的那種。

書店老闆把書從櫃檯上推向我：「謝謝，旅行快樂哦！」

我也道了聲謝，捧著書，走出店門口。對面的老婆婆笑咪咪的，臉上的皺紋好深好深，好像剛剛在書裡翻到地圖上一條條的河流。那些都是時間的洪流啊。

但又隱約覺得不太對勁。

一臉慈祥面容，身體一動也不動的微笑老婆婆，眼睛彷彿看得到麥可和果果的動作，頭微微地跟著網球移動的位置擺動，簡直就像網球賽看台上的觀眾。

我假裝自然地走了過去，想仔細看，才發現待在屋簷陰影下的她，眼睛是閉著的。

為什麼，老婆婆看得見麥可與果果呢？而且是閉著眼睛。

難道，閉著眼，比較看得清嗎？

還是，她已經比較靠近他們那邊了？

21

山櫻花高高立著，像一個又一個家庭，
站在那，望著我。
我回望，淚水如雲霧湧上，
擋住了視線。

要去的是那瑪夏。
之前只在新聞裡看過，是叫莫拉克風災吧，據說影響重大，但現在似乎沒人記得。
我想去看看。
從甲仙出來沒多久，往那瑪夏的路上，我手握方向

山櫻花
落葉喬木，台灣原生種，又名緋寒櫻，意指寒冬開花。樹高可達十公尺，樹皮為茶褐色，金屬光澤，老莖以片狀剝落。花為鮮紅色，吊鐘狀。

盤，陽光灑下，兩旁都是綠意，台灣典型的山路風景。不同層次的翠綠色在眼前展露，開到後來，視力簡直都開始變好了。

行駛約二十多分鐘，看到路旁有個巨大的灰色建築，似乎是個博物館。

小林平埔族群文物館。

噢，小林村，這名字也是在新聞上出現後，又被遺忘的名字。我決定停下來。

博物館中有個模型，走過去看，是過往的小林村，占地不小，很難想像這麼大面積、有各種生活機能的聚落，竟在一夜間被滅村。

「滅村」這字眼實在很駭人，讀著介紹的文字，看著照片，我感到十分衝擊。也許，大自然要說話時，就是會用這麼驚人的聲量，否則愚鈍的人類無法聽見。

順著博物館參觀動線走，發現後方還有極大規模的展區，介紹平埔族的日常生活，從飲食文化、居住建築，甚至到服裝服飾的說明，都有很多互動裝置。我和麥可發現有傳統服飾可以穿，就自己在展場裡拿出，照著說明穿上。果果在我旁邊用鼻子聞呀聞，來回穿梭著，尾巴搖呀搖，好像也對變裝感到很有趣味。

走回到大廳，有個小店鋪，賣著許多原民手工藝。麥可看著一頂精心編織的帽子，愛不釋手，我知道他不是想買給自己，而是每每看到台灣在地的藝術工作者，以自身精良工藝創作，就會心生惜才之意。我一把接過來，和茶葉蛋一起結帳。

茶葉蛋，是因為攤位的大姐一直說很好吃，還說等我車開走，在路上嘗過後，又會跑回來買。我聽得哈哈大笑，就夾了一顆。

其實，茶葉蛋也算是台灣的名產吧。許多日本觀光客說茶葉蛋是最能代表台灣的味道，我才意識到，除了台灣，其實你並不大會在其他地方看見這食物。而且在台灣，要遇到難吃的茶葉蛋，也不太容易呢。

我坐在車上，面對方向盤，一邊隔著塑膠袋剝蛋殼，一邊與麥可分享我的茶葉蛋理論，好比如何像一顆茶葉蛋，在冷酷世間帶給人溫暖和飽足感。他聽了連連點頭。我還延伸說明，也許，台灣人也是世上少數熟練於隔著塑膠袋剝蛋殼的一群人呢。

一種不弄髒手卻能達到目的的奇妙手法，不覺得很有台灣人尋求小聰明的民族性嗎？當然，還有唾手可得的便利感，這當然不單是茶葉蛋的功勞，而是便利商店的普遍化。只是，被照顧得好好的，那幸福感會不會也因此離我們愈來愈遠？常常被滿足的我們，要得到滿足感會不會愈來愈難？

我嘴上一邊說，一邊心裡清楚，所謂的我們，不是誰，其實就是我自己。

麥可邊聽邊微微點頭，若有所思。

他總是如此，從未激烈反對我隨口說出的不成熟想法，總是聆聽著，溫暖地微笑。希望有一天，我會變成他這模樣的大人啊。

茶葉蛋在口中散發香氣，鼓勵了我的狂言，吞下最後一口時，我總算住嘴，停止我毫無意義的觀察分享。

果果略帶失望的看我吞下最後一口茶葉蛋，也跟著把口水嚥下，舌頭伸出，快速在嘴邊滑過，彷彿她也嘗到了美味。

有時我感到很抱歉，以果果的靈敏嗅覺，聞到的味道應該是我的上百倍，那她感受到的飢餓，還有隨之而來的失望，會不會也是我的百倍呢？

我把手往後伸，穿過兩個座位中間，摸摸她的頭。她開心地用頭頂我的手，示意要我多摸她幾下。

我透過後視鏡，看到她笑得十分開心，嘴巴大大地咧開，彷彿剛剛對食物的失落一掃而空。尾巴快速地擺動，打在汽車椅墊皮面上，發出啪啪啪的聲響。

被剝掉的蛋殼，依舊散發出香味，車內馨香著。已死去的，未必不能留下味道，就像麥可和果果，在我心裡依舊活著。

往前才開幾分鐘，有個彎。突然出現一個告示牌，是小林村紀念公園。

我沒有心理預期，這麼近。在身心靈飽足的狀態下，如此近距離接觸一場悲劇的遺址。

我在路邊停下，在車上靜默。

我責怪自己，怎麼可以在幾分鐘前還那麼滿足於一顆茶葉蛋。我也責怪自己，明明剛剛才經過博物館，當然表示遺址就在附近，為什麼會這樣毫無感知呢？

突然間眼淚直流，完全無法停止。

死掉就不能吃茶葉蛋了。

麥可不能吃茶葉蛋了。果果不能吃茶葉蛋了。

我剛剛還在那大放厥辭，在他們面前吃茶葉蛋。或者說，他們根本也不存在，我只是自己對自己說話而已。

茶葉蛋，不也是無法出生的蛋嗎？

無法出生為雞的蛋，對於雞這樣的物種而言，不也失去了物種的意義？不也屬於被否定的那一邊？

我作為一個活著的人，卻只是不斷地被拋下，單方面接受喜愛的人離我遠去，整天都在失去的痛苦裡。想到麥可就想哭，想到果果就想哭，什麼事都沒有做，對這世界毫無作用的我，不也是個茶葉蛋嗎？

就算外表看似光鮮，內裡卻毫無生命。就算有香氣，那也只是死亡的變奏。

我好難過，我好難受。

也好想走。

從在高中校門口看漫畫，被教官叫去醫院見母親最後一面的那天，我似乎就開始奔喪。

我奔了三十年的喪。

第一個女友走了，在我讀大學的第一個月，走了。

父親走了，在我有能力為他做點什麼之前，走了。

好友走了，在跟我通電話後兩天，搭著直升機，走了。

果果，走了。

麥可，走了。

我一直在道別，一直在後悔。後悔沒有和那個離開的人一起多做點什麼，後悔沒有多聊些什麼，後悔我的腳步沒跟上他們。

我是深夜打烊的酒吧，喧鬧的人們都開心地走了，只留下我和安靜的夜晚，隔著玻璃，望著外頭，陷入一片黑。

淚眼朦朧裡，隔著車窗玻璃，我看到麥可和果果已經進到那紀念公園裡，晃蕩著。

我記得，剛剛讀到介紹，牆上有四百六十二位受難的小林村民姓名，有一百八十一棵台灣原生種山櫻花，每一棵，就代表一個受難家庭。

山櫻花高高立著，像一個又一個家庭，站在那，望著我。我回望，淚水如雲霧湧上，擋住了視線。

充滿綠意的公園裡，棕色的果果搖著尾巴，尾巴那白色的最後一截，顯眼無比耀眼。麥可把手背在身後，安步當車，表情認真地讀著園區內牆上的文字。

車窗外，麥可和果果在那裡走著，那充滿著走了的人的地方。

我想著，要不要下車，加入他們。

22

「君子愛財，取之有道。」我隨口說出。

麥可望著我，饒有興味。

「那君子愛玉呢？」我問麥可。

他挑眉，搖搖頭。

愛玉

桑科，常綠攀緣藤本，產於中海拔山區，種子含果膠酯酶。將愛玉加水並搓揉後會產生化學反應，其分子連結成立體性結構而結膠。

後來，我沒有下車。

我在心中和天上的小林村民們致意後，繼續往前開。

山上的光和城市裡的光，顏色是不一樣的，透過樹葉灑下的光，色彩較濃郁，不像在城市裡，連太陽都混濁，漫著人工感。

我享受著山路，手握方向盤的樂趣很多，你往右邊轉一點點，路就會跟著彎一點點，往左邊轉一點點，路又會彎回來。水跟著我前行，可以看到溪裡的大石頭，也可以看到隧道在對面的山壁上，應該是廢棄了。

之前的道路在那場風災中，接近全毀，修復的方式是重開一條路，因此可以看到對岸舊路的遺跡，於是，旅程中，充滿一種可以看到前一段人生的感覺。

前世和今生，隔著一條河，彼此相望。

世上竟有這麼具象化的比喻。

出現一座鐵橋，感覺十分嶄新，應該就是後來蓋的，而且，橋的名稱很特別。

我一開始根本沒注意，平常總覺得橋的名字根本就不重要，甚至很多時候對橋視而不見，只管開過去，但因為橋的色彩很鮮豔，我和麥可都看到了，感覺和台灣其他地方不一樣，我們討論著。

我講起一個笑話。

有個朋友從歐洲來台灣玩，他對每樣東西都很有興趣，常常問我問題。

有一次他問我，那橋上面有塊板子，寫的是什麼字。

我回：「喔，鄉長的名字。」

他點點頭。

一天裡，我們又遇到不同的天橋，他又再問。

我照樣回：「喔，區長的名字。」

問到第四個，他很好奇：「你們怎麼那麼多人有愛心？」

「什麼意思？」

「你們那麼多人願意出錢蓋這些橋給大家用，實在很棒啊！」

「沒有啊，他們都是用政府的錢蓋的啊！」我回。

朋友聽了很不滿，生氣地大聲說：「不是他們出的錢？那憑什麼放他們的名字！」

我講給麥可聽，他也跟著笑了。

我知道他一定比一般人更加有感覺，因為他的專業就是政治學。關於眾人之事，關於官僚體制，關於那些不太公義的事，他比誰都還站到前面。

眼前的橋似乎不太一樣，每一座色彩都較過往看過的活潑。我們開始期待下一座橋。

遇到大武壠橋時，我開口：「大武壠橋耶？」

「應該與大武壠族有關。」麥可回答。

我把車停到路邊，反正也沒有趕著要去哪裡，沒有人等我，沒有任何預定。

麥可看我停下車，有點納悶地望著我。

迎著麥可好奇的目光，我回答：「我想查一下橋啦，想說有點基本認識，畢竟我們可是要從人家身上過去耶，我是說橋，至少知道人家的名字，或者一點點關於那名字的由來。」

手機顯示的，果然如麥可所說。「大武壠橋是以小林村平埔大武壠族命名」，我照著資料念出。麥可點點頭。

原來，這些橋的命名過程，就是要讓這裡不同的族群文化被看見，是族群協調與融合的呈現。小林橋、大武壠橋、貳號地橋、那斯拉拿橋、馬巴扎紐伊橋、錫安山橋、阿力吾艾橋、嗡嗡橋、都朴魯安橋、安哈娜橋、哈麗奧爾橋及那都魯扎橋，是我們一路經過的名字。

馬巴扎紐伊橋，是拉阿魯哇族「您好、平安」的意思。

哈麗奧爾橋，是布農族的地名。

最靠近那瑪夏區的那都魯扎橋，則是卡那卡那富族古時的聚落名，豐盛物產，族人繁衍之地。

印象最深的是，嗡嗡橋。

到達嗡嗡橋時，我覺得是時候，該下車瞧一瞧了。

橋邊有一個破開的種子，拳頭大，裡頭都是毛。我用手機拍，查資料，結果是愛玉。

吃過那麼多的愛玉，猛然遇到愛玉本尊，嚇了一大跳，原來愛玉子長這樣啊！

果果在地上聞著那顆愛玉子，「君子愛財，取之有道。」我隨口說出。麥可望著我，饒有興味。

「那君子愛玉呢？」我問麥可。

他挑眉，搖搖頭。

「吃了就跑。哈哈哈！」我講了一個無聊的笑話，麥可捧場地跟著笑。

我在講的是他，麥可愛吃、懂吃，講起吃一定興高采烈。

但在政壇上，他當然是個君子，從未吃相難看，有人曾經請他出馬，競選南部某個大城市的市長，但他不為所動，堅決婉拒。幾位總統候選人在選前來請教他的意見，他若是想求官，恐怕早就可以擔任公職，但他只提出建言，從不要求任何職位。大概是同輩的政治人物中，不曾有一官半職的。

古代君子配戴玉，取其潔淨無垢，好自我砥礪，務求無汙點。像麥可這種君子，潔身自愛，冰清玉潔，晶瑩剔透，一生坦蕩蕩，沒有任何不可告人的物事，就像愛玉一樣清澈，他的人生，大概比一般愛玉還更加愛玉吧。

從地上的愛玉子抬頭起來，我發現，站在外面與從車內看那溪谷，還是有很大不同。視覺的臨場感，絕對不是因為隔著那一面玻璃而已，還有聲音。

陽光灑下來，是帶著聲音的。興奮得很，有如擁抱。

沒有陽光的地方，山谷是深沉的，甚至有點陰沉。

不知道為什麼，就覺得這裡的山與人很靠近，我的意思是，一種臉貼臉的感覺。

我們都去爬過山，站在稜線上，通常只感到視野開闊，覺得自己在親近山。但此刻，我覺得是山在親近我，而且是眼睛就要靠上眼睛的迫近感。滿坑滿谷的蟲鳴聲，聲音好大，好銳利。

我往橋的方向走去，慢慢接近名字像是開玩笑的嗡嗡橋，它的顏色是深沉的黑，橋上路面沒有雙向分隔線，兩旁的護欄是相對單純的造型，三條平行線如樂譜，搭著一節一節的垂直線，宛如沒設計的設計。

愈走近，橋中間，愈聽得到一個低頻的聲音，是什麼呢？

是從底下溪谷傳來的。是風聲嗎？奇怪？

嗡嗡。

噢，我知道這橋名的由來了。

麥可和果果從橋的圍欄探頭，往溪谷下方望去，水流過。

那不是山谷的回聲吧？那是一種宛如樂器的鳴聲。

我們就這樣，身子靠在橋上聽著，宛如一起去國家音樂廳參加一場音樂會，一起在第一排。沒有足夠的能力用話語描述那聲音，只能心領神會，只能彼此陪伴，試著用眼神交流。

我們彼此對望，又閃避對方的眼神，看向溪谷中那根本沒在看的一個點。

好像知道了些什麼，並且知道那一點也沒什麼。

想假裝知道些什麼，因為，都已經歷了些什麼。

什麼？

水流著，那不似水聲的嗡嗡聲響著，我們在嗡嗡橋的中央想著，該想什麼。

我只能說，我在場。

我有一點點平靜。

「這邊不錯耶。」我出聲。

「嗯。」麥可應。

「嗡嗡。」我出聲。

「嗡嗡。」麥可回。

II

奇怪的是，每次我和母親視訊時，果果和麥可就不會在場。

我不知道是他們和母親不熟，還是刻意要迴避，總之，每當我做這件事時，他們就剛好不在。我一直在想，我是哪時候意識到的？想不起來；我也會想，我意識到的時候，會不會太晚？

我找了各路旁可以停車的避車彎，想要在母親午餐前和她說說話，不過得考慮機構的作息時間，畢竟，對方無法一對一地照顧，得同時滿足許多人的需求。

我也知道，這是一種額外的負擔，想看母親，我該自己去，也很謝謝對方的體諒。我和母親不在同個城市，因為好的安養機構難尋。當初為了幫母親找合適的機構，一連看了十幾間，幾乎都很令人恐懼，彷彿生命的末段是一場磨難，而以母親失智症的狀態，可能還會再經過許多年，我無法想像，更深深害怕著。

活著比死還慘，世界上真的有這種事。

好不容易找到這個生理照護完整、更重視住民心理健康的機構，我是很感激的，也清楚知道，更多的請求，都是過分。對方願意讓我隨時看看媽媽，已是種恩慈。

播通電話，幾聲響聲後，手機螢幕出現母親的臉龐，灰色的。

「媽媽，你今天好嗎？」

母親沒有回答。

你要一個囚犯回答什麼呢？母親的失智症，隨著大腦退化。身體的活動能力近幾年也大不如前，只能坐在輪椅上。呆滯的眼神，面無表情。

我想念她的笑容，開始扮鬼臉：「媽媽，你看到我沒有笑一下？我那麼好笑耶！」十八歲的我可能對此難以想像，以前的母親很嚴肅，從不開玩笑，車禍腦傷後反而可以逗笑，只是這幾年，也漸漸對外界事物沒有反應了。

我開始扮起猴子，想要如那天看到樹上的猴子家族一樣，試著讓母親感受到一點刺激。我把手機靠在水壺上，右手在頭頂搔頭，左手在腰間抓癢，嘴裡一邊喊著吱吱吱。

猴子有家族，我也有，但沒有人理我。

人家說彩衣娛親，我也娛，只是親不理。

我頹然，想哭。

但，得等掛掉視訊後。

23

「我本來只是想說，現在正在叫的蟬，我們不叫牠蟬寶寶，因為剩沒幾天。不過，你讓我想到，牠知道自己剩沒幾天嗎？」

台灣熊蟬

台灣特有種，體型大，長約五公分，體色黑，上翅透明。

麥可和果果在打羽毛球，我在旁邊看。

這塊翠綠草地，周圍被群山包覆，周邊樹林裡，聲音很多，有鳥叫聲，有蟲叫聲，有蟬大聲叫。

「我們會說蠶寶寶，但好像不會說蟬寶寶？」我說。

「啊？」大概聽不懂我說什麼，麥可揮了一拍後，皺著眉，困惑地問。

「蠶寶寶，和蟬寶寶。」我又重說一次。林間的陽光讓麥可的鏡片不時反射出白光，從我的位置看，好像眼睛會發射光線，殺死壞人。

果果揮了一拍，球高高飛起，畫出弧線。「他是說吃桑葉的蠶寶寶，和現在叫到我耳朵快聾掉的蟬啦！」她難得開口。

「哦！」麥可恍然，點頭，右手高舉，準備迎向正從最高點下落的白色羽球，看起來也很像正望著天空中的煙火。

「他ㄔ跟ㄘ分不清啦！」果果指著我笑。臘腸狗的前肢很短，拿著與身子一樣長的羽球拍，視覺上看來很奇怪。

「因為我是安平小孩，講的是標準的台灣狗語。」我故意強調。

「人家麥可也是安平人，就沒有這個問題。」果果又揮了一拍。

我決定遠離爭議，回到問題核心，誰叫我從小就是製造問題的專家。「我在猜，是不是蟬，嘰嘰叫的蟬，被我們看見時，已經不是寶寶，而是生命剩五天的老人了？」

「生命剩五天就算老人嗎？那剛出生就夭折的嬰兒，算是老人嗎？」果果彷彿哲學家在探究事情那樣提問，沒有攻擊性，但也沒有在客氣，辯證大師的樣子。

「你難得說話，就好有道理喔。」我試著緩和。

「所以呢？」果果問，同時突然跳起，猛力揮拍。白色的羽球如花，飛起。

「我本來只是想說，現在正在叫的蟬，我們不叫牠蟬寶寶，因為剩沒幾天。不過，你讓我想到，牠知道自己剩沒幾天嗎？」

「嗯。」麥可出聲，微微點頭，右手舉起，手肘呈九十度，眼神銳利，盯著空中，其實也很像傳統畫作裡的雷公。

「我知道我的問題既沒禮貌又莫名其妙。」我考慮著到底要不要說出來。想了一拍，還是說了：「我只是在想，當時那瑪夏的居民，會知道那天要來了，自己剩沒幾天嗎？」

我看了一眼麥可，再看一下拿著與自己身體一樣長羽球拍的果果。「那，你們自己那時候知道，剩沒幾天嗎？」

我說出口了。

白色的羽球緩緩自空中墜落，我不知道輪到誰揮拍，因為球在那兩人中間，就像生與死之間的中陰。沒有人可以死著回來，沒有人可以活著離去。

麥可與果果停下動作，任由那白色羽球落在綠色草地上，顏色對比強烈，陽光正烈，從我眼中看來，靜止的一切，如同一幅畫。兩人望著我，宛如我在博物館，而畫中的角色，轉頭看向我，沒有出聲。

他們不動，我也動彈不得，時間靜止，不，時間其實並未靜止，靜止的是我們，或者說，只有我。

我就是那顆白色羽球，卡在他們的中間。有羽毛，卻飛不起來。

滿山的蟬鳴，有點太大聲，我想起一小時前抵達那瑪夏時的震撼。

數了一座又一座彩色的橋，我們三個很開心，一路唱著歌，有種遠足的感覺。在遊覽車上，總是要唱些歌，好搭配車窗外流動的各種綠色。

於是，在沒有心理準備的狀態下，到了那瑪夏。

路邊有個過去的告示牌，一旁的雜草，長到我腰際高。我把車停在那，從車窗的玻璃，可以看到它標示著區代會、消防隊、學校等位置。

下了車，太陽好大，天氣真好，感覺很開朗。

後來才意識到，這裡的開朗，無人知曉。

沒見到人，路上毫無動靜。我停車的地方，右邊有條小路，我們就沿著那小路往上走，穿過雜草後有些石階，走來很輕鬆舒服。再往上，視野突然開闊起來，是個國中的操場。

周圍幾棟校舍，三層樓高，灰色與白色相間，又有著奇怪的異樣感。

小腿癢癢的，因為被草碰到，我彎腰撫了膝蓋後方兩下，看到果果一貫地抬起前肢，信步走著，好像逛街一般。豎起的尾巴緩緩地左右擺，白色的尾端很明顯，快樂也很明顯。

麥可像位人類學家，正嚴肅地考察著校舍，表情有如在搜尋，但我不知道他在找什麼。

突然想到，一般學校就算放假，白天都仍會有小朋友跑來玩，不管是在球場上打球，在沙坑裡挖土，或是在操場跑來跑去抓蟲，總會有小孩的笑聲，他們正享受著屬於他們的、看似無意義但品質好過我們大人許多的時光。

而此刻，這個屬於孩子的地方，一點孩子的笑聲都沒有，非常奇怪。

我一邊摸著草一邊想，對，還有草。通常學校不至於放任雜草，以一種無秩序的方式，隨意地長到小腿以上。

這裡，不會也被放棄了吧？

我愈想愈怪，慢慢走向離我最近的一棟校舍，然後，嚇了一跳。

校舍的建築沒什麼問題，甚至可能比我們台南許多百年學校來得新穎，但眼前的白色立面上，有米黃色的泥漿，超過一層樓的高度，形成一條線。

我曾經在牆上見過這條線，在威尼斯，那線代表著曾經淹水的水位。

問題是，我們現在是在高山上耶，怎麼牆面上會有這種水線？而且不是水線而已，是米黃色的泥漿痕跡。

我轉向教室門口的位置，更加怵目驚心。

一樓教室的天花板，一整片的泥漿，感覺就像是水泥灌漿車的車尾巴直接對著教室噴吧？如果有人在一樓的教室裡，那不是必定要滅頂？

隨著視線往上，二樓同樣有泥漿的痕跡，可想而知，泥漿是直接淹到二樓的教室裡。

我難以想像當時若有孩子，該如何逃生？老師要用什麼方式面對？

沿著校舍再往前，是個下坡。我的腳不自覺地往下走，想像那泥水往下沖去，就會沿著這個斜坡一路往下。

而往下，我看到一個有點諷刺的景象。

消防隊。

災難時可以救助我們的消防隊，都被土石流淹了。不遠處還有間衛生所，一半的白色牆面被泥水染上土色，貼了一張告示，寫著「本場所已廢棄」、「勿隨意進入」之類的字眼。

我愈走愈快，因為知道土石流不會停下腳步，更不會緩步前進，它一來就是如同山洪爆發，直接快速，不講情面，把眼前的一切吞滅。

我走到斜坡底，回頭看。長長的斜坡，又高又陡，若是當日，那泥水不就占滿整個視野？那該是多麼震撼的影像？

光想，就害怕。

日正當中，我卻冷了起來。

斜坡的最底端是成群的民宅聚落，許多戶都已廢棄。

其中有一戶，讓我印象深刻。窗戶已經破損，但建築物本身並不過分陳舊，也許十多年，比我老家新多了。

站在原來門口的位置，可以看到寬大的客廳裡，掛著巨大的木製匾額，厚實又氣派，有股讓人不敢忽視的架勢。可想而知，這戶人家應是地方上的有力人士，那客廳平日甚至可能是許多關係人士泡茶協調事情的所在。

細看那塊匾額，字體渾圓氣魄，一個字一個字，都比我的塊頭還大上許多，寫的是「中流砥柱」。

在土石流裡，你沒有抵住啊。

我指給麥可看，麥可憂鬱的眉頭揪起，點頭表示他看到了。

「再怎樣的中流砥柱，遇到大自然，只會牴觸。」我緊張焦慮的時候，就會這樣，講一些垃圾話，好避免在巨大的存在前覺得自己像個垃圾。

麥可對我的玩笑話，不置可否，安靜地往前走。那是一種體諒。

我繼續往前走。

一棟兩層樓的建築，寫著「代表會」，應該就是這區的政治中心吧，說不定，剛剛那戶人家平常就是在這當民意代表的。泥水的痕跡同樣怵目驚心地從一樓延伸到二樓，空洞的窗戶，讓人可以一眼看透。裡頭的空虛，讓我心裡好像破了一個大洞，很空。

我眼角瞄到，麥可看著眼前的權力象徵，緩緩搖著頭。動作不大，但我看見了。

權力也許很大，權力者卻很小。

再巨大的權力者，都很渺小，尤其在歷史面前。

我想著，一輩子參與政治、關注公共事務的麥可，看到那政治的場域，恐怕心裡的衝突感比我大許多。我雖然想開玩笑緩和，但真的想不出要說什麼。

連果果都不再搖尾巴，彷彿她也嗅聞到死亡的氣息。

一種巨大的苦悶把我們罩住。是個透明的堅固罩子，我們三個在底下，動彈不得。

我抬頭朝遠方的山看，綠意盎然，襯著藍色的天空，金黃色的陽光，美得毫無保留。

誰會知道這裡曾經發生那麼可怕的事呢？

山還在，天空還在，人不在。

不知道為什麼，遠處，麥可和果果突然在前方空地上打起羽毛球。

仔細看，是我們一開始到的那個國中操場。

我緩緩走去，在旁邊看。看得心底發慌，脫口而出。

「那，你們自己那時候知道，剩沒幾天嗎？」

他們不回答。

24

「嘿啦，我覺得人喔，
太多忌諱了，反而，會搞錯重點。」
「怎麼說？」
「一定會發生的，不去理他；
不一定會發生的，煞抓緊緊。」

「他們會知道嗎？」蒼老的男性聲音，從我身後傳來。
我回頭看，是食蟹獴。
他穿著寬鬆的上衣，手裡拿著根巨大的姑婆芋，腳上沒有穿橘色的雨鞋，似乎是灰色的運動鞋，只是有些土，看不太清楚。

姑婆芋
天南星科，姑婆芋屬。葉片巨大，可將肉打包，方便人們分享打獵的肉品，也可當傘撐。

為什麼他會出現在這裡？我心裡納悶著，上次遇到，是在國小的操場，他跑著步。難道有操場就有他？

我試著提醒自己，不要認為對方是食蟹獴，不然講起話來應該會有點奇怪，至少，不要當面叫人家食蟹獴吧。

「阿伯，你也來這裡喔？」

「運動啊。」食蟹獴阿伯回答的聲音拉得長長的，講的是台語，我聽來很親切，是我這種南部孩子熟悉的長輩講話方式。

「你很愛運動喔？」我喜歡愛運動的人，就算是食蟹獴。

「嘿啊，你看，他們運動，就歡喜耶。」阿伯看著又重新打起羽球的麥可和果果，臉上一副躍躍欲試的興奮感，那些皺紋好像都一起往上揚，簡直和微笑一樣。

「你是不是也想打球？」

「嘿啊，看起來，真趣味啊！」阿伯感覺充滿活力，比我好多了。

我也跟著看起眼前一人一狗的羽球賽，心情好像比較開闊一些了。

「我跟你說，沒死之前，要想著高興地活。快活，台語的『快活』啦！」阿伯國台語夾雜，講起「快活」，好像真的很快活，整個人都有律動感。隨著他開口，周圍彷彿有音樂響起，運動時會播放的那種。

我感到困惑，音樂從哪裡來的，環顧四周，只有遠處的山，近處是廢棄的校舍，都不太可能啊！

結果，音樂是從我身上發出的。從我的褲子。

我趕緊伸手到口袋裡，一掏出來，手機正在播放潘蜜拉雷夫健身教練的影片，做的是ＡＢＳ腹肌運動。之前疫情，麥可和我都會分別在家跟著她一起鍛鍊。

我伸手要關掉，阿伯伸出左手掌：「不用關啦，很好聽啊，不會吵到誰的。」他往四周一比，確實這裡誰也沒有，只有我們四個。而且容我提醒，只有一個是人。

「你知道，那時候，這邊整個就是沖下去。」乾乾的聲音，從阿伯嘴裡傳出。

我一下子沒有意會，納悶地望著阿伯，看著他誇張的手勢，揮動著指著山上到山下村子去。我懂了，在說那次風災。

「你說那次颱風？」

「對啊，你有看過好萊塢電影喔，就是《明天過後》那種。滿滿的，全部都是黃色的水加上土，整個眼睛看不到別的。你想跑也跑不了，腿，都軟掉。」阿伯講得激動，手比來比去，腿部動作也有。

我只能點頭，麥可和果果繼續揮著羽球拍。

「那時想說要死了，整座山都要崩下來了。崩下來啊，你也不知道怕，因為從來沒有看過。占住整個天空的，一瞬間沖下來，就是身體一直抖，一直抖。」

「你那時候在？」我忍不住發問。

阿伯沒有回答我的問題，繼續說：「很多人都哭了，一直尖叫，但也聽不太到。整個山和雨的聲音，都蓋過去，怎麼聽得到？」

我不知道要回答什麼，只能緩緩點頭，很怕阿伯情緒太激動中風。中風的食蟹獴，要怎麼醫治？我認識的醫生不知道有沒有到這裡偏鄉巡迴醫療。

「隔天，就沒聲音了。」

「沒聲音？」

「因為，都不見了，都在土裡了。」

「誰？」

「人啊，人都在土裡了。」

我呆住，好可怕，難以想像。

「只有雨聲。親像在哭一樣。然後，那一個禮拜，就是到處傳來哭聲，挖出來就哭，挖不到也哭。」阿伯的說話方式，在我聽來，竟有點像饒舌歌手。

一陣靜默，連山上的蟬也不叫了。

「有一個檢察官來相驗，我在河谷底下，看著他從半空中過去。」

「半空中？」

「路都沒啦，他們進來只能用流籠。從小林村那邊開始就都斷掉，肝腸寸斷啊！」

「流籠是什麼？」我問。

「就是一個籠子。一條繩子架在半空中，人坐在裡面，從這座山溜過去那座山啊！」

「是像纜車這樣嗎？聽起來很恐怖耶！」

「坐起來更恐怖哦。」

「哇，為什麼檢察官要到風災現場？又不是命案。」

阿伯皺了一下眉頭，皺紋更深了。「還是要相驗啊，要確定死因。死太多人了，那個時候，這裡死人比活人多，後來活的也不想住了，很多都搬走了。」

「噢。」面對巨大的生命議題，你只能點頭稱是，其他都是唬爛。

「而且，就算留下來，只要一有颱風警報，就要遷離。」

「遷離？」我又重複對方的話了，真討厭這樣，幾乎與我厭煩自己一樣。

「看！不遷離，可能晚上山洪暴發，就又會死人啊！政府他們都是這樣想的。」

「那你怎麼想？覺得他們不應該住在這裡嗎？」

「我？我哪有什麼想，我們本來就住在這裡，好幾代了，他們也是。你叫他們去山下，也要能夠適應，很多都被漢人欺負啊，很可憐啦。許多原住民本來住在平地，是被驅趕到山上去的，結果現在再到平地，已經不一樣了，不友善啦。我是覺得，應該問一下，到底為什麼天氣變這樣？風雨變那麼大？」

「氣候變遷，極端氣候的次數增加了，災難就增加了。」我像背書一樣，講出平常老是在講的答案。

「對啊，那氣候變遷是怎麼來的？」

「人類的工業大量排放溫室氣體，使全球氣溫上升，聖嬰現象與反聖嬰現象陸續出現，造成全球各地雨量不均，乾旱與瞬間強陣雨增加。」我繼續背書，彷彿是個好學生，在這個大自然學校裡接受食蟹獴的考試。我希望得一百分，但我更希望，該活的人活下來。

「那你們都有賺到錢嗎？」

「我？當然沒有，都是企業財團賺到錢，其他人賠了命。」我自己知道這樣的說法很偏頗，但還是說了出口。

「你說財團，你們大家還不是都去財團上班，賺財團的錢？」

我背脊冒汗，阿伯確實戳中核心，我們都是共犯。「你講的沒錯，我們也都得利，不只是賺錢，更多是生活便利啦！」

「對嘛，你們也是有責任的。」

「因為我們都會覺得，死的不一定是我們。」我吞吞吐吐地說。

「我就問一句，住這裡的人，有排放溫室氣體嗎？看！結果死掉的是他們。山裡頭的動物、樹木，有排放溫室氣體嗎？看！」阿伯突然情緒激動起來，我有點不知所措。麥可轉過頭來看了一眼，又回過頭去，右手高舉，眼睛繼續盯著半空中將落下的羽球。

「你剛剛在問要死的人知道自己要死了嗎？」阿伯轉換了話題。

「嗯。」

「那我問你哦，你感覺，知道比較好，還是不知道比較好？」

阿伯用台灣國語講起生死問題，有種嚴謹又生活化的氣味，很像哲學老師，但不是在課堂上，而是在路邊，比較誠懇的那種。

「我可能會覺得知道比較好。」我想像，如果是自己的情況。

「哪裡好？」

「可能可以先準備，跟在乎的人道別。」

「那你現在就可以做了。」

「啊？」我嚇一跳，難道我要死了？難道阿伯可以預知死期，還是食蟹獴會嗅聞到死亡的氣息？

「你不要緊張，我的意思是，你知道自己一定會死啊，那你現在就可以開始準備，做你覺得該做、想做的事。你不是說早點準備比較好嗎？」

「可是……」我一下子找不到能夠反駁的話語，阿伯說的似乎有道理，但又好像哪裡怪怪的。

「你是不是感覺，跟人家講這個，有點忌諱喔？」

阿伯每次講話，就像從台語翻譯過來。「你感覺」這個詞不斷出現，但其實平常我們應該會說「你覺得」吧。理解阿伯的意思，突然感覺阿伯用很多心思與我對話，有股被在乎的感覺。

「我沒有忌諱這個，但我怕別人忌諱這個。」我也試著講出自己的感覺。

「嘿啦，我覺得人喔，太多忌諱了，反而，會搞錯重點。」

「怎麼說？」

「一定會發生的，不去理他；不一定會發生的，煞抓緊緊。」

阿伯的「煞抓緊緊」是用台語講的，重音放在「煞」，台語的「suah」。每次聽到這一個「suah」，我都覺得有種「刷」的感覺，像籃球劃過籃網時發出的聲音，清脆俐落，把後面的強調給強調出來，一如此刻。

「一定會發生的，是死掉。那不一定會發生的，是什麼？」我問。

「啊，就是發財啊。那麼愛發財，就開發財仔啊，看！」發財仔就是台語的貨車，阿伯加入了語助詞，強化語氣，也提醒我要仔細觀看。

麥可聽到那，轉頭笑了，一副十分認同的樣子。

果果趁這機會殺球，但可能因前肢比較短，所以羽球還是輕飄飄的，以奇妙的軌跡，繞了一個弧線，落到麥可的腳邊。

果果興奮地跳起來，長長的身體，垂直地面，兩隻前肢伸直。綠色草地上，一條棕色的臘腸舞動著，搭配她開心的臉，咧開來的嘴，一瞬間，彷彿這裡不是死蔭之地，而是個歡樂的生命樂園。

我迷失在樂園裡，像個羽球，被帶往天空，但終究會落地。

25

兩、三層樓高，
大約要五個人才能合抱的大木頭，
被擺放在柵欄裡。
我的感覺是，
在高山上遇見一條抹香鯨。

牛樟
樟科，樟屬，常綠大喬木，高可達一千七百公尺，是台灣原生特有種，闊葉五木之一。木材具芳香，富松油醇，不易腐朽，高價值，枝葉可提煉牛樟精油。

離這裡有段距離。斜坡下方左邊，好像還有幾間房子。走過去後，依舊是幾間空屋，有種稀微的安靜，並不感到恐怖，像是車站的失物招領處。

這裡的房子，都是失物。只是招領，無人願意回頭來拿。

一間間房子，宛如在舞台邊等待的演員，卻發現場次表上，沒有他們的名字。房子們散發出這樣的氣息，一扇扇門窗，宛如眼睛，望向我，與我交換著寂寞的眼神。

動物收容所裡的眼神，也是這樣。與小動物對上眼後，你會主動迴避，因為知道自己的無能為力。而那無能為力感，是如此有力地擠壓你的心臟，逼著你心悸。

「我最有力的，就是無能為力啦！」每次都想這樣大聲說。

不知道為什麼，想起了石虎小姐。

我在日榮本屋書店翻到一本有關石虎的書，讀到石虎耳朵後面有白色的條紋，那兩道讓我眩目的光。

要是當初與她一起跳繩，被她帶走，會去哪裡呢？

石虎小姐對人類有怨念嗎？還是只是單純的無能為力呢？

那麼美麗的生物，卻被那麼不美麗地對待。

我漫步著，看著眼前的草木，卻也沒看著眼前。突然一戶人家有動靜，轉頭看去，是一位太太拿出家裡的衣物要晾。她看見我，那對大大的眼睛，有種對外來者的警戒感。

我趕緊點點頭，大聲打招呼：「你好！」

她似乎有點驚訝，勉強回了句「你好」，手上動作未停，繼續把衣服掛起來。

一個小孩從她腿邊竄出，喊著：「雞雞，雞雞！」跳下房屋的階梯，一路衝向我。

順著小孩的動作，我才發現，地上有個小籠子，裡頭有隻雞。孩子興奮地蹲在那裡，朝籠子裡喊叫著。

這是來到這裡所遇見最有生氣的一刻吧。

我彎下腰，挨到孩子身旁，跟著大喊了起來。「雞雞，雞雞！」「雞雞，雞雞！」

孩子一開始被我的聲量嚇到，接著也開心地一起大喊，彷彿棒球總冠軍賽的球迷，死命地吶喊，好把心裡的不確定喊走，用力地大口吐氣，好把一些烏雲吹散。

在我們的喊聲中，我感受到一種眼光，正看著我們。

遠處有個穿黃衣服的人影，站在山巔上。

我停了下來，站起身，回望。那人成了天際線的一部分，身上那抹黃，顯眼無比。不過視覺上的比例怪怪的，那樣遠的距離，人不是應該變小小的一個點？為什麼我可以清楚看到那樣的人形輪廓？

我感到納悶，想看清楚，但眨了眨眼，黃衣服的人影就不見了。

這裡也太多奇怪的人事物，我突然有種想逃離的感覺。

小孩的媽媽不知道哪時走過來，從我身旁牽起孩子的手，望了我一眼，拉著孩子回屋裡去，整條街又剩我一個人。我緩緩走向停車的地方，麥可和果果已經在車旁做伸展操了。

果果做著下犬式。一隻狗做下犬式，實在是再正常不過。而麥可跟著果果做，感覺果果是位皮拉提斯教練。不一會兒，他們的動作來到眼鏡蛇式了。

我走向胸口挺起、頭部高仰的果果前面，輕輕地說：「我想去看看。」

果果一聽到，原本垂下的尾巴就高高豎起，快速地擺動，尾端白色的部分彷彿成了一面小扇子。

我們上了車，我沿著道路，在山間轉了幾圈，直到眼前那巨大的景象，讓我們三個都張大了嘴。

實在太大了。

我把車停下，嘴邊的肌肉慢慢回到我可以控制的狀態，但還是很驚訝。

我沒有看過這麼大的一塊木頭。

兩、三層樓高，大約要五個人才能合抱的大木頭，被擺放在柵欄裡。我的感覺是，在高山上遇見一條抹香鯨。

果果的前腳抬起，身子垂直地面，貼著那欄杆，鼻子不斷地嗅聞著，應該是聞到樟樹的香氣吧。

我和麥可瞻仰著，一邊不斷發出無意義的聲音，「哇，好大，好大。」

「真的很大。」一個女生的聲音從我後面傳來，是位穿黃色衣服的女孩子。

黃色？是我剛剛在村子裡看到山頂上的人影嗎？

我覺得奇怪，但也無從確認，只能開口：「這怎麼會在這裡？」

「花了七年才回來的。」

「回來？」

「這位樟樹爺爺有一千歲了，那時因為風災，漂流到山腳下去，山老鼠想要偷去賣。」

「山老鼠？」我一下子反應不過來。

「就是偷砍樹木的人。」麥可代替那女生回答我。

那女生點點頭。「樟樹爺爺沿著楠梓仙溪，往下漂去，經過了三年才被發現。」

「楠梓仙溪？」我覺得這個名字很熟，但一下子又想不起來在哪聽過。

「湯姆生。」麥可扶了一下眼鏡回我。對了，那位蘇格蘭攝影家當初到甲仙後，沿著楠梓仙溪走，拍攝原民的生活。

「來那瑪夏，一定會沿著楠梓仙溪啊！」女生理所當然地說。

她不知道我對台灣歷史地理知識的貧乏，我感到羞恥的同時，也突然想到，湯姆生是逆流而上，樟樹爺爺是順流而下，都是沿著楠梓仙溪。

才剛看到那被土石流淹沒的國中，驚魂未定的我，好奇地問：「你說的是哪個風災？」

「八八風災啊！」

讓小林村滅村、讓那瑪夏的學校廢校、讓一個村落滿是土石流的風災，和樟樹爺爺，竟然都是同一件事。

「八八風災過後三年，這個樟樹爺爺才被發現。這麼一大塊，說價值好幾億元。」

「好幾億！」

「那時樟樹爺爺應該是被埋起來了，經過三年，又一個風災，大水沖，才露出來。山老鼠發現了，要運出去賣，在半路上被警察攔，才被阻止。後來林務局怕山老鼠偷偷把樟樹爺爺切成一塊一塊拿去賣，就先移到屏東的雙流國家森林，經過了七年，才又迎回來。」

「雙流國家森林？我之前才剛去耶！」我很興奮地說：「還有看到猴子和食蟹獴。」我的聲音很高，因為覺得很巧。

「喔，你有看到食蟹獴啊。」那女生說話的語氣平靜，不像我那麼興奮。一般人沒聽過食蟹獴，通常都會問是什麼，知道的人，講起來應該也會很熱切，因為食蟹獴真的很特別，過去是保育類動物。

那女生略帶冷淡的反應一閃而過，又恢復活潑的神情，繼續說故事：「卡那卡那富族人傳說，牛樟以前是生長在比較低海拔的地方，人們發現樟木的樹幹粗、樹皮堅固，就砍伐拿來蓋房子，大量使用。有一天，樟樹就對他們說：『你們不要這樣隨便地傷害我們，如果再不節制，我們會離開你們。』」

我覺得這女生是一名說故事的高手，她撥了撥落到臉頰的頭髮，繼續說：「可是人們沒有理會，因為樟樹太好用了，所以還是濫砍濫伐。結果有一天，人們早起要去砍樹時，發現樟木樹群都不見了。那些樹自己搬家，用走的，走到高海拔的地方，讓人找不到，也走到危險的懸崖邊。人們才意識到，要是風雨來，沒有樹會造成更大的危害，開始要求世代子孫都要愛護樟樹，因為樟樹爺爺會庇佑族人。」

「樟樹群一起走路？」我想像那幅景象，有種令人肅然起敬的神祕感。

「很可愛吧？」那女生說，臉上有種俏皮感。

果果在女生身旁轉圈嗅聞，我也自然地隨著視線往下，看到她的小腿纖細，藍色牛仔短褲搭配黃色上衣，很青春洋溢。

我提醒自己，這個女生應該看不到果果，我也不要說出什麼奇怪的話，免得嚇到她。

但那女生好像有意識到果果的存在，她低頭看了一眼，突然很快地抬起頭來。「啊，我忘記有事要辦，歡迎你們來玩，要愛護樟樹爺爺喔！」

我發現她趕著要走，也不好多說什麼，趕快回答：「會的會的，謝謝你跟我們介紹這麼多。請問怎麼稱呼你？」

我一邊說，一邊為了保持身體平衡，把手放到柵欄上。沒想到，突然響起了尖銳的警報聲，嗡咿嗡咿，果果嚇得跳起來，柵欄上的紅燈快速地閃呀閃。

混亂中，正要離去的女生，倉卒間只說了句「我姓黃」，就轉身走向山旁的一條小路。黑暗的森林裡，遠去的她彷彿螢火蟲，亮著螢黃色，若隱若現。

警報聲響著，我想趕快上車逃走，但一下子又有點動不了，因為我想起剛剛有件怪異的事情，一開始沒察覺，但現在無比明顯。

警報聲繼續響，一台警車從正前方的山路開下來，往我靠近。

我望著警車，身體無法動彈，因為我想到，剛剛麥可回答山老鼠是什麼時，那女生點了點頭。

她看得見麥可，也聽得到麥可說話。

26

「我愛的人都離開我，
連我幻想出來的，也要離開我。
這一點也不公平！」

警車在我面前停下，一位警察從駕駛座的窗戶探頭：

「先生，那個不可以超過哦！」

可能因我沒有立刻回應，讓警察感到奇怪。他下了車，是位三十歲左右的警員，身材中等，大概一百七十公分，穿著黑色的運動鞋。五官深邃，可能有原民的血統。

「那個，柵欄不可以跨越啦！」警察指向我身後的柵欄，態度很客氣。

我跟著他的手勢，轉頭往後看，柵欄上似乎有裝設紅外線，我剛剛隨意把手放上去，觸

茄苳

大戟科，半落葉性大喬木。樹幹多粗壯，樹蔭下是民眾休憩乘涼的好去處。

發了警報。「喔，不好意思不好意思，讓你們麻煩了。」我趕緊回了幾句，雖然心裡覺得這警報器也太敏感。

「不會啦，那個是要嚇山老鼠啦，不過確實有點太大聲。」警察似乎沒有很在意，可能是正在巡邏中，聽到警報聲，繞了過來。

「是我不小心碰到，抱歉抱歉。」

「常常啦，大家都會為了想看清楚上面寫的字，就太靠近。我有跟公所反應過了。」警察的微笑很開朗，一手指向裡頭立的一個告示牌。

綠色的牌子上，密密麻麻地寫滿了白字，記載的大概就是這棵牛樟顛沛流離的過程，與剛剛那位黃小姐說的差不多。

「那這個要怎麼關啊？」

「關？」

「警報聲。」實在太尖銳了，我忍不住說：「沒有附近的居民抱怨嗎？超大聲的耶！」

「它過一陣子就會停啦，不大聲就嚇不到山老鼠啊，還好啦！」警察快速講完，轉身就要上車。

我心裡又開始在意起黃小姐，為什麼她可以看到麥可？想了一下，決定先問警察：「不好意思，我想請問……」

已經鑽入車裡的警察，聽到我的聲音，急著轉身。腰際的槍碰到車門邊，發出喀一聲。他嚇一跳，低頭看一下，才又抬頭。「什麼事？」

「你認識剛剛那個黃衣服的女生嗎？」

「誰？」

「剛剛你從山上開下來的時候，站在我旁邊，跟我說話的那個，穿黃衣服的女生。」

警察臉上都是問號。「沒注意耶，你旁邊有別人嗎？」

我就知道。

「喔……那沒事，謝謝你，辛苦了。」我趕快點點頭。

警察也點點頭，上車。這時，我才發現車上還有一位年紀較大的警察，坐在副駕座，透過擋風玻璃看著我，臉上沒有表情。他看起來也有原民血統，臉上的皺紋略深，一副嚴肅的樣子。

那位黃小姐，很神祕。

說不定，與食蟹獴阿伯是一樣的。

我看警車離開，覺得應該整理一下腦子，打開地圖，想找個地方靜一靜。

地圖上標著一個神社遺跡。我想起，剛剛路上好像有經過告示牌？那應該在附近。果不其然，只要花幾分鐘車程而已。

上了車，不知道是不是我多心，麥可的表情有點嚴肅。

我想講幾句話，緩和一下。「剛剛那個黃小姐……」

麥可突然舉起一隻手指在唇邊，示意我先不要出聲。

車裡傳來果果的打呼聲，我回頭瞄一眼，果果的眼睛變成兩道線，上彎，表情很安詳，睡得很沉。

跟著導航，轉過幾個山路，到了一個開闊的停車場，只有我們一台車。我隨便挑了個較接近入口的車位，倒車，停好。麥可一樣手放嘴邊，示意安靜，讓果果在車上睡。

我小心地關上車門，接著又打開車門，雖然覺得沒有必要，但還是把車窗降下兩公分。

下車後，轉身看，一片翠綠中有個紅色的鳥居，就在幾級石階上方。

我邁開腳步往上爬，麥可也一起。他腳步穩健，看得出他有意識地在調整呼吸，記得他說那叫登山步，我則像隻狗一樣，往前跑一段，又再跑回來。我和麥可去爬山就是這樣，因為他走比較慢，總會叫我不要等他。

網路上寫，經過鳥居，往上還有八百多階，夠我來回跑，夠我整理心情的了。

「為什麼你叫我不要吵果果？」我忍不住問麥可，從剛剛就一直藏在心裡的問題。

對麥可，我總覺得什麼都可以跟他說，什麼都可以問，他未必有答案，但他總是願意聽。有時候，他光是聽，就可以幫我搞清楚自己的問題，就給了我答案。

我以為麥可又要把食指拿出來放在嘴唇邊，於是，我先拿出來，比出槍的樣子，對著不存在的一點一指，再把食指尖放在嘴邊吹一口氣。

麥可看了我一眼，笑了出來，他總是對我的幼稚舉動寬容，甚至有點縱容。

「果果的時間快到了。」

「快到了?什麼快到了?」我冒出冷汗，不自主地感到恐慌，連聲音都有點顫抖。

「離開我們的時間。」

「我不要!」我受不了，我大叫。

「你不要急，不是現在。」

「為什麼?我已經歷她過世一次了，為什麼還要再面對一次?」

麥可默然，繼續維持相同的速度往上爬，沒想到，我是氣喘吁吁的那個。

「你知道……世界上多數的事情，都不能如我們願。」麥可緩緩說，句子與句子間，不是喘氣，是考慮。

「我知道啊，不然我為什麼那麼痛苦?」

「你先不要那麼急。」

「不是，她是要去哪裡，投胎嗎?我不接受這種概念。」我覺得自己現在算是在耍賴，但我想要賴，不，我只能耍賴。

「我沒有說投胎，但是，我覺得這樣對你不好，對果果也不好。」

「我很好，你們離開，我才不好。她如果不是要投胎，那她幹麼要離開?我們就繼續這樣。這樣很好，我可以跟你們說話，跟你們走來走去。」我的眼淚已經流出來了，我拚命用手背擦，一邊說服自己那只是汗水。

「老實說，我們現在並不是太正常。」麥可的無框眼鏡反射了陽光，一陣白光從他眼角閃出。

「我本來就不是正常人，果果也是。」

麥可沒說話，往上踩了一階。

「我愛的人都離開我，連我幻想出來的，也要離開我。這一點也不公平！」我不知道自己為什麼講公平兩個字，這與公平一點關係都沒有。

「你們不知道我捨不得嗎？你們不知道我很難過嗎？我每天都想哭，現在想到就想哭。為什麼世界上那些垃圾都不去死？都是可愛的死掉了！這什麼爛世界？再這樣我就先去死！總要有一次是我離開別人，而不是我被離開。這一點也不公平！」我拚命用手背抹臉，但效果很差，因為整臉都是鼻水和眼淚。「你們知道被留下來的人有多可憐嗎？我那麼難過，還要假裝不難過，還要說還好。好個屁！好的人都死掉了，留下來有什麼好的？而且，你們都說走就走，有問過我嗎？有跟我討論嗎？」

麥可停下腳步，拍拍我的肩膀。

「我不要。這次我不要。看！Do not go gentle into that good night，這次我不要只是接受，我不要gentle，就算你是個gentleman，我不是！」

「你知道，這不是我們可以決定的。」

「沒關係，這次我來決定，我決定你們不要離開我！」

我大吼，然後一股虛脫感襲來，像是聯考放榜不如人意但你能怎樣的感覺。一吼完，就知道一切已成定局。

我想起在美濃時，我和他們一起坐在一棵巨大的茄苳樹下乘涼。那樹很令人舒服，風吹來讓人平靜，彷彿已經好久以前了。

麥可嘆了一口氣。

我跟在後面，一步一步慢慢走，滿臉的淚水不斷地流。人的身體真奇妙，明明我也沒喝水，卻可以一直流眼淚。

我已經懶得擦了，擦了還會再流，有個屁用。

與我一樣，有個屁用。

27

我實在不懂氣味這東西，
總是與記憶有關。
氣味比記憶還持久。

台灣黃喉貂

食肉目，貂科，貂屬。臺灣特有亞種，珍貴稀有的保育類動物。以中小型哺乳類與鳥類為主食，也吃植物果實。遠望像白色下巴圍著亮眼「金黃色領巾」，非常可愛。

「你知道樟樹的味道很濃？」

我在麥可後面，聽到他的聲音從前方傳來，那聲波經過了兩旁的樹葉反射後，似乎帶著綠色，跑進了我的耳朵。

我渾身無力，只能勉強回了聲「嗯」。那聲應答，就像一片小樹葉被丟進一整片的樹林裡，稀釋，無蹤。

「你知道狗的什麼感官最敏銳？」

「鼻子。」

「我也不是很了解，不過我覺得，果果剛剛在樟樹那裡，好像被影響了。」

「影響什麼？」我急著邁了兩階，走到麥可身旁。

他一貫勻稱呼吸，冷靜地說：「我不太確定，但我有個感覺，她快要出發了。」

「你不要一直講這句話，她要去哪裡？那，不然我跟她去？我們一起去？」

麥可搖搖頭，右腳膝蓋抬起，登高一階，這八百階好像走不完一樣。

「好，那我可以做什麼？」

「我不知道，這些也不是我經歷過的。」麥可的額頭出現汗珠，亮亮的，小小的。

「大家都不知道可以怎樣，只會安慰我。」

麥可點頭。

「你說是因為樟樹嗎？那我去加油站，買汽油把它燒掉。什麼樟樹爺爺？屁！」

麥可突然停下來，嚴厲地說：「你不要亂弄。」

「不然呢？你不是說樟樹害的？」

「我是說，果果好像聞到那個味道，變得不太一樣。」

我在心裡咒罵自己，沒事為什麼要跑去看樟樹？三個人的旅行，就因為我想去看看而變調了，怎麼那麼討厭。

我氣到隨手拔路旁一棵樹上的樹葉，在手裡撕成一片片。手上的樹葉散發出味道來，是肉桂。我實在不懂氣味這東西，總是與記憶有關。氣味比記憶還持久。

「那不然可以怎樣？剛剛那個女生，姓黃的，她有辦法嗎？她為什麼看得到你，可以聽到你講話？」

「我不知道，她可能是黃喉貂吧……」麥可講得吞吐，一副不確定的樣子。

黃喉貂？什麼東西？我拿出手機來查，螢幕立刻跳出來，是保育類動物。身體細長，長相很可愛，胸部有大片的黃色毛。確實，與那女生很像。

「所以呢？」

「我不知道，我只覺得這裡是個特別的地方。你有發現嗎？路到這裡就是盡頭了。」

「路？」

「我們一路，開過來，路到這邊，就結束了……」麥可喘著氣說。

我打開手機裡的地圖，確實，長長的省道，在這裡結束。結束？

「It's the beginning of the end.」麥可講完這句，就往前走去。

路到這邊就結束，再上去就是神社，神社就是凡間和神界的界線了。我為什麼要跑來這種地方？我呆站在原地，無法接受這件事。

手機突然傳出聲音，Sports樂團的〈Tell You Something〉，在這樣自然的環境裡，顯得非常突兀。

我會知道這首歌，是在台南的言咖啡聽到。那時的我鼓起勇氣，去問站在吧檯後的咖啡館主人。

這是一首電音舞曲風格的歌，節奏很輕快，描述的是每次主角想說出心裡的話，但說出來時都不是正確的模樣。那個主角總是在想，什麼時候才是對的時候，當然也可以等到正確的那一刻，卻一直在疑問，到底該如何恰當地說出心裡的感受。

歌詞不斷重複，比較像是情侶間的溝通不良，可是放在我此刻的情境，好像麥可一直想要對我說，卻找不到恰當的詞語。

我的天啊。

一定要用這種方式嗎？

滿山的蟲鳴鳥叫，我的手機大聲地播著這首歌，而且還不斷重複。

回過神來，麥可已經隨著轉彎的階梯，消失了身影。

我急著追上去，都沒看到人，愈跑愈快，愈跑愈喘。階梯還是階梯，它不會因為人很急就降低坡度。不知道什麼時候，我開始聽得見自己的心跳聲。

我對自己說，不要急，因為急也沒有用。

階梯不斷往上延伸，繞著山，轉上去，接著有一小段水泥的斜坡，路面很平，但很陡，走來有點奇怪，彷彿隨時會滑落下來。我一口氣衝上去，最上方是個平台，地上有幾個日式的石燈，還有看似建築的基座，但沒有神社，沒有任何看起來像房子的東西。

我喘著氣，驚訝地看著這個沒有神社的神社。

幾個有高低差的小平台，沿著山邊，像被遺忘的樂高玩具，可能是原本的遺跡吧。這時才想起，告示牌上寫的是「神社遺跡」四個字，我當時沒有意識到「遺跡」的意思。

被留下的東西，叫作遺物。被留下的痕跡，叫作遺跡。

那我每天與麥可和果果說話，算是考古學家嗎？

我轉身，看向爬上來的路，發現視野很廣闊，果然是會被選為神社的好地方。我雖然惦記著麥可的話，但眼前的風光確實讓我安定了一點，心慢慢地隨著呼吸，回到胸口來。

「這裡算是達卡努瓦部落的神社遺跡喔。」

背後傳來女孩子的聲音，我猛然回頭，是穿黃衣服的女生，黃喉貂。她站在最高的平台上，背後是整片山壁的綠樹。

「欸！我在找你。」我急著講。

「找我？為什麼？」她臉上浮現詫異的神情。

我考慮著要怎麼解釋，但好像怎麼說都無法讓本來就很怪的狀況清晰。「我的好朋友過世了，我很想念他們，所以，我就想像他們跟我在一起，陪我旅行。」

「然後呢？」她往後退一步。

「然後，我覺得，你好像看得到他們。」

「啊？」她皺了皺眉，眼神充滿懷疑，只差沒說我有毛病了。

「所以，你看不到他們？」我問。

「所以，你看得到他們？」她反問。

「我……我看得到，他們也會跟我說話。」

「嗯。」

「我現在的問題是，狗要離開我了。」

「狗？」

「我的好朋友，其中一個是狗。她要離開我了。」

「狗要離開你……所以，狗狗過世了？」

「她去年十二月二十一日離開我，但現在又要離開了。」

「又要離開的意思是……？」

「我也還不知道，可能是不再讓我看到她吧？」我回答的同時，開始覺得自己有點蠢，為什麼要向陌生人說這種事？

「所以，你之後會看不到你原本就看不到的。」她的語調十分平靜，彷彿在描述一個物理現象，但似乎滿有道理的。

「我看得到。」

「好，你看得到，但之後可能會看不到，變成跟一般人一樣……你的意思是這樣嗎？」

「對。」她的口氣很像一位小學老師。

「你知道，這裡本來是日本人蓋的神社……」

「嗯。」我像個學生一樣回答，幾乎只差沒有低頭看我胸口繡的名牌。

「我們現在看不到了，可是，我們還是知道它存在。」

「不一樣！」是在安慰我吧？我不想接受這種安撫。

「我沒有說這兩件事一樣，我只是試著想搞清楚你說的。」

「好，謝謝，你可以繼續說神社的事就好。」我也知道自己有點大聲。

她舉起雙手面對我，雙掌朝下，表示沒有敵意。「請不要生氣，我只是想幫忙。」

「我沒有生氣，我只是急。」

突然意識到一件事，我會認為自己和這女生討論這件事有意義，是因為我聽麥可說她是黃喉貂的化身。如果，她根本不是呢？

如果她就是個普通人，那我在幹麼？等一下被當作精神病患強制送醫，我也很麻煩。

可是，要怎麼知道對方是不是黃喉貂呢？

難道要抓一隻小動物在她面前晃，看她會不會衝上來吃嗎？

我想一想那情景，笑了出來。

「你笑什麼？」她看我笑，也跟著笑了，好像鬆了一口氣。

「沒有，我想到一件好笑的事。」

「什麼事？」

「你是黃喉貂嗎？」

我說出口了。

28

「啊？我吃了那麼多龍鬚菜，
都不知道龍鬚是佛手瓜的小時候？
你不覺得這很像一種神話故事嗎？
龍鬚一直長一直長，
然後，變成佛的手……」

龍鬚菜

為佛手瓜的嫩芽，富含葉綠素，纖維質高，幫助消化，種植時不需要肥料與農藥。

黃小姐驚訝地看著我。「黃什麼？」

看她的表情，我就知道她不是，但我還是再說了一次，「黃喉貂」。

「什麼黃喉貂？」

「一種保育類動物，很聰明，胸部有黃色毛……」我試著描述黃喉貂，但發現自己知道的很有限。

「因為我穿黃色衣服，所以你才這樣問嗎？」我猜她應該覺得我超怪的。該怎麼回答？

「對。」

「你好可愛。」她甜甜一笑，我有點暈。她的讚美，讓人有點無法招架。

左腳踝突然一陣刺痛，我一看，應該是剛剛急著衝上階梯找麥可，沒穿襪子的腳被鞋子邊緣磨破皮了，有點出血。

她順著我的視線看了一眼。「你流血了？」

「還好。」我逞強。

「還是要小心點。」她安慰了我後，低頭看手錶。

「你有事要忙？」我好意探問，其實是因為我想和她多聊一點，無論聊什麼。

「沒有，我沒事，只是在看時間，這邊接著對你來說可能……」她停了一下，似乎在思索字句，「會有點危險。」

「危險？」

「不好意思，這個詞好像太嚴重了，應該說，這裡是個神聖的地方，對每個人都會造成影響。」

「那你呢？」

「我被影響很深啊。」

「有多深？」

「嗯，一輩子那麼深吧。」她說這句話的樣子，很認真。

「我有個朋友，曾經跟我說過一個故事。」我試著找話題，想延長與她在一起的時間。

「一對老夫妻去旅行，夜裡兩人躺在床上，先生感慨萬分地說：『這輩子實在太短了。』妻子聽了很感動，想到兩人這輩子經歷了那麼多，有悲有苦也有喜有樂，眼淚都要流出來。含著淚水的妻回：『所以我們要好好珍惜。』」

黃小姐睜大眼睛看著我，嘴角微微上揚，期待著故事的發展。

我看了看她的反應，停了兩秒後才繼續說：「先生聽到後，很嚴肅地說：『珍惜什麼？我要去跟櫃檯說。』妻聽了很驚訝，問：『說什麼？』先生很氣地說：『這被子實在太短了啊，腳都跑出來了！』」

黃小姐聽了，笑了出來，嫣然如一朵盛開的軟枝黃蟬，我也跟著哈哈大笑起來。

她又看了一次手錶。「我真的要趕去下一個地方了，你也不要待在這太久。」

「你好像很忙。」我笑了出來，「你有點像是《愛麗絲夢遊仙境》裡的兔子，一直在喊來不及了，來不及了。」

「夢境的事很難說明得清楚。」

「什麼？」我好奇地問。

「你有沒有想過自己在某個人的夢裡？」

「有，我國中時覺得生活很苦悶，睡覺很浪費時間，所以就要求自己每天都要做夢，也真的做到了。但現在就變成每天都會做夢，想停止都不行。我就是活在自己夢裡的人。」

「那應該滿累的。」

「活著本來就很累。」我自以為是的說了句好像有哲理的話，但自己知道，其實沒有，我根本就不懂。

「要活下去是很麻煩的，活在夢裡更是。不好意思，希望你玩得愉快，我先走了。」黃小姐一個轉身，往階梯走去，動作很靈巧，快得像什麼一樣。

我嘴裡的「再見」才要吐出，她就已經沿著山路轉過去，消失了身影。

天空的烏雲慢慢多了起來，山區天氣變化真大。我拖著有點痛的腳，也往山下走去。想到還有幾百階的樓梯，我就有點累。但沒辦法，活著本來就很累。

沿路的綠意瞬間變成了深灰色，天色整個暗了下來，雲愈來愈濃，似乎會下大雨。我雖然腳痛，還是提醒自己加快腳步，今天看了一堆土石流的遺跡，我可不想遇上。

直到看到下方紅色的鳥居，懸著的心才放了下來。腳步也勉強可以緩一些，但我看鞋子邊緣都是血了，還好，應該洗得掉吧。

離鳥居還有兩階時，又遇上了之前那位警察。

他抹著臉上的汗，仰著頭，停下腳步，看著我。「不好意思，請問上面還有人嗎？」

我一下子反應不過來，想著麥可和果果都去了天堂，算是上面嗎？過了一秒，意識到是在問我上面的神社時，趕緊回答：「我不知道，應該沒有吧，我從神社遺跡那邊下來。」

「好，這樣我就不用再爬上去了。」警察好像真的鬆了一口氣，站在原地拿出一條大毛巾，擦著汗。

「請問發生了什麼事嗎？」換我有點不放心。

「咦？我剛剛沒講嗎？暴雨特報已經發布，現在要遷離了，我要趕快通知居民。你也趕快離開吧，這邊的雨勢不是開玩笑的，太慢就下不了山，會變成出山的。」警察的表情是真的很焦急，我看得到他眼裡的恐懼，但還是要在話裡藏些幽默的。

「怎麼會這樣？」

警察不可置信地說：「鋒面啊，你都不知道嗎？它那個尾巴喔，會帶來很大的雨，很可怕的。」

「好的，謝謝。」我繼續往下走，經過他身旁。原來警察也是會害怕的，只是，為什麼會這麼怕鋒面呢？

我穿出紅色鳥居，車子正停在下面的停車場，透過玻璃，隱約可以看到麥可坐在前座。不知道果果是不是還在車上睡？

喀，喀，喀，我突然聽到腳趾踩在地上的聲音，轉頭看，是果果。

她靈巧地繞過警察的身旁，經過時還抬頭，用鼻子在警察身上聞了一下，接著往我走來。瘦長的身體和短腿，其實下樓梯很不方便，肚子會磨到，速度卻依然很快。

「趕快，我們要趕快離開了，我剛剛上去找你。」果果發出聲音，菸酒嗓加深了緊張的氣氛。

我聽到她的聲音很高興，她既沒有消失不見，也還願意與我說話。

「你上去找我喔，怎麼了？」

「感覺山裡又要出大事了，趕快，上車，走了。」她走在我身旁，有種護衛的感覺。我聽她的話，加快了腳步，右手趕緊從褲子口袋摸出汽車鑰匙。坐上車，發動引擎，轉身拉安全帶。我眼角瞄到麥可一言不發，臉上嚴肅。我加快動作，把手機接上線，毫不猶豫地播放巴哈的平均律鍵盤曲集。鋼琴音落下時，雨滴也落到擋風玻璃上。

這時，車窗玻璃被敲了一下，我往左看，是警察。我降下玻璃，雨已經變大了。警察一手放在自己頭上擋雨，一邊急著說：「你趕快下山喔，上面確定沒有人了吧？」我也有點擔心。

「呃，剛剛是有一位穿黃衣服的小姐啦。不過她在我之前就下來了。」

「下來？下來很久了嗎？我怎麼沒遇到？停車場也沒有車啊？」警察疑惑的表情裡，有些擔心。

「她應該比我早個五分鐘左右吧！」

「奇怪？沒看到。」警察說的時候，身上的無線電發出沙沙聲，「洞六么，洞六么，請回答。」

「好了好了，那你趕快走。」警察轉身，一邊從身上拿起無線電，一邊跑向停車場入口附近的警車，只聽到他對著無線電喊：「洞六么回答！」

「我們趕快出發吧。」身旁的麥可身子坐得挺挺的，好像有些憂慮。

我趕緊打到D檔，這時車子突然發出警示聲，螢幕也出現圖示，左後方輪胎的胎壓不足，三十六，其他幾個分別是三十九、三十九、四十。

「糟糕，胎壓不足。」我說，心裡盤算著。

「那怎麼辦？」麥可焦急地問。

「先往山下開好了，山上應該也沒有人可以幫忙。」

把車開出停車場，但後照鏡裡好像瞄到一個黃色身影，我又趕緊踩煞車。

回頭看，偌大的停車場裡卻沒有人，只有大雨傾盆而下。

路上經過一個小招牌，寫著龍鬚菜，應該是當地有些小菜園的看板。但當然，現在周圍沒有人，也沒有看到菜。

「這裡有種龍鬚菜耶。」我打破一路上的沉默。

「龍鬚菜是佛手瓜的幼苗。」麥可接話。對了，麥可對於植物、食物都有研究，以前還是關於台灣農作的上下游平台的專欄作者。

「啊？我吃了那麼多龍鬚菜，都不知道龍鬚是佛手瓜的小時候？你不覺得這很像一種神話故事嗎？龍鬚一直長一直長，然後，變成佛的手……」

麥可微微笑。

擋風玻璃外已是一場暴雨，那一幅畫就停在我的視網膜裡：一頭龍有著長長的鬚，似乎在雲霧中吞吐著，襯著周圍已下成一片的灰濛。

我只能心裡暗禱，這龍可別舞動得太厲害啊！

29

「你的輪子破了。」

「啊，怎麼辦？」

我整個頭皮發麻，雨下那麼大，
這裡也沒有修理輪胎的地方吧？

我小心地看著前面的路，雨刷拚命地刷著，好像運動員跑一百公尺時拚命揮動的手臂，但效果有限。我只能看到前面約五公尺距離的路況，水不斷地從擋風玻璃上方沖下。

流下來，好像在那種水簾造景的山洞裡往外看，什麼都是模糊扭曲的。孫悟空他們家的人都這樣看世界？

我精神緊繃，很怕一個不小心，從山路開出去，那就完了。

刺竹

禾本科，小枝節上長有銳刺。早期種於住家周圍，具防禦用途。

每天都想死，但真的有機會死的時候，又拚命地想活。人真是矛盾到極點的生物。

我一直留意路旁會不會出現黃衣服的小姐，雨這麼大，就算她真的是黃喉貂，也會需要幫忙的。

但其實，真的需要幫忙的，搞不好是我。

突然間看到一個加油站，藍色的標誌，我開過去。

「沒油嗎？」麥可關心。

「不是，我想問有沒有人可以幫忙看車輪胎。」儀表板上，左後胎壓仍呈現三十六，雖然比其他輪胎少，但數字沒繼續往下掉，應該沒事吧，我祈禱。

麥可指著一個牌子叫我看，掛在加油機上面，寫著「沒有錢不可以加油」。

我微笑，因為看到另一台加油機掛的牌子，「加油不可以賒帳，我們會被罵」。麥可也跟著嘴角上揚，感覺這裡是個有人情味的地方。

我把車停下來，環視周圍，試著找人，但似乎一個人影也沒有。這是個沒有人但有人情味的地方。

麥可指向右前方，我看過去，天色濛濛中，加油站的最深處，有一間樸拙的咖啡館，半露天的，還有一個女生從那裡遠遠朝我們揮著手。看來，我能夠在這裡暫停一下。

仔細看她揮手的樣子，好像一間書店，從門口一路到書架，每本書都在對我招手。

我想起，上一次去小小書店。

那是一個小小的書店，但其實非常大。大的原因當然是因為裡面有很多書，也是指它的影響力很大。我知道有幾間獨立書店的店主人，就是因為去逛過小小書店後，堅定了決心，回到自己的家鄉，靠一己之力，開一間書店，成為台灣不同鄉鎮裡的文化聚落。

所以，當我從永和的小巷弄間，看見與那店名同樣不大的招牌時，有種朝聖的感覺。一如巴黎的莎士比亞書店，你不會輕易以體積大小去忖度一間書店的影響力，那常常擺脫了物理，超越了空間和時間。

改變靈魂的事，就是這樣。我不知道你有沒有過那種奇妙的感覺，明明是第一次到的地方，卻有種「我終於回家」的感受。

此刻，就是如此。

我湊近，在雨聲中打招呼：「你好！」

一隻狗跑過來，往我身上聞，是隻黑狗，中型犬。

我回頭看車上，果果不見了。

她從以前就不太和別的狗玩，除非是認識的。有點怕生，或者用我的說法，她以為自己是人。

手指有種冰冰的感覺，原來是黑狗用鼻子碰我，嘴裡咬著一顆棒球。我進到咖啡館，牠也一路跟著我。

長長的座位區，空無一人。一個長髮大眼的女生在吧檯整理東西，她穿著以卡其布料和皮件剪裁的有型圍裙，有股專業感，看起來像是咖啡師。

「你好。」咖啡師的聲音，很有精神。

「請問有咖啡嗎？」我問。
「有啊，你想要什麼？」
「有淺焙的嗎？」
「有喔，我們都是淺中焙的。」
「那肯亞AA。」
「好，我們是小圓豆的喔。」
「可以。」
狗又再次用鼻子碰我的手，冰冰涼涼的，與外面的雨一樣。
「牠要我跟他玩嗎？」我出聲問。
咖啡師轉頭看一眼，微笑，繼續手上的工作，同時回我：「對啊，牠想玩你丟我撿。」
「那我可以在這裡丟嗎？」
「可以呀，牠還滿會接的。」
「牠叫什麼名字？」
「Ichiro」
「Ichiro？鈴木一朗喔。」
「對啊。」咖啡師回我時，水滾了，蒸氣冒出來，在她頭部周圍形成一朵雲，她從雲後面發出聲音，像神仙一般。她用的熱水壺是Fellow這個牌子，白色的，與我的一樣。
我對狗喊「Ichiro」，一朗似乎聽得懂我和咖啡師的所有對話，把球放到我腳前後，立刻往後一步，坐下，訓練有素的樣子。

我撿起球，試著把球輕輕地朝前方地上滾去。Ichiro馬上衝出去，不到一秒，就咬回來。

牠再次把球放在我面前，臉上神情好像覺得這有點太簡單。

我拾起球，喊了聲：「Ichiro，這次要用力囉！」

我稍稍使勁點丟出球，沒想到，球還在半空中，黑狗外野手Ichiro就跳起，用嘴把球咬下來，根本就是在水手隊主場的全壘打牆上接殺啊。

我幾乎看傻了眼，直到牠搖著尾巴叼著球跑回來，我才喊出：「好棒！Ichiro！」

我興奮地轉頭，對著在吧檯忙著的咖啡師說：「欸，牠真的很厲害耶！」

咖啡師像是資優生的爸媽，神情自若卻難掩驕傲地回我：「喔，還好啦，牠是有棒球夢的狗。」

又玩了幾回，我發現Ichiro似乎會判斷球的飛行弧線，盡量不讓球落地，在半空中就咬下。牠幾乎每球都能接殺，是位運動能力強、判斷能力更強的優秀外野手。

咖啡師端著咖啡來了，用的是咖啡色的陶器，線條十分優美，冒著煙氣。在這大雨中，能夠享受一杯熱咖啡，真是仙境般的享受。

嘗了一口，非常明亮，果香也很明顯。「很好喝耶！」我忍不住稱讚。

「謝謝。」咖啡師的語氣泰然，但平靜下有藏不住的自豪。

我看到一旁的小告示牌。「你們上面寫產地烘豆耶。」

「對呀，你剛喝的那支肯亞是進口豆子，不過，我們這邊也有種。」

「有種？咖啡嗎？」

「對呀。」

「在哪裡種？」我聽說台灣有些地方開始種咖啡豆，而且已經開始賣向全世界，品質似乎很不錯。

「加油站後面。」

「哇，好厲害！」我感到吃驚，加油站後竟然有咖啡園？

咖啡師點點頭，大眼睛裡的光芒，很亮。

「我可以要一杯你們種的嗎？」

「可以呀，藝伎好不好？」

我連連說好，那瑪夏藝伎耶，我今天賺到了。我趁咖啡師轉身，對坐在一旁聽我聊天的麥可，挑挑眉毛。

麥可剛剛也起身過來，聞了一下咖啡，滿意地對我點頭。

Ichiro正躺在麥可的腳下，舒服地休息著。剛剛的活動量應該足夠，大概可以滿足這位選手的自主訓練吧。

那瑪夏藝伎超好喝。

非常地平衡，我甚至認為比巴拿馬翡翠莊園的藍標還好，要是放到國際市場上競標，一定很有競爭力。

我大力讚美，而咖啡師還是一樣，淡定地接受，但又充滿自信的那種。

「加油站怎麼沒有人？」我隨口問。

「喔喔，下大雨，先回家了。」

這種大雨，確實也不會有人要來加油，我突然想起來這的目的。「啊，傷腦筋。」

「怎麼了？你要加油嗎？」

「不是，我的左後輪胎壓不夠，想要打氣。」

「可以呀。」

「可是加油站的人不在。」

「我在呀。」咖啡師起身，我這時才注意到，她削肩衣服下的手臂細長健美，有肌肉線條。她向我伸出右手。

「嗯？」我不懂。

「車鑰匙。」

「喔，好。」我趕緊站起來，從口袋拿出鑰匙，遞給她。「可是在下雨。」

「還好啦！」她拿過鑰匙，轉身就往雨中的車子走去。

我連忙起身，卻聽到她的聲音傳來：「你坐著喝咖啡就好，幫我陪Ichiro，不然牠又跟來玩得髒兮兮，我還要幫牠洗澡。」

看雨有點大，咖啡師從吧檯拿起一頂綠色棒球帽。我仔細一看，有隻金色老鷹站在一個海錨上，彎著身子，右爪握著三叉戟，左爪則是抓著一把槍。我在電影裡看過這個圖像，SEAL，是美國的……海豹特種部隊？

我還在想時，咖啡師已經跨著俐落的步伐，三兩下就上了車。我看她在雨中移動車子，動作俐落無比，倒車一次OK，停到了加油站右後方，下車，從牆上拿出氣槍。

遠遠的，看她皺眉，接著在雨中，跑向我。

「怎麼了？」我有點緊張，眼角看到Ichiro也跟著站起，眼神警戒。

她的帽簷滴水，上面的金色老鷹發著光。「你的輪子破了。」

「啊，怎麼辦？」我整個頭皮發麻，雨下那麼大，這裡也沒有修理輪胎的地方吧？麻煩大了，難怪剛剛那個沒說她是不是黃喉貂的黃小姐說，這裡對我有點危險。

「我幫你補。」

「啊？你會喔？」

「會啊，很簡單。我只是過來拿工具。」

「噢，好，謝謝。」

咖啡師轉身，朝咖啡館裡邊走去，一會兒拿出一個工具箱，對我笑一笑，走入雨中。

我從後面跟上，雨真的很大，她回頭，再次要我去陪Ichiro，接著低頭向已經衝出屋外的Ichiro喊了句「Stay」，語氣嚴峻，有點像下命令。

我馬上停步，似乎也跟著接受了一個指令，要堅守陣地。

咖啡館的一旁種滿了茂密的竹子，我走向其中一株，想說靠著好看咖啡師怎麼補輪胎。隨意伸手一摸，卻刺傷了，手指滲出了紅色的血，我才發現竹子上面有許多尖銳的小刺。

咖啡師提著工具箱跑向車子，動作比較像提槍快跑前進，不知道從牆邊的何處拉出千斤頂，沒兩下就把車頂起來，接著從工具箱拿出一把電動鑽，抓起鑽頭，像開槍一般，連續五聲槍響，花不到一分鐘，就把我的車輪胎卸下來。迅速俐落，毫不遲疑，沒有多餘的動作，在我看來，比較像在看跳砲操，一瞬間架了一個砲擊陣地，準備攻擊敵人。

我還沒反應過來時，咖啡師已經從輪胎上找到釘子，用一把尖頭老虎鉗夾住，拔出。她朝著我，高舉手臂，手上是那個老虎鉗，示意我看，應該是拔到釘子了。但從我這邊看，比較像演習時，攻下了對方陣地，拔下對方軍旗，完全占領。

然後，她用長長的金屬棒，從那破洞塞入膠條，快速地磨平後，抱起輪胎，安到車後，抓起電動鑽頭，像開槍一般，連續五聲槍響。緊接著一手拉出千斤頂，迅速歸位。

我站著看，忍不住拍手，好像去拉斯維加斯看了一場秀，精準流暢，舞台效果十足。忠實的Ichiro也全程坐在我腿邊，專注地看著。

當她把車開回來，在我面前下車時，我向她行了個軍禮。

她露出笑容，我覺得，在哪見過。

很像黃喉貂。

30

「……你好厲害，竟然會做那麼多事！」

「在這裡長大的小孩，都要想辦法啦。」

為什麼這位咖啡師的笑容會像黃喉貂呢？

我當然不可能直接問，但她剛剛笑的樣子，真的很像。

我有點不知所措地看向麥可，他意識到我的目光，緩緩地搖頭，示意我不要問。

「你待過部隊嗎？」我改問其他比較不敏感的問題，是嗎？我也不確定這問題是不是比較不敏感。

咖啡師笑了笑，把帽子摘下，摸著上面的金色老鷹，點點頭，發出一聲悶悶的「嗯」。

「你待過海豹部隊？」

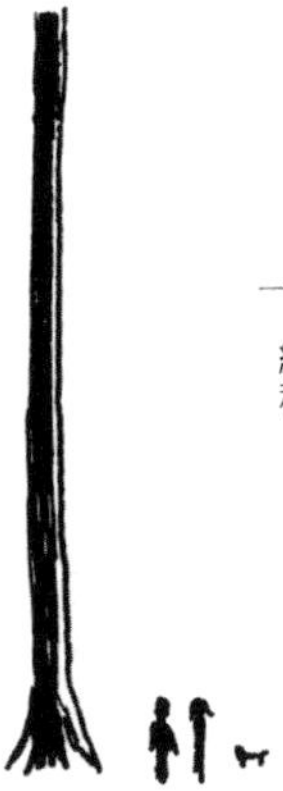

台灣杉

柏科，台灣杉屬。葉片螺旋狀，生於枝上，樹皮縱裂，樹材耐用，散發香味。是東亞第二高樹種，但因非法砍伐，瀕臨絕種。

「嗯。」

「哇！好酷，怎麼有這個機會？」

「他們判斷接著的軍事衝突會是在亞太，所以幾年前就開始到台灣招募。我剛好讀體育大學，有教授推薦我，我就去參加測試。」

「哇，你是運動員啊，那你的專長是什麼？」

「女子七項。」

「七項？就是七項全能嗎？好厲害！」

「沒有啦。」她看起來有點不好意思，與聊咖啡或狗的神情都不同。

「我可以看那頂帽子嗎？」我試著轉換話題，一名曾是女子七項選手的咖啡師，還是海豹部隊，實在是太豐富的經歷。她看起來應該頂多三十歲。我在心裡叫她海豹。

她沒回答，直接把帽子遞了過來。帽簷溼溼的，不至於滴水，但似乎多了點重量。我拿了一下，還給她，從她的視線感覺到她很重視這頂帽子，我不敢拿太久。

她看向我的手指。「你的手流血了？」

「我剛剛不小心摸到那個竹子。」我伸手指向一旁的竹林。

「喔，那個叫刺竹，用來刺小偷的。你還好嗎？要不要擦藥？」

「應該沒關係。」我回答，並想著對方幫我補了胎，我自己什麼事都沒做卻受傷。「謝謝你幫我補車胎。」

「不會，小事。」

「我印象中，他們每種車都要會開。」我繼續談海豹。

她點點頭，似乎有點不想多談。還是轉到咖啡話題好了。

「你怎麼會做咖啡？」外面的雨聲有點大，我得稍稍放大聲量。

「那時候在加州，聖地牙哥，休假去一個咖啡館，他們的淺焙做得很好，我就迷上了，後來還學了一陣子，中間有機會，我也去中南美洲的產地，認識了莊園的人。」

「原來你在國外學過，難怪！那你怎麼想到台灣可以種？」說完，我又喝了一口咖啡，真的很不錯。

「我回來台灣以後，想說做些自己喜歡的，剛好家鄉這邊海拔夠高，想說試看看。我也有跟巴拿馬那邊的莊園朋友討論。你覺得如何？」

「我不是專家啦，但是覺得很好喝。你好厲害，竟然會做那麼多事！」

「在這裡長大的小孩，都要想辦法啦。」

「你們還有打棒球的。」我兩手假裝握住球棒，擺出揮棒動作。

「噢，你說林子偉啊？」

「對啊，他好厲害，去到大聯盟。」

「他應該是我親戚啦，不過很早就下山了。」她講得輕描淡寫。

桌上有一小片木頭，我隨手拿起來聞，香氣十分濃郁。

「那是台灣杉。」海豹說。

「台灣杉？」

「瀕臨絕種了，我帶著它去世界各地，讓我想家時隨時可以拿起來聞。是我奶奶給我的。」她看著正在嗅聞木塊的我。

雨依舊很大，根本看不太到外頭十公尺外的景物，這就是我們眼前的新世界，極端氣候的下的台灣，正常人都要瀕臨絕種了。

「這個雨，應該會有問題。」她看向外頭的眼神，充滿了焦慮。

* * *

在那通電話打進來前，我睡著了。在夢裡絮絮叨叨，拚命地解釋什麼是新住民。

我以前以為，新住民是指東南亞移民，後來才知道定義上並不是這樣。政府的新住民定義是經由跨國通婚而移民定居，取得國籍。

但其實，面對一直在改變的新世界，我們都要是新時代的新人民。

像海豹一樣，經歷了世界的各個面向，說不定，更是我們需要的新人民吧。

夢裡，我努力地想說明，但依舊混亂，且沒有邏輯。我愈講愈急，很怕無法好好傳達，也真的無法好好傳達，海豹耐心聽著，雖然大概聽得一頭霧水，但勉強點頭，表示理解。

一旁停放的汽車，開始發出極大的噪音，彷彿拚命在拉轉速，好像要爆炸了。

我轉頭看向車，等待車子爆炸的那一刻。

有人說，雨聲是極佳的白噪音。有失眠問題的人，睡前甚至會聽雨聲。

不過，我猜，白噪音不會是現在的雨，現在的雨比較像是消防水柱直接沖，直接打在屋頂。那聲音巨大，震耳欲聾，我擔心頭上的鐵皮天花板，會不會被沖垮。

雨超大，整個天空黑得跟什麼一樣，好像恐怖片。我迷迷糊糊地望著外頭，這是我人生中看過最大的雨吧。

轟隆聲中，我覺得自己的聽力已經受損了，完全沒聽到旁邊有人的動靜。突然想起海豹時，轉頭一看，發現她已經換好裝，俐落的黑色長靴，黑色的防磨衣，機能型工作手套，頭上有一頂安全帽，不是騎機車戴的，比較像是溯溪的那種，輕巧但堅固的。

最怪的是，她手上拿著一塊長長的衝浪板。

在山上看到衝浪板，感覺很奇妙，我好像夢還沒醒。

她的表情嚴肅，好像有什麼事。我趕緊大聲問：「怎麼了？」

她走向我。「警察說山上有人沒有撤離，是一位老奶奶，問我可不可以去幫忙。」

「那為什麼要帶衝浪板？」

「這是ＳＵＰ，我想說要是老奶奶走路不方便，可以用這個先接她出來。」

「那我跟你去。」我不是自告奮勇，只是眼看這個雨勢，與她在一起，可能比較安全。

她遲疑了一會兒，然後似乎下定決心。「好，可是你答應我，我叫你做什麼，你就要做什麼，不可以逞強。」

我點點頭。

後來，就後悔了。

海豹幫我把車開進一旁的貨櫃車庫裡，這時我才看到她的車，竟是Defender。銀色的，高高的車身，排氣管的出口在駕駛座旁上方伸出，方正剛硬的線條，非常堅固好看。

我手扶著長長的ＳＵＰ，站在原地望著，覺得這一切都不太真實。

海豹打開車後門，從我手中俐落地接過長長的ＳＵＰ放到後座。我看到後座還放了幾件橘色的救生衣，以及一堆我看不懂的器具，大概都是戶外活動用的。

她跳上車，示意站在原地發呆的我也趕快上車。隨著車門關上，總算隔絕了一些外頭巨大的雨聲。她發動引擎，一邊大聲地交代：「後面有一件救生背心，底下有一頂安全帽，你先把這些都穿上。山上很危險，接著要小心點。」

我點頭，手一邊動作。車子滑出了車庫，馬上被迎面的大雨給淹沒。雨刷快速地刷著，我突然想到，「我要下去關門嗎？」

「不用。」海豹把手伸向儀表板，拿起一個小小的方形遙控器，按下後，我回頭看，那車庫門發出一聲金屬的轟隆巨響，緩緩闔上。我才發現，那個門是貨櫃門，厚重且巨大。

「你怎麼會想到用貨櫃門？」

「好玩啊。」海豹手扶著巨大的方向盤，眼神堅毅地看著前方。雨刷猛力刷著，但流在玻璃上的水只是稍稍被推動，馬上又有水沖下，其實效果有限。

「奶奶的家屋就在前面一公里左右，只是比較靠近溪邊。之前警察叫她撤離，她說她要織布。」

「織布？」

「她是我們部落裡面少數還會所有傳統織布技法的耆老。」

「那是世界文明遺產了。」我的眼睛後方開始痛起來，感覺像大腦裡有什麼東西在發出訊號。

「算是吧。她人很好，只是比較頑固。」

「嗯。」

車子一路開著，可以感受到海豹的小心翼翼，其實根本看不太到前面的路，感覺她每一個轉彎都是靠記憶。我們開到了一個樹林外面，她一把俐落地拉起手煞車。

「好，到了，接下來不知道開不開得進去。你等一下幫我拿板子，我拿繩子。」

我打開車門，看到地面已經都是黃色的泥水，高度大概到半個輪胎。Defender的輪胎還是比較大顆的，我很清楚。

我的臉已經都是雨水，視線模糊。腳往地上踩，鞋子立刻溼掉。想要脫鞋，又想到不知道地上會踩到什麼，只好忍受著鞋子溼掉的不適感。

不過，很快的，就忘記這感覺了。因為水好冰，只覺得腳很冷。

我繞到車子後面，黑色的柏油路面已經幾乎看不見，比較像是一條黃色的河，這是我沒看過的景象。

突然，肩膀被拍了一下。海豹彷彿要鎮定我的心神，臉靠我很近，對著我喊：「不要害怕，有我在。我們很快就好了。」

我望著她清澈的大眼睛，很想相信她，又覺得我哪有能力相信什麼。一直想死，當死亡就在我面前時，我竟然無法擁抱它。

海豹沒有理我，快速地打開後車門，卸下長長的ＳＵＰ，交到我手上。右腿往上一踩，雙手一抓，幾乎是用跳的進車裡，從座椅底下拿起一捆黃黑相間、直徑極粗的登山繩，又跳下車來，甩上車門。整個過程不到五秒鐘，我有點看傻。

她扛起那綑登山繩，右手掌併攏往前指，示意要我跟上。我心裡暗忖，現在的狀況根本不是我能承受的。

手上的ＳＵＰ其實有點重量，不懂為什麼海豹拿得那麼輕鬆，我邁開腳步試圖跟上，但鞋子變得好重，黃色的泥水淹到我的膝蓋，很像在踩踏步機，每一步都要費勁把腳拔出。走沒幾公尺，我已經開始喘了，可是又很怕一落後，就耽誤了什麼。

水面上已經有好幾塊木頭，我得小心繞過，更別提比較小的枝幹，不時從旁邊飄來，一直刺著我的大腿。我試著讓自己的注意力集中在前面移動的黑色人影，還有黃黑色相間的繩子，好像看著她，我就會沒事，我就會得救。一路毫無意識的，一步一步跨著，在幾乎看不清的樹林間，水間。

到底要走到哪裡去？我可以回家嗎？頭正被雨鞭打中的我，心裡浮現這樣的念頭。幾乎忘記我就是從家裡逃出來的。

31

那魚背上有白色的斑點，
在水窪裡抖動、掙扎，拍打著地面，
給我一種不祥的感覺。
太奇怪了，我看得出神，居然想著，
牠都要死了，幹麼還這樣？不累嗎？

走了好一陣子，也許並不遠，但因為走在水裡，舉步維艱，終於，我看到眼前黃黑繩子停了下來。
我慢慢靠近，眼前的景象很駭人。
整條溪水是濁黃色，翻騰如海浪，水勢洶湧，彷彿會把一切都吞沒。

台灣間爬岩鰍
又名石貼仔，台灣特有種。喜歡棲息於河川中上游湍急河段，刮食石頭上的藻類或水生昆蟲。

海豹發現我靠近了，伸長手臂指，在狂風暴雨裡對著我喊：「……在那裡！」

雨聲裡，我聽不清楚，只能勉強回：「什麼在那裡？」

我仔細看，斜坡往下大概十多公尺的地方，在溪水之間，有一個似乎是以草編和木頭組成的平台。平台上隱約有個物體，終於看清楚時，嚇了一跳。

是個人，灰白的圓形是頭部，藍色的是上半身。屈著身子，以一種類似瑜伽嬰兒式的動作，蜷縮在屋頂上。

我這時才意識到，那是屋頂，水竟淹到一個房子高了，這也太可怕了。

海豹卸下那捆登山繩，找了一棵樹繞過後，叫我站定。她把繩子往我腰際繞了一圈，穿過扣環，然後好像又繞了一圈還是一個結，總之要我手掌打開，握住金屬扣環，也就是繩子的一端。

「等一下你慢慢放，不要一次太多。」她語氣堅定。

「什麼意思？」

她抓著我的右手，示意我放繩子的方式。我大概理解了，但是，她要做什麼？

她把繩子的另一端用金屬扣環綁在自己的身上，我好像懂了，她要過去救人，但這可能嗎？水這麼湍急，要怎麼過去？

巨大的雨聲裡，有個聲音規律地響著，啪啪啪，啪啪啪，很像鼓掌聲。

我環顧四周，雨中都是樹，看不到有誰在拍手啊。突然間，我意識到那聲音其實不是在上方，是下方。

地上有東西打到我的腳，我低頭看，是隻魚，黑黑的，扁扁的，不知道為什麼被沖上來了。從溪底到岸上，到底發生了什麼事？那魚背上有白色的斑點，在水窪裡抖動、掙扎，拍打著地面，給我一種不祥的感覺。

太奇怪了，我看得出神，居然想著，牠都要死了，幹麼還這樣？不累嗎？

水不斷打在我身上，打在魚身上，一滴一滴的。魚拚命地鼓掌，掌聲和雨聲，似乎是一種二重奏。

我看不下去了。

轉頭看，海豹似乎在檢查身上裝備，我應該還有一點時間。我看了一下身上的繩子，應該夠長。

我彎下腰，手伸出，水好涼，魚也是。捧起魚，它掙扎，身體整個扭著，尾巴一直甩，溼滑的觸感，幾乎要從我手裡跳出。我趕緊加快腳步，跑向前方，對著溪，把牠丟下去。

咖啡色的溪水裡，滿是翻騰的白色泡泡，那魚身上的白色斑點跟泡泡疊合，一轉眼，消逝在水裡。

我回頭看，海豹偏偏頭，似乎納悶我在幹麼。我舉了手打招呼，馬上再跑回海豹要我待的位置，把繩子好好地握住。

我抬起頭，看到海豹正繫緊了安全帽的帶子，左右轉動了脖子，將左右前臂拉撐，接著做擴胸運動，依序伸展大腿小腿，感覺比較像要參加比賽的運動員。

接著，突然對我笑。笑耶，誰這時候會笑？

那笑太過燦爛，雪白的牙齒，在這淒風苦雨的時候，看來反而有點詭異。

她爽朗地說了句：「那我出發了。」

我還來不及反應，就看到她從斜坡往下爬。

她一步一步試探，站穩後才走下一步，但是速度很快，一下子就到了溪邊。緊接著，她踏入溪中。看著翻騰的溪水，我心裡驚恐，一開始她還能站立涉水而過，我小心翼翼地放繩子，怕放太多害她受傷，後來發現，再小心也沒用，手上傳來一陣一陣拉扯的力道，應該是水流沖向她的力量，那是比我大上許多的力量，我只能試著對抗。

接著，看到她屈身，臉往下趴，身子往水面一伏，變成自由式，快速地往前游去。我可以看到水流把她往下游帶去，兩道力量似乎是垂直的，但她應該是計畫好的，出發的位置比那房子更上游，於是水流就把她往下游帶去，剛好靠近房子。繩子斜斜地拉著她。

水面上不斷漂來斷裂的樹幹，若被那些打到力道一定很大，更別提有些尖銳的樹枝，可能會刺傷身體和眼睛。

我不斷出聲提醒，深怕海豹沒看到，但說也奇怪，總在千鈞一髮之間，她剛好閃過，像在打電動。類似俄羅斯方塊，上方不斷落下你無法預期的磚塊，也很像叫「雷電」的那個遊戲，一直會有敵機發射的飛彈，要小心閃開。

我作為一個旁觀者，好像回到學生時期，看著同學打電動一路破關，心裡有種莫名的成就感。

海豹漸漸靠近了那屋頂，只是要爬上去還是不容易，因為邊角尖銳，水流依然強勁。她第一次往上爬就被水沖開，掉了下來，又得逆流而上，重來一次，想辦法用自己的力量對抗水流，連續地划臂，直到抓住房子的邊角。我無能為力，只能膽戰心驚，與過去一樣，一種無力感又襲來，一陣頭暈。

我看到自己握繩子的手，被另一隻手覆上。我沿著那手往上看，是麥可。麥可眼神溫暖，對我微微一笑，要我安心，手厚實用力。果果也出現了，待在我的腿邊，身體往前傾，眼睛緊盯著水面，眼神很堅毅，彷彿她是救難犬。

到後來，我根本就是盯著麥可和果果，因為看著那暴漲的溪流實在太可怕了。他們幫我看，我用全力幫海豹禱告加油。

我再次看向水面，是因為聽到微小的聲音：「喂，喂！」眼前十多公尺，灰白頭髮的海豹正抬起頭望向我，我一瞬間不能置信，為什麼海豹突然間變得那麼老？臉上還布滿皺紋。我剛剛不是只看著麥可和果果一下下嗎？難道經過了幾十年？

實際上，那個人不是海豹。

旁邊，旁邊的才是海豹。

她們是兩個人。海豹打著手勢，示意我回收繩子。

繩子似乎是固定在那老婆婆的腰際，當我拉繩子時，可以將她慢慢地拉過來。水繼續亂沖著，老婆婆幾乎只有頭露出水面，海豹只能在她旁邊費力地扶著，避免晃動太厲害。而且我會把老婆婆誤認為是海豹也不是沒有道理，因為海豹的安全帽正戴在老婆婆的頭上。

我又被身旁的聲音吸引，瞥了一眼，在腿邊，是條有白斑的墨色魚。尾巴甩動著，啪啪啪，打著地。

再看回溪裡，海豹的馬尾，在水裡漂動，我盯著那黑色，忽然覺得那好像在草原裡奔跑的馬，尾巴飛揚著。我的視線不再離開，因為不敢想像要是此時出了差錯，會是什麼狀況。

風雨中，我的手不斷出力拉著，只希望那匹馬往我這頭跑過來。

32

我看到一個鮮藍色，帶點紅，
在遠處的岸邊。
與周遭混濁完全不同的顏色，
十分顯眼。

台灣藍鵲
鴉科，藍鵲屬，台灣特有種，保育類動物，又稱長尾山娘。是台灣原住民鄒族、邵族、布農族等族的神鳥，在大洪水神話中犧牲自己帶回火種保護族人。

我們失敗了。
那是我第一個念頭。
我死命地拉，突然覺得手上的感覺怪怪的，變鬆了，正感到奇怪，下一秒，我就被往前拉，整個人摔倒在地上。用手把自己撐起來時，滿臉泥水，滿嘴的土。我趕快爬起來，心裡一邊想，吃土的感覺，原來是這樣。

嘴巴呸呸呸直吐的同時，我意識到事情不妙，我剛剛收回的繩子，全都在我摔倒的同時放了出去。長長的繩子扣在我腰際，但老婆婆離我好遠，像一個風箏，被水往下游帶去。

怎麼會這樣？我回頭看一眼，原本繩子繞過用來固定的樹，倒了。

我看老婆婆已經往下游去，而且愈來愈遠。她頭上戴著的安全帽在水面上浮沉著，視覺上從一個拳頭大，漸漸變成一個小點了。隨著河道彎過去，快看不到了。怎麼辦？怎麼辦？

我一緊張就只能跑，往下游跑。一邊跑，一邊試著用手臂拚命拉回繩子。拉了幾段，發現還很長，趕快把前臂彎成九十度，把繩子一段一段地繞到手肘上，這樣有效率多了。腳步不停，繼續往下游衝。

實在很難跑，積滿水的地，根本是泥巴，每次抬起腳都很費力，但距離似乎一點一點縮短了，老婆婆的安全帽看起來愈來愈大，也因為溪流轉彎，所以她好像慢慢地往我這邊的岸靠近了。

我心裡一陣慶幸，可是，問題來了，溪水的速度好快，我只要稍稍慢一點點，喘一口氣，老婆婆就會瞬間遠離我。我真不知道，我還可以撐多久？

我一邊懷疑自己，一邊禱告，拜託，讓我是可以的，可以在眼前這件事上做點什麼。

手上的繩子好重，手臂已經沒有力氣再用力收了。我清楚地聽到自己的喘氣聲，心跳得好快，似乎再一下，我就會爆掉，而且，水裡一堆樹枝尖石，老婆婆現在應該已經渾身是傷了吧？最重要的是，我的腳已經有點抬不起來了，也喘到不行，這樣下去，老婆婆會不會就沒了？

心裡想到海豹，但我似乎已離她很遠，風雨中，看不到也聽不到她的蹤影，現在情況緊急，大概也無法回頭找她幫忙。

我往前方看，視線模糊中，發現在我前面十公尺左右，有一個稍稍突出岸邊的大石頭，如果我努力一點，跑快一點，衝到那顆石頭上，然後藉由衝力，跳下去，抱住老婆婆。重量會不會讓我們漂得不那麼快？我是不是可以把她推上岸？

我不懂救難，我只能猜，亂猜。

只要我可以再跑快一點，只要我先不管自己的喘。

要不要賭一把？

反正我這次旅行的目的，就是找地方去死一死。

這裡風光明媚，山靈水秀，作為葬身之處，很不錯呀。我對自己說。我想過要死，也要死得有價值一點；這樣死，應該勉強屬於帥的那一邊吧。

最重要的是，我已經快沒力了，一定要決定了。

看到前面有棵樹，我想到海豹的做法，雖然剛剛那一棵樹根鬆掉了，但有確保總比沒確保好，而且多一個點固定住繩子，應該比較有利吧。

我沒時間多想，就跑步繞過樹，眼角確認繩子繞過了樹幹，手上瞬間傳來一股阻力。我繼續往前衝，再兩步就到大石頭了。加油！我對自己說。

我的眼睛盯著老婆婆的安全帽，把它當作目標。老婆婆順著溪流往岸邊靠近，下一秒，我的左腳用力蹬在石頭上。我對自己說，不管了，管他去死，不對，是管我去死。跨大步，身子就飛了起來。

噢，麥可．喬丹就是這種感覺嗎？

但緊接著就不是這樣了。

身體撞到水的時候有點痛，鼻子進水也很嗆，眼前什麼都看不清楚，不過我的手抓到了老婆婆。我對自己說，不要放開就有機會。

被水繼續往下沖了一陣子後，速度變緩了一些。我勉強從模糊的視野中，辨識到我的右手邊是岸邊。我把左手伸到老婆婆的腰，試著環抱，接著在水流裡伸出右手。右前方有塊凸出水面的石頭，要是我可以攀到就好了。

我被水流往下帶，快接近時，用力伸手往上攀。第一下滑掉，又趕快再攀，真的攀到石頭邊了。

我心中狂喜，這輩子終於有一次賭對了。

突然，後面一道巨大的力量，從我背後撞上來，看！什麼東西啊，我心裡罵著，但沒得多想，整個人就幾乎沒入水裡。混濁黃泥水中，一大塊黑色從我旁邊流過，剛剛應該就是這塊木頭把我撞飛。我嘴巴拚命吐氣，右手在水裡亂抓，無情的溪水只是繼續把我和老婆婆往下帶。

不由自主的感覺好差，簡直是我的人生縮影。

我的人生，大概快結束了。

這時，我看到一個鮮藍色，帶點紅，在遠處的岸邊。

與周遭混濁完全不同的顏色，十分顯眼。我眨了眨眼睛，是個穿紅色上衣、藍色長裙的女子，她站在樹上看著我。

那棵樹從岸邊橫長過來，跨到溪的上頭。靠近水面有一段看起來較粗的枝幹，只是，站在樹幹上的女子，真的存在嗎？

隨著溪水把我往下帶，我離她愈來愈近。

那女子好像意識到我的目光，指了指她腳下的枝幹。被水流帶著走的我，身子快速地往那靠近。她的意思是要我抓住那段嗎？

我沒有多想，伸長手臂往上，手指一碰到那枝幹，馬上緊緊抓住。好刺，好痛，但我好用力好用力，這次不能放手。

我的身體繼續被水流帶著，但我不想再被帶走，並且，把手肘繞過，試著先勾住枝幹。抬頭看，那著紅衣藍裙的女子不見了，但我覺得好像一切開始可能變好，至少，我們現在沒有繼續隨波逐流。

我不敢貪心，一下子往前太多，因為水流的力量還是很大。小心翼翼地放開一點點，就趕快往上再抓住，手幾乎像毛毛蟲一般，一步一步在樹幹上往前爬。手臂很痠，只能騙自己快到了，但看起來進展很小，還有，扣著老婆婆的左手，也開始感到沒力了。

老婆婆不知道是不是已經昏過去了，只是癱軟著。我也沒辦法回頭查看她，沒上岸，一切都沒用。

我不敢放手，試著用力把腳往下壓，好像搆得到底下了。我胡亂往岸邊踩，手繼續往前一點一點地向岸邊前進。

終於，我的腳踩到地面，我猛力地用右手拖著自己往上爬，但整隻手實在太瘦了，而且樹幹磨得我的手掌好痛，可能快撐不住了。

先把老婆婆丟上旁邊再說，不然這水流那麼強，我應該隨時會再被沖下去。我深吸一口氣，左手使勁，如投手一般甩臂，用力地把老婆婆甩上岸邊。

結果，可能用力過猛，甩老婆婆上岸的同時，我的腳滑了一下，整個人仰天朝後倒，不知道撞到什麼。

我眼前一黑，就升天了。

33

你在哪裡？
我看不到你呀，
我的恐懼更放大了，
我不敢想像失去你。

好難過，好快樂。

與你在一起的時間都好開心，好多北七的事情。

第一次帶你去阿利家玩，開了一個多小時的車抵達宜蘭。看你坐一路車感覺很累，把你從車上放下來，讓你走一走。沒想到，你一下車立刻拔腿狂奔，直線衝出，我一路從後面追趕，突然間，你消失在我的視野中。我整個緊張起來，不會不見吧？

臘腸犬

Dachshund，在德文中dachs意為獾，hund是狗，原意為「獾狗」。短腿，長身的獵犬，主要功能為嗅獵、追蹤獾類和其他穴居動物。

才三秒不到的時間，你跑再快，也不可能消失呀。

我往前追，跑到前方，發現，是游泳池。

慘了，你不會游泳。

有次帶你去海邊，你整個很怕水，把屁股抵在地上，死命抗拒。無論我怎麼拉，你就是不想碰到水。

天啊，你要是掉到游泳池裡溺水怎麼辦？

狗的人工呼吸怎麼做？我是要嘴巴含著你長長的鼻子嗎？還是要與你嘴對嘴？

我繼續拚命往前衝，腦中各種念頭不斷轉動。我一路衝著，以我人生最快的速度，不管肺部幾乎快炸掉，不管呼吸多急促。衝到，接近游泳池的邊。

我沒有煞車，以全速衝出，就像以前參加跳遠比賽一般，把泳池的邊，當作起跳線。左腳用力蹬出，右腿高高抬起，在半空中，我突然想到身上有什麼東西，錢包鑰匙手機，等一下，手機！

手機泡水，是不是會壞掉？

還有，我已經在半空中了，就算我現在伸手從褲子口袋拿出手機，也無法在半空中交給誰，怎麼辦？難道把手機往旁邊的地上丟嗎？那還不是會壞？雖然時間好像暫停，可是水面已經離我愈來愈近了。

要把手機拿出來嗎？會不會差那一秒，就讓你溺斃？不管了，我要下去救你。

可是，你在哪裡？我看不到你呀，我的恐懼更放大了，我不敢想像失去你。

碰！水花四濺，模糊了我的視線，眼前只是扭曲的影像。我的頭埋入水中，只有白色的泡沫，什麼都看不清。我在水中左顧右盼地找，就是沒有看到你。我簡直急得要死了，你在哪裡？

時間慢了下來，我的臉緩緩往上，浮出水面。太陽光在水面上反射，又白又紅又藍又綠，瞳孔被各種彩色的光充滿。水從頭上不斷滴落，落到我眼裡，再流下來。

用手試著抹掉臉上的水，稍稍看清楚一點，但仍不斷地被粼粼波光閃得暈頭轉向，分不清方位。

突然，我看到水面上有一根垂直的東西，從我的視野左邊緩緩進入，慢慢來到正中央。那是什麼東西，上頭是白色，下段是咖啡色，那是什麼？好奇怪，是潛水艇的潛望鏡嗎？游泳池裡有潛水艇嗎？

那根垂直於水面的東西，緩緩地前進。我順著那方向往前看，發現水面上有個黑黑的東西，圓形，閃著亮光，是你的鼻子。

你的眼睛看著我，透露出平靜。你的臉浮出水面一半，從我的左邊緩緩移動到右邊。我趕緊往你奔去，水裡的阻力很大，但我愛你的力氣更大。我衝向你，想抱住你。

眼角瞄到，水底下，你的腿快速地擺動著，短短的，好可愛，好快。

你會游泳嘛！

那我還跳下來救你幹麼？

下一秒，我想到，噢，我的手機。

毀了。

但你活了，我高興。

那次，果果沒有死。

後來，果果死了，在十三年後。

我現在想起這些，是因為我死了嗎？

那，我感到幸福。

34

「然後，沒有被挑到的幼魚，昏迷躺在那裡。過一會兒醒過來，就像沒事一樣，又可以游走。」

我覺得好神奇，但又有種不捨。昏迷過後醒來，爸爸媽媽已經不在了嗎？

彷彿在夢境裡。

我站在ＳＵＰ上，左右手輪流划著槳，平靜的水面，翠綠的樹木。

如果不管眼前的水是黃色的，還有被淹到膝蓋高的房子，一切似乎都好。

你無法想像前一天有災難。

魚藤

豆科，老荊藤屬，大型羽狀複葉，莖粗厚，可為藥用植物，常見於低海拔山區及溪邊。

海豹在我前面，她划的是一條紅色的救生艇，黑色的槳在水裡一上一下。我看著她的動作出神，一邊閃過眼前一塊漂來的木頭。

長長的ＳＵＰ，像棺材板。我站在棺材板上划著，一如在冥河擺渡的人。

果果趴在我腳前面，眼神沉穩，彷彿勞斯萊斯前面張開翅膀的勝利女神，差別只在於，她是臘腸狗。

雨過天晴，天空好像什麼事都沒發生過，一樣是藍天，棉花糖一般的白雲，還有慷慨的太陽，一如尋常開朗地喊著「大家好」的姿態。

大家好嗎？

大家不太好。

那天，水裡的我沒死。醒來時，已經被海豹拉上岸邊。

在雨中搖搖晃晃地走著，勉強跟上前頭海豹扛著老婆婆的腳步，上了Defender，回到她住的地方，昏睡一整晚。現在身上還是到處痠痛。

目前知道有幾個人失蹤，都是老人家。

那時警察勸離時，不願離開。

現在則是，恐怕都離開了。

我看著麥可坐在海豹的救生艇裡，挺立上身，眼神認真嚴肅地幫忙搜尋著。我猜，他應該有點喜歡海豹。

麥可尊敬專業，而且佩服為別人挺身而出的人，因為他自己就是這樣的人。

據說，當年他在做黨外雜誌時，發生了美麗島事件。全台灣開始大搜捕，火車站已經開始張貼各種大頭臉的海報，開始緝捕當時一些黨外雜誌的核心成員。社會氣氛風聲鶴唳，草木皆兵。

麥可和即將結婚的未婚妻上了火車，他故作輕鬆地給了未婚妻一個錦囊妙計，臉上堆著微笑說：「如果有事的話你再打開，但應該不會有事的。不要擔心，不會有事的。」

未婚妻接過後，藉口要去洗手間，暫時離開。在洗手間裡把錦囊妙計打開，讀完，潸然淚下，卻又得假裝沒事，整理好妝容，回到座位，和麥可繼續火車旅行。

那錦囊妙計裡，是封信。信的內容，就是與妻訣別。

在那個時代做黨外雜誌，就是每天都與家人生離死別，並假裝不是這樣的日常。

儘管時間過去了，那個恐懼，應該會刻在骨頭裡。

同樣的那個男人，正坐在救生艇裡，目光認真嚴厲，搜尋著救生的機會。而彼時，在生死的面前，他的目光又是如何？我想著。

麥可對我說，法庭上，他站在被告席上等著聆聽宣判，一旁是那位自焚者偉大的遺孀。聽說，那是會讓人不由自主顫抖的地方。「咇咇掣（phi̍h-phi̍h-tshuah）」，他用台語說，自己不自覺，低頭才發現，身體抖動著。

剛剛，我第一次要從ＳＵＰ上站起，雙腿微微地顫動著。自己不自覺，低頭才發現。

為了去搜救沒有撤出的居民，海豹邀我一起，問我會不會ＳＵＰ立槳。我說我不會，她說我教你，很快就上手了。

我說沒關係，下次。

她說有關係，這次。

我意識到，她是一個意志堅強的人，但原本嚴峻的臉部線條，突然露出笑容。那是一種漂亮，且充滿魅力。她說：「很簡單啦，我教你。」

這件事的確應該超級簡單，如在綠茵湖面擺姿勢拍照那樣的輕鬆寫意，但當我把板子放到水面上時，就開始後悔了。

為什麼我要學ＳＵＰ？

為什麼是在這樣一個接近災區的地方，在混濁髒汙的泥水裡頭學啊？

我有點害怕，怕自己跌倒，怕掉進水裡，怕水裡的細菌，怕我不知道的事情。

「不用想太多，專心聽我口令。」海豹的聲音低穩，有一種安定感。儘管板子上的我，身體並不安定，腎上腺素迸發，肌肉有點僵硬，有點冒汗。

她站在我右方，口中明確地喊出指令，一邊在岸邊做動作。該叫岸邊嗎？這本來應該是路邊吧，還沒退去的水漫過整條路。

雙腿橫跨，接著手抓板子的兩側，雙腳縮起。跪姿，核心用力，提起腳，把腳板踩在板子上。先左腳再右腳，兩腳都踩穩後，近乎半蹲，眼睛平視，看向前方，不要看腳底。

核心發力，緩緩站起，如同慢動作一般，如同登月一般。

第一次，由大腿出力，到直立起來，我好像第一個站起身的靈長類，為自己感到驕傲，儘管只是站起而已。

我把視線從正前方轉向她的位置，正好看到她對我笑，雙手鼓掌。我好像小學生被老師肯定那樣，也覺得自己很棒。

事後回想，這實在太不尋常了。海豹的說話方式八成是一種溝通技巧，驅動人去行動，藉由一種獎勵機制，讓人做出平常沒有動力去做的事。這可能與她受過的訓練有關，用來鼓勵團隊、激勵夥伴，對象除了一般平民，甚至是代訓當地武裝軍隊。

我以前讀過類似的文章，美軍的特種部隊除了專業戰鬥技巧，還要受心理學訓練，因為有很多機會是到其他地區，為當地的部隊提供戰鬥演習訓練的指導，或者在敵後要策反當地人民，那種奇妙的溝通技巧可能是專業訓練的結果。只是，她也做得太厲害了吧，就算是經過特種部隊的歷練，應該也不是每個退伍軍人都可以這樣吧？

我後來問她，答案很簡單，因為她這輩子都是運動員。

習慣用運動員的方式溝通，相信還沒做到的事，只是還沒做而已。

「害怕是一種假象，做不到，只是還沒做而已。」她是這樣說的。

我划著槳，左邊一下，右邊一下，像個船夫一樣，只是不太熟練。原本的緊張感已經消失，SUP浮力很夠，站在上頭其實滿穩的，只是要小心閃避漂過來的小樹枝，若不管那些水面上漂來的東西，其實，有種鬆弛感。

海豹指著水路旁一種細長植物，說：「Valanu，早期原住民抓魚，會拿它的根部在岸邊拍打，等到出現白色乳汁，泡到水裡，魚蝦就會昏迷，然後我們再挑選已經夠大、可以吃的成魚。」

「好厲害，這是一種智慧耶。」

「有人說這叫作毒藤文化。」

「毒藤？」

「因為那個藤的汁液有毒性，類似麻醉劑，我們家是叫魚藤。」

我點點頭。

「然後，沒有被挑到的幼魚，昏迷躺在那裡。過一會兒醒過來，就像沒事一樣，又可以游走。」

我覺得好神奇，但又有種不捨。昏迷過後醒來，爸爸媽媽已經不在了嗎？

「你不覺得，大自然也在挑人嗎？就像我們在挑要抓的魚。」海豹的語氣，有種看透生死的超然。

我無法回答。

那天，海豹表情嚴肅，麥可的眼神專注，果果全程搖著尾巴，但我們什麼都沒找到，連屍體都沒有。

我要離開時，海豹請我喝咖啡。

我當然說好，也隱約覺得有些事要發生。她看起來不太一樣。

「謝謝你那天幫我，來，Geisha。」海豹把一杯咖啡遞給我。

「哪裡？我也謝謝你幫我。」

她臉上的笑容像朵盛開的花。「有嗎？我幫你什麼？」

「你讓我學會SUP啊，還有，克服了一部分的恐懼。」

「哪一部分？」

「對不會的東西，我很容易害怕。」

「你說的不會，是不知道吧，未知。」

「也可以這樣說啦，我很容易怕未知。小學升三年級，換了新班級新老師，因為跟著爸媽旅行，我晚了一天到校，覺得自己很多事情都不知道，就緊張得哭了。後來想到，同學也不過只是早我一天去學校，應該也不知道很多事，但我太怕自己跟別人不一樣了。」

「你本來就跟別人不一樣，每個人都跟別人不一樣。」

「我知道，可是你知道在台灣的教育體系，都會讓小朋友想要自己跟大家一樣，怕不一樣就會被關注。」

「我知道，我可是原住民。台灣原住民的比例還不到百分之五。」

「你說得沒錯。」意識到海豹遇到的困境可能比我艱難許多倍，我感到捨不得。

「你的恐懼是什麼？」海豹問。

「我的恐懼……」沒有預期會討論到這，我想著自己要講什麼。「我有點害怕死亡。」

「誰不害怕死亡？」

「我害怕死亡把我的家人帶走，我的乾爹和狗都突然離開我，我就被留下來了，我媽媽也差點走。死掉真的是世界上最爛的事，被留下來，是更爛的事。」

聽到我說的，她沒有多說，只是點點頭。

我突然想到那天看到的紅衣藍裙女子，在我幾乎要被大水沖走時，站在樹上提示我抓住枝幹的人。

「你那天有看到一個穿藍色長裙的女生嗎？」

「哪一天？」

「我們去救奶奶的那一天。她還穿著紅色上衣，站在樹枝上。」

海豹盯著我看，臉上帶著疑惑，好像我在說什麼奇怪的話。

「你說的那個女生長什麼樣？」海豹是真心疑惑。

「臉白白的，但裙子是非常明亮的藍色，裙擺很長……那個藍很漂亮。」我試著描述，但那時在水裡，視線模糊。我現在的記憶也模糊。

「不可能，我那天衝過去時，沒看到人。而且那天雨那麼大，誰還會待在那裡？」

「是喔……」

「你為什麼這樣問？」海豹從疑惑轉變為好奇。

「沒什麼，可能我那天看錯了……」我只好這樣說，一邊想著要怎麼轉移話題。

「你遇過身邊的人離開嗎？」我一問出口，就覺得這是個很蠢的問題。誰的身旁沒有人離開？只是你是否在意那個人而已。

「有，出任務的時候。」

「那你怎麼辦？」

「不怎麼辦，想辦法活下來。」

「我是說真的。」

「一開始，你當然會感到幸運，但又夾雜著難過，甚至有罪惡感，覺得自己憑什麼活下來，認為自己並不是多好的人，只是差了幾公分，子彈就沒有從自己頭上穿過。而那幾公分的距離，就是我和死亡的距離，於是又再次感到幸運，內疚感也又會再次襲來，想著自己比起那個有女兒的好父親，到底有什麼更值得活下來？」

「那到底該怎麼辦？」

「我們有諮商機制，可是大家也都很容易假裝不在乎，在心理醫生面前裝作什麼事都沒發生。我還好，但也有人得花很長時間才處理好。我那時就拚命運動，拚命流汗，把自己的體能鍛鍊得更好，想著這個身體既然被留下來了，我就有責任讓它更好一點。」

「這樣有用嗎？」

「對我有點用，用汗水洗去淚水。」

我點點頭，黑狗Ichiro咬著球跑了過來，又要玩丟球。只是，我有點提不起勁。

我看向遠處，樹林後的小空地，麥可和果果在玩丟棒球，你丟我撿，不，這是屬於他們的「Ke吉Ball」，英文的「Catch Ball」。

「後來，我遇到一位學姐，也是台灣人，在美軍服役，打過波灣戰爭。我跟她聊，她也有類似經驗，建議我不要硬撐，她說意志力很重要，但不是用在這時候，應該要認真悲傷，認真面對。這件事和體能上的痠痛不一樣，不能用否認的。她要我認真看心理醫生，還有去旅行，認真處理這件事。」她緩緩說完，開始洗咖啡壺。

我看到果果幾乎每次都能接到球，開心的尾巴搖得和雨刷一樣。海豹的聲音像水流一樣流過，是那種安定平靜的溪水。

「今年美國大聯盟大都會隊的台灣日，她會出席接受表揚喔！」

「大聯盟？你說的是美國職業棒球？」

「對啊，美國人很重視軍人為國服務，她又有點特別，是台灣人去美國服役，所以，台灣日的主辦單位就想到要找她。」

「有台灣日這種東西喔？」

「我本來也不知道，是她傳給我，我才知道。」她笑了一下，一朵花盛開在她臉上。

她輕輕地說：「有很多東西，我們不知道，活下去，才會知道。」

我不知道海豹說得對不對，我只想被魚藤迷昏過去。

35

影子修長，好像人形，
彷彿女生站立的優美姿態。
那株櫻花的身影，我曾經看過。

霧社櫻
台灣特有種，最早發現於霧社。落葉喬木，全株嫩枝、花、葉均被柔毛，花白色，曾被評為瀕危物種。

「我們來拍照。」說完時，我刻意頓一下，雖然不知道為什麼要。「每張照片其實都可以是遺照，每句話也都是遺言。」

我這樣說完，海豹大笑。我問她笑什麼。

她一邊笑一邊說：「沒什麼，不好意思，我只是想到，我早上撿的Ichiro的大便，要是不撿，就會變成遺跡。」

我聽了之後，先是愣住。看到她繼續捧著肚子笑，不知道為什麼突然也覺得很好笑。

我們兩個一直在笑，笑到臉頰痠，笑到眼淚流，笑到肚子痛，笑到狗在旁邊，也跟著我們跳呀跳。

突然，她的笑聲停了下來，我還在笑，但在淚水模糊中，看到她走向我，兩臂張開，似乎要給我擁抱，我只看得到她的臉上綻放的花。

花愈靠愈近，近到我面前。在我還搞不清楚狀況時，花吻上了我的臉。

我有點驚訝，又覺得合理，彷彿我來那瑪夏就是為了接受這個吻，這是個獻花儀式。

我對自己說，我被獻花了。

她突然停下來，問我：「你說什麼？」

「我被獻花了。」

「你被獻花了，我是花。」

「你是海豹花。」

「我是海豹花？」

我的腦子好像出了什麼問題，會不自覺地把心裡想的說出來，而且我覺得，這時候我好像應該要把我的問題說出來。

「海豹花，我看得見死人。」我吞吞吐吐，很怕嚇到她。雖然我覺得她膽量很大。

「你看得見死人？你是說像那部我小時候的電影嗎？I see dead people.」海豹說英文，有種美國腔。我都快忘記她在美國生活過。

「我的好朋友離開了，然後我現在看得到他們，他們正在玩接球。」

「哪裡？」海豹好奇地往兩邊張望，看得出她的半信半疑。

我只好指向旁邊，「那裡。」

樹林後的小空地上，傳接球的麥可和果果停了下來，也看向我。

海豹看向那方向，一會兒，瞇起眼睛，接著開口：「噢，他們是你的好朋友？」

看來，她看不到麥可和果果。

麥可望著我，調皮地吐了一下舌頭，像是愛因斯坦的招牌動作，我幾乎笑出來。果果一樣快速地擺著尾巴。

「對。」

「那就好。」海豹似乎沒有嚇到，她低頭，拿起布巾，擦拭著桌上手沖咖啡的HARIO小磅秤，一臉平靜。

「你不覺得我奇怪嗎？」

「你覺得你奇怪嗎？」她把濾杯放到水龍頭底下沖洗。

「有一點。」

「我們都該有點奇怪的。他們是你的朋友，就會對你好。這件事就對你好。」

「你怎麼知道？」

「我那時ＰＴＳＤ，看心理醫生。醫生鼓勵我要找到自己喜歡的事。也許，你就只是找到了自己喜歡的事。」

「你是說，我能看到我喜歡的人，這是我喜歡的事？」

「對啊，他說生命自己會找到出路。他只是一個陪伴找路的人，也不知道我的路在哪。每個人的路都不一樣。」

「怎麼好像有說等於沒說。」我試著抗議，畢竟我就是那個在找路的。我一直以為沒路了，或者一直走到死路。

「我也這樣跟他說。」

「那他怎麼回答？」

「那個醫生說，他讀了那麼多年的書，拿了博士，只是多知道一些方法。」

「什麼方法？」

「他那時候沒有明說，但我後來覺得，那些方法，都不是解決的方法。」

「那算什麼方法？」

「是解釋的方法。」

「看！你是說，面對生死，沒有解決的方法，只有解釋的方法。這跟電線桿上會貼的那種有的沒的標語不是一樣？」我有點不滿，也覺得有點好笑。

當然，也有點道理啦。

「對啊，以我的說法，就是唬爛的方法。」

聽到她突然講出這麼直白粗魯的話，我笑了出來。

我看向遠處，麥可和果果好像聽到我們講話的內容，他們兩個也開心笑著。

我突然意識到，自己的肩膀似乎比較鬆開來了。

那晚，我們一起聊天，一起睡。

過程很激烈。她身上有傷，我心裡有傷。

她的是槍傷。

我第一次看到槍傷，我以為子彈是圓的，傷口就會是圓的。她笑著說，如果是，她就畫上幾筆變笑臉。

傷口旁邊的疤是不規則的。我的手指滑過，問她會不會痛，她說不太會，但其實還會，神經痛，在可以忍受的範圍內。

我的手指，順著那疤，滑動。

她的呼吸聲變重，大約是跑步到五公里後的感覺。

我的手指像解剖學一樣，劃過她的二頭肌、三頭肌，經過斜方肌，來到背後的小闊肌、大闊肌。她的肌肉線條明顯，充滿彈性，我彷彿沿著道路前進，指尖就是我的車，不知道前方會有什麼，只能順著路往下開，來到背闊肌，再往下到闊下肌、臀中肌，直到臀大肌。

不確定路上的指標，是不是都真的正確，但我還滿享受這一趟路的旅程。

道路有時崎嶇，有時窄仄，但終究是路。沿著路開，路有時會讓人上下震盪，有彈性地起伏。開上了斜坡，開上了高原，開上了人類鮮少抵達的祕境。

當我們靠近彼此的時候，世界喟嘆了。
探險，不是為了風險，而是風景。
風景很美，我很幸運。

眼睛睜開時，窗外的月亮大得不像真的，以一種炫耀的姿態，迎著我的眼睛。
這時，我才聽見外頭的蟲鳴。那麼清楚，那麼巨大，睡前為什麼聽不到？
窗外，月光打在一棵樹上，長長的影子，透了進來。我記得海豹白天對我說過，那株是台灣原生種，是霧社櫻，名字很淒美。據說之前都快絕種了，最近有人在復育。
影子修長，好像人形，彷彿女生站立的優美姿態。
那株櫻花的身影，我曾經看過。
在新星巷弄書屋附近，我那次是跑步去的。因為看到有一條步道，沿著溪，總長二十一公里。來回一趟，就是一個馬拉松。
但我只有跑單趟，因為到了書店，買了書，就無法用跑的了，書太多。那是一個有很多詩集的書店，小小的，但在那個老街區發著光。一片片的玻璃內，可以看到詩集們安靜地站立著。
那次去，看到兩個大學女生，站在詩集的書櫃前，一邊討論，一邊翻閱。姿態美好，儼然是最優雅的背影。

我知道我要怎麼拍照了。

我安靜地爬起身，怕吵醒海豹，從床緣滑下。但海豹是個受過訓練的人，我下床後，轉過身去，她的眼睛已經對著我，亮閃閃的，像兩顆星星。

「怎麼了？」

「不好意思，吵醒你，我想到拍照的方式。」

「拍照？」

「我想幫我們兩個拍照。」

「現在這樣？」她手指著自己赤裸的上身，月光似乎附在她身上。

「喔，不是啦。是拍正常的啦！」看海豹似乎以為我要拍親密的照片，我趕快否認，但講的同時，又覺得好像在否定剛剛發生的事。而且情急之下，我竟然用「正常」的字眼，難道親密就不正常？會不會讓對方誤以為我們不正常？我有點不知所措。

海豹沒有回答，可能也感到困惑。她爬起身，背靠在床上望著我。我應該趕快做下一件事，免得尷尬。

「你等我一下。」我摸索著，走向一旁。角落裡，我的大袋子安靜又顯眼。我蹲下，伸手，一下子就摸到那堅硬的邊角。

我拿了出來，抱在胸前，遮住我同樣赤裸的上半身。

我走向床邊，把那東西攤開來，在月光下。

湯姆生的攝影集。

像湯姆生的攝影集那樣，不要看鏡頭，人物都看向畫面其他的地方。

我們一直在看向別的地方，好迴避自己身上不喜歡的地方。

36

「我現在大便不用你撿，
而且，大便為什麼要撿？
還不是人類把地都鋪上柏油水泥，
我們狗想要用土埋都沒辦法，
還說得一副是我們狗的錯。
你知道人類是地球的癌細胞嗎？」

狗屎
對人厭惡而加以辱罵的語詞。《新五代史・卷三三・死事傳・孫晟傳》：「晟輕延巳為人，常曰：『金碗玉盃而盛狗屎可乎？』」

早晨，天光。我走出房子，看到天空在山的上面，從藍黑色一瞬間變成土耳其藍，山也從黑色翻成了亮綠色。

我喜歡看一天的開始，彷彿一切黑暗都會改變，而且是瞬間，像是一球就能逆轉賽局。

我慢慢走到車子後方，從後車廂拿出腳架，架在房子外，再從後車廂拿出我小小的攝影包，裡面有一台祿萊 Rolleiflex 2.8F。我一直帶著它，但總是不知道要拍什麼。

我把相機放上腳架，測好光，請海豹入鏡。看著觀景窗裡倒反的畫面，我一下子無法適應，但看到她一臉莫名地開心。我說，我們拍一張不要笑的，作為紀念。

她看向我，瞪了一眼，好像要抗議。

回過頭去，她看向天際的山，我拉好快門線，走到她旁邊。一時不知要看哪裡，算了，隨便。黑狗 Ichiro 突然跑了過來，我想正好，就按下了快門。

一切都是別人安排好的，這樣我比較輕鬆。

每張照片都是遺照，只是你承不承認而已。

前一天，我看到台東一間獨立書店，他們經營的民宿，因原先預定的人臨時取消，有了短租一個月的機會。我馬上詢問並且轉帳。

我一直想在東部安靜一陣子，但想到台灣飯店的價格愈來愈不便宜，要住一整個月，花費不低，就沒有動力。

我看了一下那房子的照片和描述，獨立門戶，兩層樓大小，差不多一個三人的小家庭可以住。樓下是小客廳，有空間讓我運動。樓上有一張雙人床，一張書桌，而且室內擺設都是木頭。我好怕被別人訂走。

但經過了昨晚，我在想，是不是該問問海豹？

一邊收拾著相機腳架，心裡一邊猶豫著要如何開口。海豹倒是用她輕盈的腳步，俐落地走向咖啡館吧檯去了，大概要沖今天的第一杯咖啡吧。

底片機與人生一樣，拍完之後，並不知道結果如何。

我一邊把相機鏡頭蓋上，一邊朝那觀景窗看，想著上下顛倒的人生。我移動了一下相機的方向，看到海豹頭下腳上地在沖著咖啡，彷彿她正在對著天空倒水。

她手持咖啡壺，向天空倒水。

在天空對我們倒水後。

我轉身，發現麥可正在地上做伏地挺身，口裡喊著「四五、四六、四七」，每一下都很標準。果果則是在一旁做下犬式，前腳伸得長長的。伸懶腰，看起來就是剛睡醒的樣子。

「我想找那個海豹跟我去台東住一陣子。」我說出口，想聽聽他們的意見。

麥可停下動作，頭略抬，望著我，手則繼續撐在地上。

「然後呢？」果果一邊舔自己的毛，一邊問。難得她願意回答，這表示她雖然裝作不在意，其實很在意我。

「但我不知道要不要跟她說。」

麥可露出淡淡的微笑，又繼續一下二上，這是他的日課，我知道。每天早上起來就運動，好像一天的開始就得分。

「就跟她說啊。」果果把舌頭伸出來。

五一、五二、五三……

「我不敢，我怕她覺得我很奇怪。」

「你是很奇怪沒錯。」果果一邊說，一邊轉過身子，舔自己的尾巴。

「不是啦，我是怕她覺得我這樣表白很奇怪。」

五五、五六、五七……

「找人家去台東，就是表白嗎？」果果問話的語氣有種笑意，好像我很幼稚。我不太高興。「不然呢？」

「就是出去玩而已呀，像我跟你出去玩啊，那……我要坐她的腿上。」答話的果果比我還幼稚。

六一、六二、六三……

「她的腿才不要給你坐，你那麼臭。」我才不想讓果果坐在海豹的腿上，最重要的是，到時我一定會為了與果果說話，因此與海豹說錯話。

「你才臭！」果果不甘示弱。

七一、七二、七三……

「你很煩耶。」

「你才煩。」

八一、八二、八三……

「你那麼會說話，你去幫我說。」我想利用果果，以完成我的目的。

「我說話她又聽不到。最重要的是，我為什麼要去幫你說？自己的事自己做。」

「你大便還不是我要撿？」

「我現在大便不用你撿，而且，大便為什麼要撿？還不是人類把地都鋪上柏油水泥，我們狗想要用土埋都沒辦法，還說得一副是我們狗的錯。你知道人類是地球的癌細胞嗎？」

「我知道人類問題很大，但我也只是人類的一分子，我又沒有做壞事。」我辯解，論點有點無力。

「我只是跟你說大便的事，你幹麼激動？」

「我也只是跟你說去台東玩的事，你幹麼講大便的事？」

「是你先講大便的事！」

九一、九二、九三……

「先講不行嗎？你以前大便還會排字。」

「我想要跟你溝通啊，結果你都看不懂。」果果聲音有點委屈。

「真的喔？我那時候跟大家講，大家都不相信，你還用過拖鞋排字耶！」我很興奮，之前一直覺得果果會用大便與我說話，如今證實了。

「我真的很用心啊，你都沒有認真解讀。」

「我有好不好？不然，你走了我怎麼會那麼難過！」

果果慢慢地走過來我旁邊，舔我，因為我的眼淚自己流出來了。我彎著腰，任由她的舌頭在我臉上舔著。溫熱的不知道是眼淚，還是她的口水。

一零一、一零二、一零三……

「你幹麼舔我？」

「我口渴。」果果回，帶著笑意。

麥可動作停下來，趴在地上一頭汗，望著我和果果，笑了。

「今天的咖啡很香，有荔枝味。」我放下海豹剛沖好的咖啡，用最真誠的語氣對她說，希望她可以感受到我說的不只是咖啡。雖然依我過去的經驗，很難，但並不妨礙我這麼做，It's a long shot。

「嗯，是勵志中學的。」海豹正在把濾杯裡的咖啡渣倒出來。我想幫忙，但又不知道她打算怎麼處理，要是在我家都會放到小碟子裡，當作房間的芳香劑。

「勵志中學？」我沒聽過。

海豹打開磨豆機的蓋子，露出了裡面的構造，看起來像牙齒，一排一排的。我想像自己的手指放進去。她仔細觀察後，以小刷子慢慢清理，同時回答我：「嗯，在彰化。」

「彰化勵志中學。」我覺得自己像鸚鵡，只會重複，但我這隻鸚鵡其實有其他想講的。

「我上次去，校長送我的，說是他們做的。」

「學校也有做咖啡，是餐飲學校嗎？」

「嗯，算是吧。他們有餐飲科。」

「很好啊，現在的學校好像都開始重視咖啡專業。」我覺得自己回答得很敷衍，但又不知如何是好。

「他們……其實是少年感化院。」

「啊，感化院？」這答案不在我的預期，我有點驚訝。

「我在美國從軍時，有些同袍以前年輕的時候也犯過小錯，但他們後來都變得很好，其中有一位說是因為當初的感化院的老師對他很好，讓他找回對自己的希望。我回來台灣，就想說有機會了解一下。」

「這樣啊。」我心裡想的是，海豹你人也太好了，但這種話很難當面說出口。

「我們山上的小孩，資源不多。國中畢業，下了山去到城市工作，有些也會被騙，就有案底，後來就去那邊。」

我不知道該說什麼比較恰當。

「那裡的孩子，很多是因為家庭功能不完全，被其他大人利用，應該都還有機會的。」海豹講得淡淡的。

我看向外頭，陽光大好，草地綠得發亮。麥可正在跳繩，果果跟他一起，雙人跳繩，難度很高，尤其果果作為臘腸狗，腳那麼短，竟然都還沒被繩子絆倒，生命果然是有機會的。

那我有機會嗎？

「你知道那天，你救的是我的奶奶嗎？」海豹突然抬頭，圓滾滾的眼睛，黑色的部分反映了我的臉。在別人眼中看到自己，對我來說是種奇妙的經驗。

「啊？我不知道。你沒說啊！」

「我們其實最近不太好。她當初不支持我去美國，回來後，我有去找她，但她好像還是很氣我，不想跟我說話。」

「多久了？」

「不跟我說話？嗯……一、兩年了吧？」

「哇，這麼嚴重。」

「嗯，不過，謝謝你，她昨天開口跟我說話了。」

「她跟你說什麼？」我一邊問，一邊心裡暗暗期待。

不知道為什麼，我竟然期待老婆婆對海豹說「你應該要跟他在一起，因為他救了你的奶奶」，想完覺得好愚蠢，這是什麼舊時代的思想？而且要是奶奶真的這樣說，我看海豹應該會氣得反其道而行。

「她跟我說謝謝。」海豹刻意平靜地說，但嘴角有些抽動，顯露她其實有點激動。

沒想到，答案那麼平常。「只有說這樣喔？」

「嗯，這樣就很多了。我小時候也是她照顧的，所以，後來她不跟我說話，我還滿難受的，但也沒辦法，這次總算破冰了。」

遠處，麥可和果果繼續跳著，我看到草地上的影子，跟著上上下下，好像一種奇怪的皮影戲。我心想，不管了，就問看看。

「我想要去台東，你要一起嗎？」

「這麼突然，什麼時候？」

「現在。」

「現在？」

「現在，因為我已經付錢訂民宿了，可以住一個月，而且是獨立門戶，不會吵到別人。雖然我沒去住過，但是感覺很好……」我劈里啪啦地一股腦推銷，海豹突然伸出食指，放在我的嘴唇上。我有點愣住。

「好吧。我很喜歡台東。」海豹大聲宣告。

「真的？」

「你說哪個真的？」

「啊？」

「我是說，你是問哪個是真的？我說好是真的，還是我喜歡台東是真的？」

「呃，都是，我都想知道，不，我都覺得很好，真的都很好。」我結結巴巴。

「我很喜歡台東，跟我們這裡不太一樣，台東有海。」

看著海豹深邃如海的眼睛，我好像可以在裡面游泳一輩子，也許偶爾探出水面換氣，但在裡頭似乎不用擔心太多事。

好久沒有了，我有種海闊天空的感覺。

雖然，我知道天空會變。遠方，厚厚雲層正在靠近。

視訊畫面裡，媽媽沒有望著我。

她睡著了。

我不可能向母親說我差點死掉。

是你的話，你會說嗎？

就像我也不可能對母親說我腦子裡有腫瘤一樣，那是要讓母親多擔心啊？誰會對爸媽說這種事呢？何況我媽媽躺在病床上那麼多年了。自顧不暇的她，難道還要承擔這種奇怪的資訊嗎？

我是這樣想的。

就算我對媽媽說，她可能也搞不懂，甚至等等就會忘記，她可是失智。給她一個巨大的衝擊，然後幾分鐘後忘去，你不覺得是一種殘酷嗎？

或者說，有一種類似寓言的意味。當下震撼，又如早上的晨霧，在太陽照射下，消失於世界。

那是一種愚弄吧？我不敢，也不捨，愚弄那個讓我擁有生命的人。儘管我也一直疑惑，母親此刻擁有的，算是生命嗎？

始終無法離開那張床、那張輪椅。望著窗外，望著潔白的室內，望著空心的自己。勉力維持我母親的生命指數，就像監獄的獄卒一般，那種貼身照顧，曾經對我的心理狀態也是巨大的煎熬。你知道，癌症它有一個恩惠，就是會有一個終點，會有一個期限，你會知道那些對病人的折磨，終會過去。但失智症沒有，它是一個長長的隧道，黝黑且漫長，沒有燈，更可怕的是，似乎沒有出口，你無法望著出口的光，鼓勵自己，奮力前行，你只有與黑一樣濃的困惑，困惑自己是在做什麼？

花更多的錢讓機構照料，好讓母親有更好的照顧，簡直就是幫她移到更好的監獄。甚至更好的照護條件，會不會是單方面地加長了她的刑期？我恐懼著。

何況，這不也是我再一次地逃開？逃得遠遠的，假裝不要看到，就不會痛苦。逃得遠遠的然後再視訊，不也是一種荒謬？一種假道學？一種自以為的安全距離？

視訊畫面裡，媽媽沒有望著我，她睡著了。

至少她睡著了。

我偷偷地希望，她在夢裡健康快樂，四處旅行玩樂，和自己的朋友在一起環島。

我光這樣想都會哭，還要把臉別開，背對她擦眼淚，到底要怎麼對她說我有腫瘤？

37

散落的木片，分崩的框，地上的海報，
陽光直射到地板，要說很美，也真的很美，
只是，不是我要的而已。
雞蛋花，在地上，事不關己地躺著。

台東租屋處的海報掉下來了。
邊框裂開來，整個分成兩半，落在地上，就像上下引號。
「」
我驚訝地望著，為什麼呢？為什麼會掉下來？
地心引力變強了嗎？

緬梔

又稱雞蛋花，夾竹桃科，落葉小喬木，原產地在墨西哥，一六四五年由荷蘭人引進台灣，為最早引入台灣的花木之一。

我蹲在地上，試著要把上下引號合在一起，變成一個長方形。沒有成功，來回了五、六次，才發現邊框是用細木條組成，以一個小鐵片插入固定。但木條本身很細，鐵片插入的位置裂開了，變成一條縫，合不起來。

我去到附近的書店，叫宏斯書局。店裡一列列都是賣國小生的文具，迎面有直笛、計算機，右邊卻掛著六件大人的衣服，T恤上寫著意義不明的英文。可能是因為這附近沒有什麼店家，所以連衣服都賣吧。

一位四十來歲、綁公主頭的女性站在玻璃櫃檯後頭，「需要什麼？」右後方有個國中年紀的女孩，轉頭看向我。

「我想要可以黏木頭的三秒膠。」

公主頭老闆娘想了一下，指著左邊貨架。「你看一下那個架子後面。」

我走過去看，有專用膠，可以黏皮革或布料；有萬用膠，似乎什麼都可以黏。我有點想黏我的心，但我沒說出口。

我看著琳瑯滿目的各種膠，突然感到難以選擇。是不是應該選什麼都可以黏的那種？但那有點不像真的，甚至，有點令人困擾。

你知道，生命裡的困境要是一直都在，那就會變成環境，會變成起跑線，會變成你可以接受的事情。就像名字，就像父母，就像家境。

你會漸入佳境。

因為，那就是底線了。從那往前走，往上走。

但，困境要是一直改變呢？

你會無法適應。就像名字，就像父母，就像家境。

莫可奈何。

我選了其中一個比較順眼的三秒膠，包裝設計單純，名字叫成功。拿到櫃檯準備結帳，希望成功。

「二十八元。」公主頭老闆娘帶著溫度的回答。

我掏口袋，拿出三個十元。帶回成功三秒膠，也成功帶回零錢。

回到住的地方，我迫不及待地拆掉包裝，急著要黏。

把木頭大致在地上擺好，正要開始黏的時候，已經開始流汗了。我跑上二樓，找出冷氣遙控器，按了開關。

下樓時看見，窗台上有朵雞蛋花，不知道是從哪裡掉落的。

我一直很喜歡雞蛋花，喜愛它的顏色與質地，簡單幽靜，香氣更是不帶侵略性。

我趴在地上，對齊裂開的木頭紋路，有點像拼圖，但幾個碎片的缺口斷面並不平整，我勉強對上，發現無法密合，「」還無法變成口。

勉為其難地拼在一起，但一鬆手，就出現黑色的間隙。

那是接合兩根木條的黑色鐵片，已經歪了。我試著把小鐵片扳成原來的直角，嵌入另一邊木條的缺口中。旋開三秒膠，將瓶蓋反過來刺入三秒膠管口。第一次那封口沒破，再用力壓一次，終於破了，流出透明液體。再趕快把細長的接頭放上管口，旋轉裝好。

一點一點地把三秒膠擠在兩段木條接面上，用力壓著，但仍有縫隙。我再用力，兩手緊抓著那上下引號，想讓它們聚合在一起。

突然，引號炸裂。木片飛揚到半空中，高過我的頭，摔回地上。

簡直像在放煙火。

但我心中沒有放煙火。

那些壞掉的，我永遠修不好。無論是什麼，我再努力都沒用。

海豹並沒有跟著我來台東，她去美國，說有一個特別的事情。

我只能想，我不夠特別。

但我還是來台東了，因為已經付了租金。

麥可和果果應該也會想來吧，尤其麥可，他總是對台灣感到好奇，喜愛深度旅行；果果更別提了，沒有什麼是她不感興趣的。當然，書店經營的短租民宿，對我而言更是充滿吸引力。人生走到最後，好像只是求個不悔，不是嗎？我最近有個感覺，似乎真正的後悔，常常不是做了什麼，而是沒有做什麼。

我頹坐在地，看著散落的木片，分崩的框，地上的海報，陽光直射到地板，要說很美，也真的很美，只是，不是我要的而已。

雞蛋花，在地上，事不關己地躺著。
雞蛋，要是破了，就會變成蛋花。
我想要的都不會發生。
我想要的都不會復生。
我決定出門去。

38

還有，甘蔗自己又是怎麼想的呢？
它安靜地站立在土地上，
一下子被視為珍寶，一下子被視為毒物，
這落差也太大了吧。

人是可以忘記悲傷的，只要有新的悲傷到來。
母親上次住院是半年前。我以為她狀況穩定了，才出來旅行。
我錯了。
那天，收到母親又送急診的訊息是上午十點四十分。
我在圖書館裡。

甘蔗
禾本科，多年生高大草木。頂生圓錐花序，花狀似芒草。

一早就到圖書館，一樓入門的地方，有許多座位，有許多人。大略以年齡作為分布的方式，遠處多是長輩，靠近門口的則是讀書的學生。

大略繞了一圈，看出了那邏輯。因為遠處的牆邊，立了現在已不常見的報架，於是那一區附近的桌子就被長輩們盤據了，方便取報吧。

我伸手也拿了一份鐵製報夾固定起來的報紙。這段旅行的期間，都沒機會讀報。拿了報紙的我，算是長輩還是年輕人呢？

我邊想，邊往年輕人的區塊走，最靠外的那一桌有空位，兩個高中女生正在讀書。當我正要把袋子放下時，發現桌面貼了個殘疾標誌，這裡應該是留給身體障礙人士用的。

為什麼這兩個年輕女生坐在這呢？

隔壁桌也還有空位，我挪動腳步移過去。對坐的是位阿姨，大概六十多歲，正在讀經。沒問題的，這裡是圖書館，她不至於大聲念出來。

我翻開報紙讀，從大字開始讀。頭條是一個量販店的食物驗出致癌物質。真是令人厭煩的新聞。

我一頁一頁細翻，彷彿想拖延什麼一樣。我欺騙自己是在了解世界，不是在逃避書寫。但我知道，騙人的自己知道，騙自己的，自己知道。

我終於把報紙讀完。其實，上面的消息，我滑手機都看過了，但讀實體報紙還是比較踏實，好像這些被印成字的，不會隨意被收回，不會隨意地說是假訊息。

是嗎？

印成鉛字的，就不會是假的。會不會這也是一種輕鬆的騙局呢？

想起有人為了請假，於是去印白帖，謊稱自己的祖父母過世。結果，過世好多次，都還是活著。

正要開始寫時，突然覺得好熱。

昨天的氣象報告說，此地是全國最熱的兩個地方之一，甚至出現了焚風。

焚風，小時候在課本裡學到的專有名詞，以為講的都是外國的事，結果，也是這個國家的事。

我把袋子留在座位上，想要去找比較涼的地方。

往圖書館的深處走去，右轉是廁所，左轉是自修室。自修室門口的左邊牆面有個巨大螢幕，上面顯示著可以用借書證預約的座位數量，有七十七個。

從自修室門口可以看到裡面，大約七分滿。上方有吊扇緩緩轉動著，讓人聯想到校園教室或補習班的那種悶。

想進去知道溫度，但門口有個閘門。由三根鐵柱做成，往前推的時候會轉動，就可以在兩根鐵柱間通過的那種。

我推了，推不動。

旁邊有個刷卡系統，似乎得刷這個圖書館的借書證。

我放棄了解裡面的溫度。

繼續往前走，便看到了樓梯。往上走，二樓是圖書區，左邊似乎有不少小說，一列列的書架，整齊地立著，像是實驗林場裡的樹木，整齊劃一，茂密豐盛。

我往前，經過幾個以木板隔起的座位區，上面擺著電腦，大大的字寫著「請不要上色情網站」。

我沒有心理準備會看到這些文字，幾乎要笑出來，但我忍住了，因為發現有位白髮的阿姨正坐在那，她並沒有看著電腦螢幕，她看書。

我得趕快找個地方坐下，寫東西，不然我會在圖書館裡大叫，那可能比上色情網站更影響別人吧。

我繼續往裡頭走，最深處有四張長桌，旁邊有許多推理小說。我走過去看，一整排的李查德，我應該都買過了，但拿倒數第二本起來看，故事怎麼都好陌生。你知道，那些書名都很像，多是四個字的組合，不脫緊張嫌疑的範疇，讀來幾乎都一樣，把每本書名互換，一定也都成立。

我想要看這本小說，好搞清楚是不是看過，但此刻，我更需要的是坐下寫東西，好處理自己的苦悶。

我放下書，找了位置坐下，突然意識到，我只是坐下，手上什麼東西都沒有，不像其他人面對著自己的考題練習本，或者一本書。我面對的只有空盪盪的桌面，和我自己。

我的東西呢？放在哪裡呢？突然焦慮，但想起來了，在一樓。

是不是該走回去拿？我走出這一區，穿過走道，看到另一個房間，應該是較多童書的地方，因為有許多孩子和父母，櫃檯的人員也正在忙碌著。一旁有張桌子隔成幾個空間，擺了幾部電腦，這次沒有寫不要上色情網站了。

或許是因為，寫了反而會吸引有好奇心的孩子吧。

我繞了一圈，轉回樓梯處。原本應該要下樓的，不知為何，又登上三樓。

圖書館三樓有不少藏書，主要是以人類文化為主。遠處似乎有幾張桌，有人坐在那。我走了過去。

一位五十多歲、皮膚黝黑的先生正在讀書，一位年輕女生正在做功課。

上面有風扇在轉，但很熱。我停留了五秒，就決定離開。

應該還是二樓的小說區最適合我吧，但這時才想到，我忘記拿東西占位了，會不會沒有位子呢？雖然在圖書館門口就看到告示寫說不要用東西占位子。我心裡有種奇怪的愧疚感，是那種其實沒做壞事，但想過要做壞事，因此不太喜歡自己的感覺。

下樓前，看到一本講蔗糖的書。台灣好多地方都有糖廠，甘蔗是早期重要的經濟作物，我的故鄉更是常被稱為「全糖市」。

只是這幾年，大家開始討論，以沒有機會消耗太多熱量的現代生活而言，我們的身體或許不需要那麼多的糖。糖甚至被某些營養學派認為是種毒，因為過度攝取，隨之而來的包含身體發炎反應，還有最常見的糖尿病，其實都是對健康的巨大影響，更用到不少醫療資源。

台灣是世界洗腎人口比例最高的國家，我的家鄉又是台灣排名第一，原因可能和使用坊間不明成藥有關，另一個可能就是飲食習慣。

我母親這一年的血糖突然激增，已經變成糖尿病患者，與長期臥床、沒機會運動有關，只能吃藥控制，似乎沒有解方。但其他人呢？

大量添加糖的手搖飲，在當代高壓的環境中，是人們逃避現實的出口。可是我們逃往的地方，會不會是另一個地獄呢？

還有，甘蔗自己又是怎麼想的呢？

它安靜地站立在土地上，一下子被視為珍寶，一下子被視為毒物，這落差也太大了吧。

我胡思亂想，腳步往樓梯去。下樓時想到，或許我應該辦一張借書證，好進自修室，好之後可以繼續來。

又突然想到，我離開那麼久，東西會不會不見呢？加快腳步走到門邊的位置。還好，東西還在。我收拾了一下，把袋子放上肩膀，抬頭看到櫃檯的人員似乎有空，就走過去問。

「你好，我可以辦借書證嗎？」

櫃檯的大姐短髮俐落，笑容可掬地說：「不用啊，你只要用手機就好。」

她拿起桌上的一個立牌，要我掃QR code，下載一個App。幾秒鐘後，我手機裡就有個圖書館的應用程式了，我好驚訝。她接著教我點選，產出條碼，說這樣就可以借書，也可以進去自修室了。

我站在自修室門口，試著刷條碼。但刷卡機不接受，顯示為「非法定條碼」。

我重複了三次，還是一樣。

格格不入的感覺。

我再走了十步走回去找那櫃檯小姐，告訴她不行，出現「非法定條碼」。

她回我：「那你可以用身分證的條碼。」

我又走回去，用身分證的條碼。一刷又出現熟悉的字眼，「非法定條碼」。

我想，我是一個非法之徒吧。

好煩，我想回去找那位小姐，但她前面還有五、六個人諮詢，而且，我已經找過她幾次了，她會不會也覺得我在找麻煩？

突然醒悟，我根本沒有要去自修室啊！我不是要去二樓有推理小說的那一區嗎？有李查德那倒數第二本我想不起故事的地方嗎？

我背著包包，毅然離開那試了幾十次的刷卡機，轉身爬樓梯。經過書架時，又再看了一次李查德的書。

來到剛剛坐的那個位置，桌子對面坐了一位女性，她正將整個包包裡的東西倒出來，一張大桌子瞬間堆滿，彷彿警方公布案情時的證物桌。我望著她，努力控制自己，不露出驚訝的表情。

她開始算起其中的零錢，並且一一登記到本子上，也許只是謹慎理財的個性吧。

我不以為意，但緊接著，她繼續排列一些用過的衛生紙、食物殘渣之類的東西。我故作鎮定地想，或許，她除了謹慎理財，也和我一樣，在整理自己的人生吧。

每個人都有自己與圖書館的關係，自己可以掌控就好。我只是個連自修室都進不去的、格格不入的非法之徒，憑什麼管別人如何？

我打開電腦，開始寫東西，第一行。

這時候，母親病危的訊息，進來了。

39

那紅看起來如血，是火刺木，
又叫救命糧。
我望著它，希望它可以救我媽。

台東火刺木

薔薇科，火刺木屬，台灣固有種，常綠叢生灌木，生長在台東縱谷的平原地帶，枝多具刺。葉互生，葉片為長橢圓形。

我開著車，小心翼翼，絕不超速，也不違規。母親當初就是車禍造成腦傷失智的，在相距十公里內的市區，車速再快也只省下一、兩分鐘，但出了車禍，就是一輩子的時間。

我精神緊繃，心急如焚，但更仔細觀察路上車況，心裡一直盤算等一下的步驟順序。直到下車，我才用跑的，衝進租屋處，第一步是把垃圾桶裡的垃圾袋拿出來，放在地上，準備稍後帶走。

開始收拾書桌上的東西，把鋼筆們放入筆袋中，把電腦放入保護套，把電源線收起來。

把書桌扛起來，移動三公尺，回到原本的位置。那個位置上面開了個天窗，光線充足，也因此有點熱。所以我之前把書桌挪了個位置，去牆邊靠床。

把所有衣服快速塞進行李箱，把床上的果果抱枕塞進另一個行李袋。不要多想，只要動作快。我已經一身汗了，快速地用目光巡視四周，應該都收齊了。

然後跑下樓，打開冰箱，看一眼，幾乎快瘋掉。

我昨晚才去超市。

所以，冰箱現在裡有一公升優格，兩公升柳橙汁，一瓶紅茶，一袋香蕉，一袋橘子，一袋生菜，還有一條吐司。要是知道隔天就要離開，我一定不會買那麼多東西，不，根本就不會去超市。

我是以要在這裡住一個月的心情採買的，沒想到，買完後不到十二個小時，我就要再把它們從冰箱裡拿出來。

怎麼辦呢？

不，沒有怎麼辦，不用思考，就用最快的速度，把他們放進昨天在超市購買的大塑膠袋裡，讓它們恢復十多小時前的狀態，回到我的車上。

噢，啞鈴，沉重的啞鈴，也要趕快把它放回兩天多前的位置，也就是車子的後座。

我扛著三個旅行袋，身上背著背包，兩手拿著啞鈴，到了門口，發現沒辦法開門，只好再把啞鈴放到地上，旅行袋順勢敲到我的頭。心裡焦急的時候，做什麼都覺得不對。

好不容易，大包小包地走到車旁，一樣，無法開車門，把啞鈴放地上，起身，開門，我的汗已經是用噴的了。我甩甩頭，讓頭髮不要擋住已經模糊的視線，把旅行袋丟進車裡，接著要擺啞鈴。

要把啞鈴擺在後座的地板上，有一個特定的角度，可以讓兩個啞鈴剛好卡在駕駛座和後座之間。大約是四十七度角，兩個靠在一起，就不會前後滑動，隨著煞車不斷撞到駕駛座。

但是哪一個方向呢？其實我也記不得了，只能一次又一次地來回移動微調，try error，簡直就是我的人生。

太陽好大，沒想過台東會這麼熱。毫不客氣，什麼都要蒸發。是因為面對全世界最大的海洋，太平洋的關係嗎？連太陽都超大。

不要再想了，要趕快。

打開牆上的變電箱，仔細地看一下，上面貼了貼紙，說明哪個開關是哪個區域的。我把所有的開關都關上，除了廚房，因為有冰箱。汗水從我的鼻尖滑落，無法拒絕，我只來得及和它說再見……我還來得及與我媽說再見嗎？

浴室的東西還沒收。

我衝進去，快速地把幾個瓶罐從架上拿下來。一不小心，沐浴乳掉下來，蓋子沒蓋緊，流了一堆在洗手台上。

我看一眼鏡子，這個全身汗溼到簡直像從泳池爬出的人，必須沖個澡。我討厭汗臭味。脫掉衣服跨進淋浴間時，想起了一件事。

之前，我去過花蓮的一本書店，這是原本開在台中的一間獨立書店，後來搬到花蓮。我開著車在隘巷外的馬路上找車位，熱鬧的街區，竟一位難求，好不容易停在一間學校前。誰說花蓮人少，有些地方人是很多的啊！

照著手機地圖，走進巷弄。一開始找不到，只看到一間日本料理店，肚子都餓了起來。眼前都是尋常的民宅，巷子與巷子，之間只有陽光，沒有聲響。

我彷彿打擾了這地方，有種闖入者的內疚。遍尋不著，加深了我的格格不入感。

突然，我眼角瞄到，在剛走過的巷子裡，有個樣子不太一樣的色塊，趕緊轉身過去，找到了！那低調的氣氛，彷彿一本書，安靜地站在書架上。

穿過民宅的低矮外牆，迎面是許多植物，吸去了聲音。我看了看木門，怕使力一推就打破了一些什麼。輕輕地開門，自以為如貓，仍引起了店內正在對話的兩人注意，心裡一陣懊惱，有點不好意思地點頭，滑過他們身旁，往書架溜去。

非常豐富的藏書量，而且分類清晰。我轉頭往店內看了一圈，發現牆上貼有咖啡品項，不知為何，口就渴了。

走回櫃檯，可能是心裡太想要安靜，發現喉嚨居然發不了聲，我說了三次，才講出我要耶加雪菲。

別人會覺得我是個怪人吧，我心想。但真的就像遙控器被按了靜音，我自己按了自己。走回書架，看到一個行李箱裡放了詩集，覺得真是恰當，要讀詩，沒有比旅行更適合的場合了，或者說，旅行本來就是一首詩。我心底暗暗讚嘆，一邊被空間中的某物吸引，身體不自主地移動了過去。

是門戶合唱團主唱吉姆．莫里森的傳記，《沒有人活著離開》。

我坐在書店裡，喝著咖啡，讀著這個書名。

彷彿腦中播放的影片，在這裡定格了。

沒有人活著離開。

這趟旅行，我本來想要從台東往北開，再去一次一本書店的，眼下大概不行了。

沒有人活著離開。我要離開了。媽媽要離開了。

在台東的浴室裡，想著花蓮的一個獨立書店，我突然意識到，我正在蓮蓬頭底下哭泣。

看向浴室外，枝葉蔓生，鮮紅色的果實，恣意潑灑顏色。那紅看起來如血，是火刺木，又叫救命糧。我望著它，希望它可以救我媽。

淚水也是自來水的一種。

40

現在，這應該是一趟無法完成的環島旅行了。

但仔細想想，其實沒差，

如果我死掉，本來就無法完成環島。

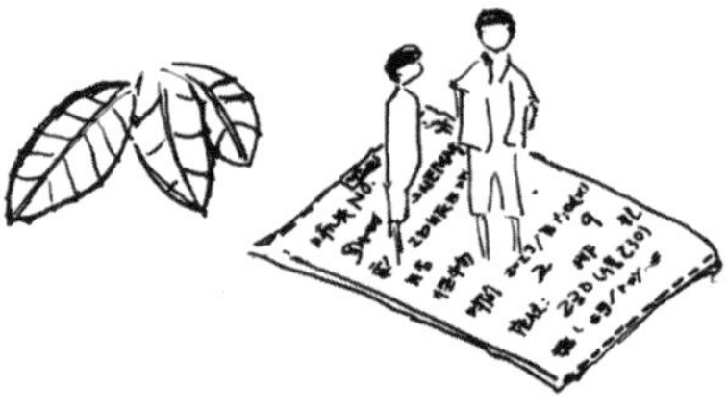

太魯閣櫟

殼斗科，櫟屬，台灣特有種，分布台灣東部海拔一千兩百公尺以下溪流兩岸，可長於石灰岩壁上，常綠中喬木，高可達十二公尺，單葉，互生，具葉柄，葉橢圓形。

一路往南，太平洋變成在我的左手邊。物理上是當然的，但這不是我有過的視覺經驗。

從小被地圖制約，覺得北邊就是在上面，甚至轉化成，只要往前就是往北邊，那麼當你往前是南邊時，一切都不太一樣了。還有，雖然課本裡總是寫「太陽下山」了，然而居住在台灣西部的人，每天看到的，應該是「太陽下海」啊。視覺經驗和閱讀經驗背離，我們卻毫不自知，這是一種靈肉分離嗎？

但此刻，我可以看到太陽正慢慢地下山了。好美，從未看過這樣的晚霞。我對自己說，這要謝謝媽媽吧。

光從右邊的窗戶斜照進來，打在我的右手上。左前方的海面，藍色深深淺淺，中間參雜著些白色，像一塊布料，安定中有種優雅感，好想把它做成袋子。

「對啊，真的很好看。」麥可應該是聽到我的讚嘆，便回答我。當然也知道我在擔心，想安慰我。

路旁的山邊，一棵棵綠樹，是太魯閣櫟。要是我有空，會想停下來看的，灰白的地看起來那麼貧瘠，卻仍有樹可以生長。媽媽會活的吧？像每次病危一樣？

前面都沒有車，從後照鏡稍稍看到果果咧著嘴，看著窗外笑，好像兜風那樣開心。我很難過，很擔心媽媽的病情，但我很高興果果是開心的。

想起那天在台東的電影院看電影《怪物》，電影院燈亮了，鄰座是個陌生女子。我想和她討論劇情，但不行，我是陌生人。

按捺住自己，走下手扶梯，走出明亮的商場。室外是個市集，有人唱著歌，好多人逛著市集，但沒有用，沒有一個對我有用，因為他們都沒看那部電影。我靜靜走向一旁的樓梯，往下到停車場。我好寂寞。

有時你會寂寞，但那並非沒有道理。

查爾斯．布考斯基的詩集名。

走到停車格，看到有個奇怪的鐵梯，就在我車子的正後方牆上。簡陋到不行，幾根鐵條組成，平行地黏在壁上，長得像「出」字的鐵梯，往上是個方形的鐵門。我好想爬上去，應該是個逃生出口吧，但為什麼，停車場裡會有這麼奇怪的逃生出口呢？

我好想逃生，但我走到那鐵梯下，抬頭往上看，生鏽的方形鐵門上面掛著一個鎖。

給你一個逃生出口，然後鎖起來，這真是太棒了。

此刻，我開著車，看著窗外的夕陽絢爛，腦子想著亂七八糟的東西。因為我什麼事都不能做，只能開車。

想起了晃晃書店。

看完電影隔天，我去了書店，想買書來看。走到晃晃書店後面的大木桌，兩隻貓躺在桌上。我把手上的書放下，坐到桌旁，輕輕地摸著貓的頸後。

窗外，有人走過，很像是食蟹獴，那個阿伯。他會來台東嗎？我不知道，不過從食蟹獴的角度看，哪個縣市大概沒有意義吧，只要沿著山走就會碰到了。

我想追出去，但他的動作好快，離開了窗邊，難道又穿著橘色雨鞋在跑步？

這時，一個瘦削的女生從書店前方走進來，有種熟悉感，又想不出在哪見過。直到她經過我面前，看到她的側臉，對了，是那天坐在我旁邊看《怪物》的女生。可以確定，是因為還看到她右手臂上緣像是植物藤蔓的刺青。好優雅，好好看，我也想要。

她坐到大木桌對面，拿起書看。好巧，隔了兩天後我們又在同一個空間裡。好想和她討論電影的內容，但還是不敢開口，我太害羞了。

要是我那時向她搭話，會不會我就認識她，會不會媽媽現在就不會送急診？

毫無邏輯，但，有時候沒辦法，就是會想這些亂七八糟的東西。

到台東後的旅行計畫，是打算一路往北，到花蓮，然後宜蘭，再回到台北。逆時針的方式，畫下句號。我自己的句號。

現在，這應該是一趟無法完成的環島旅行了。

但仔細想想，其實沒差，如果我死掉，本來就無法完成環島。

如果環島完，回到原點，再死掉，那樣算是有離開嗎？

回到原點，最後，我們都要回到原點。那就是沒有了。如果一定會沒有，為什麼現在要那麼在意有沒有？

我的母親，一直坐在那，幾十年的失智，算是活著嗎？

她會不會想死掉？

她會不會一直覺得，我們這些人憑什麼拖住她，不讓她好好地走？

我從三十年前就問自己，到現在還是沒有答案。

現在，是要畫句號嗎？

41

「這是必經之路。」

對方帶有台語口氣的國語，有種吳念真導演的真摯氣息。

聽他說完，我的眼淚又湧出來了。

深夜，加護病房裡。

「目前伯母是昏迷狀態，我們用兩個增壓器拉高她的血壓，一個呼吸器幫助她呼吸。之前進來的時候，已經無法自主呼吸。」

我點點頭。

「請你過來這邊，我說明一下。」

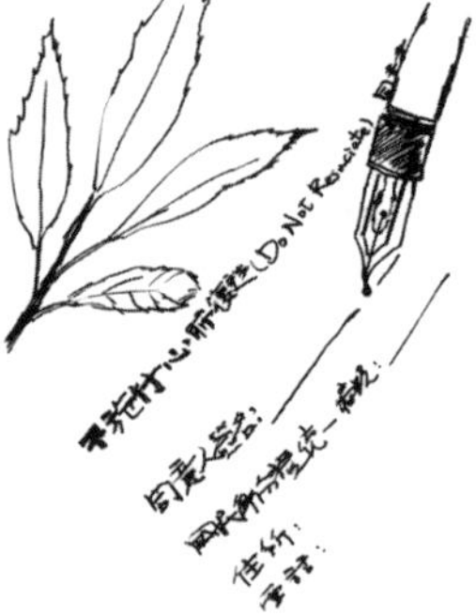

赤皮

殼斗科，櫟屬，台灣櫧櫟類代表樹種。常綠喬木，高近三十公尺，樹皮深褐色，葉針形，果實為堅果，橢圓形，是松鼠喜歡的食物。

醫生指著螢幕上的畫面，「這是我們拍的電腦斷層，現在右大腿裡面有壞死的狀況，這叫壞死性筋膜炎，需要開急刀，緊急把這些壞死的組織清乾淨，不然，危險性很高。她的血管裡已經有細菌，也就是菌血症。」

我點點頭。

「如果不進行手術清除乾淨，死亡率九成。」

「那如果手術呢？」

「五成。」

「五成什麼？」

「五成死亡率。」

靜默占據了空間。

我突然感到一股憤怒，一種不知道該對誰的憤怒，或者說，我替媽媽感到憤怒，沒道理的那種。沒道理卻常常是日後真正的道理。

「那我不要。我媽媽已經失智辛苦三十年了，我不要她醒過來，發現自己的大腿肉都不見了，然後痛半年，每天都痛，並且搞不清楚自己為什麼那麼痛。」

「那我了解了。那有可能會是這個晚上。」

「你說，今天晚上？」

「對，可能要準備一下。」

靜默又占據了空間。不，我得說些什麼。

「醫生你的意思是……」
「不好意思，怕你們到時手忙腳亂，可能要準備後事了。」
「好，我知道了。謝謝醫生。」
「不會，我們能夠做的有限。」
「那現在還是有用藥嗎？」
「有，我們剛剛又試了幾種抗生素，希望有用，但她大腿裡面的才是問題。」
我又點點頭。
「那你再陪她一下。」醫生說完後，轉身離開。
護理師走近，「不好意思，有些東西要請你簽一下，因為你剛剛有提到拒絕手術，我們必須要請你簽這個放棄醫療的同意書。有打勾的地方，請你特別看一下。最下方簽名。」
我接過來，突然間，一片模糊，看不清楚字。
天啊，我都簽那麼多次了，怎麼還不太會。
我伸手把眼鏡摘下，好擦眼淚，但好像愈擦愈多。幾秒鐘後，視野的下方，出現一個白色區塊，是一張面紙，護理師遞過來的。
「謝謝。」我趕緊拿面紙擦掉眼淚，但好像不夠。算了，護理師應該看多了，沒什麼好丟臉的。我抽抽噎噎，一邊在文件最下方簽名。
「請問你需要安寧照護的協助嗎？」護理師出聲。
「那是什麼樣的協助？」

「我們會有安寧管理師，主要提供家屬對安寧照護的了解，還有臨終的一些心理幫助。因為剛剛聽到你的想法，說要安寧照護。」

我回答不了。

我預習很多次了。是遇襲吧？還是學不會。

「沒關係，有需要隨時跟我說。」護理師點點頭，留下我和媽媽。

凌晨兩點的加護病房，儀器聲不斷，滴滴滴地響，好像一切都很正常，只有躺在床上的不是。

我的母親，躺在床上，但身體似乎比我印象中的大上許多，是水腫吧。

我看了十分鐘，聽著沒停過的滴滴聲。短髮的護理師過來說：「不好意思，要請你出去了，加護病房不能讓人待太久。」

「好，再拜託照顧，謝謝你。」

走到門口，不知要如何開門，沒想到這裡的門是感應的，自然就開了。我穿過門，門在我身後發出咻的聲音闔上。闔上的是生命的門嗎？我想著。

外面是一排座椅，沒有人。白色的日光燈下，灰色的地板，灰色的牆面，都是無機質的色彩。右邊是電梯，左邊是貼著幾張海報的牆，有尊嚴安寧，有防疫宣導，有鼓勵運動，怎麼沒有叫人怎麼好好去死的，不，應該說，好好面對死亡。

我按了電梯，記得樓下有個便利商店，那裡很明亮。

走進超商時，突然想起醫生剛剛說的。拿出手機，回想爸爸那次，我在電話簿是存什麼名字呢？輸入「葬」字，螢幕上出現了「殯葬韓先生」。

我看一下時間，凌晨兩點半，現在打電話會不會太晚？但記得他們說，服務是二十四小時的。而且印象中有長輩指點，必須在人過去前先講好價錢，不然等到人走了，那價錢就會很硬，不好談。

電話響聲三聲後，對方接起，低沉的男聲。「喂。」

「喂，韓先生嗎？」

「對。」

綠色白色相間的超商，我站在貨架間，左邊是零食，右邊是日用品，什麼都有，但此刻它們都一樣，都是死人用不著的東西。

「我爸爸之前走的時候讓你幫忙，請問你還有在做嗎？」已經是十年前的事了，可能對方改行了也不一定。

「有啊。」對方的聲音低低的，理所當然，彷彿這是個好工作，值得從一而終。也是，不管景氣好壞，總是有人會死掉。

眼前突然出現他的臉，記得是滿臉痘疤，身材高挺健壯。若說是混黑道的，也有點像。但印象中，對方還滿客氣的，雖然江湖味重，檳榔也吃很大。

洋芋片用鮮豔的顏色區別口味，鮮黃色、鮮紅色，刺激了感官。泡麵的碗上，用誇張的插畫強調美味感，好有生命力。我的眼睛被各種商品填滿，心裡卻空空的。

「我媽媽可能要麻煩你幫忙了。」我說的同時，覺得鼻子有點不舒服。

「現在？人在哪裡？」對方聲音親切，卻也帶著威嚴，如果是討債，可能也很適合這樣的語氣。噢，為什麼我這個時候還在想這些亂七八糟的東西？

「她在李綜合醫院。」

「好，我跟你講，你請醫生開死亡證明，我現在馬上派車過去。」一種躍躍欲試、充滿動能的語氣，感覺比較像是運動會上會出現的。好，那我們加油，這場比賽一定要贏。

「不是，她人還沒過去。」

「啊？你說什麼？過去哪裡？」

「不是，我是說我媽媽還沒，那個……」一時之間，我竟然找不到字眼，要直接說我媽媽還沒死掉嗎？到底平常我們怎麼說的，仙逝嗎？我媽還沒仙逝，這句話也太北七。到底要怎麼說啊？

我找不到文字，我搜尋著貨架，想給自己一點靈感。眼前是蝦味先、卡迪那、樂事，這些都不太像。轉身看到的是兔子暖暖包、生理食鹽水、棉花棒。到底怎麼說啊？啊，想起來了。

「我媽媽還沒往生。」往生，用台語說出來，就更顯得文雅了。不是死掉，是往生，往生的方向前去，簡直是一種美好的修辭。我的腦裡突然浮現地圖導航語音，溫柔的女聲對著我們說：「再行駛五百公尺後，往生。」

「噢，還沒喔。那我跟你講，你記得到時候請醫生開立證明，然後打電話給我，我就馬上派車過去……」

我打斷他。「好，不好意思……我想跟你討論一下費用。」

「費用喔，你們什麼信仰？」

「我們基督教，然後我想要簡單一點，不要太複雜。」

「好，我們就簡單一點，你找牧師來，決定一下流程。我們全力配合。」

全力配合？我根本沒力配合，我現在就很沒力了。

我在想什麼？不，我要好好與對方討論。「那個花啊，什麼的，我都不用。」

「你不要花喔？那還不要什麼？」

「還有什麼？」

「看你想要什麼啊。」

這是一種鬼打牆嗎？的確，人走了就要變成鬼的。

「那我要最簡單的。」

「沒問題。」

「那多少錢？」

「我跟你說，你說你爸爸是給我做的，我幫你算個成本價，七萬元。」

我皺起眉頭，思索著。還有什麼要談妥的嗎？我講最簡單的，會不會太簡單了？只有一次，那我要簡單，是不是會搞砸呀？雖然媽媽不會在意，但這樣好嗎？

突然想到一個問題。

「好。啊，那會有地方讓來的人坐吧？」

「有，就基督教儀式的，有地方坐。你要多少人的空間，很多嗎？」

我想了一下親戚朋友，有誰啊？我平常根本沒有和人聯絡，我太孤僻了，這不是媽媽的問題，是我的問題。不想讓自己在社交上尷尬，結果現在尷尬了。

仔細回想，媽媽的弟弟有小孩嗎？媽媽的哥哥呢？大舅二舅三舅，大舅過世了，二舅過世了。大舅有三個小孩，二舅沒有小孩，三舅呢？三舅有幾個小孩？印象中很多，但幾個？等等，我剛剛提過小舅舅了嗎？啊，還有阿姨，阿姨的小孩，好像不出門的……我腦中突然浮現一堆模糊的臉，但都是十幾、二十年沒見的人了。到底有幾個人？我要怎麼回答？

「沒有，就一般而已。」

「噢，那五十個人的空間可以嗎？」

「一般的廳大概可以坐幾個人？」

「差不多可以到六、七十人。你們人很多嗎？」

「沒有，不多。」我只能這樣回答，我根本毫無頭緒。

「那可以啦。」

「有包括骨灰罈吧？」

「有，通通含在裡面。還是你有要我送你什麼嗎？」

難道可以送我一個完好的媽媽？但我當然沒有說出口。

「嗯，應該沒有。我想要簡單一點的。」我說。

「好，你記得跟醫生要死亡證明，然後再打電話給我。沒有死亡證明，我們都不能做事哦，提醒你一下。」

他一直提醒死亡證明，但我想起這通電話最重要的，也要反過來提醒他。「七萬嘛？」「七萬。」他的語氣十分堅定。幾乎就像打麻將時丟出一張牌。

我實在不想要這通電話停留在「七萬」結束，總希望再有點格調，而不是那麼市儈。但我可以說什麼？「祝你一天順心」嗎？現在是凌晨快三點，正常人的一天都還沒開始呢。還是「祝你有個美夢」？但你的美夢被我吵醒了，很抱歉。

害我很想講英文，Thank you for your time。

但我說了，他會說「Pardon」嗎？

一旁有個松鼠的玩偶，好可愛。我很喜歡松鼠，覺得牠們被卡通化，充滿了喜感，似乎無憂無慮。拿著果實，跑來跑去；拿著果實，塞到嘴裡。我多希望也撿一顆牠們手上的果實啊，就能和牠們一樣快樂，沒有憂愁。

「好，謝謝，請你多多幫忙。」我勉強擠出這句客套話。

「不會啦，不要想太多……」低沉的聲音，似乎很溫暖，「這是必經之路。」對方帶有台語口氣的國語，有種吳念真導演的真摯氣息。聽他說完，我的眼淚又湧出來了。糟糕，沒有面紙。

「謝謝，再見。」我回話的聲音很模糊，趕快切掉電話。

必經之路，多麼美的字呀。

人生沒有成功之路，只有必經之路。

我認為自己某種程度地殺死了母親。

42

我就是木麻黃呀。

我雖然看起來開朗，但其實難過得要死。

每件事都讓我難過，我還要裝沒事。

木麻黃

木麻黃科，常綠喬木，耐風耐鹽耐貧瘠，大量作為海岸防風造林。

母親隔天開始有起色，血壓回來，關掉一個加壓器，似乎是抗生素發揮作用。進去看的時候，醫生仍舊喃喃，說這本來要開刀的。我仍舊說不用。他點點頭。

兩週後，媽媽竟然可以自行呼吸、血壓也恢復正常，血液裡沒有細菌。可以出院，只需要繼續口服抗生素治療。

沒有戲劇性地做了什麼，只有戲劇性地存活下來，她是那九成死亡率外的倖存者。

我不敢多想什麼，也無從問醫生，只有偶遇的護理師猜測說，可能抗生素對上了細菌，我們幸運地中了。

後來上網查，才知道，未來許多人可能死於超級細菌，因太多細菌已有了抗藥性，人類對這些細菌無藥可治。

無藥可治，我試著念出這幾個字。

死亡，是無藥可治的。

想念，是無藥可治的。

我不想要母親離開，但離開對她可能是種解脫。數十年下來，她已無法和外界溝通，鎮日坐在那，彷彿坐牢。而我為了讓她坐牢，每個月花上四、五萬元。別人說我孝順，我只能苦笑。

我要是真的孝順，應該要讓她離開的，而不是把她囚在設備齊全的監牢。我無法想像自己被關在那樣的軀殼裡。

望著她，我不敢猜測這是幸，還是不幸。很多看不下去，其實，只是不敢看。

母親繼續坐牢，我無法繼續看她坐牢。我不夠勇敢，只會跑走，並且偽善地假裝自己在跑步。

電話響起，又是「02」開頭。我看了一眼那熟悉的數字，決定最後一次接起。

又是那熟悉的女聲，「喂，你好，這裡是醫院……」

「是。」

「不好意思，醫生要我提醒你，那個腫瘤，要趕快處理。」

我下定決心要處理了，這時應該好好回應對方的善意。我試著用最禮貌的聲音回答：

「謝謝你們，麻煩幫我跟醫生說，我已經處理好了，謝謝他的關心。」

「處理好了？」對方的聲音充滿狐疑。

「處理好了。」我試著讓自己的聲音堅定，「真的很謝謝你，讓你們麻煩了，祝福你們喔，再見。」

掛上電話後，我深吸一口氣。

麥可站在我旁邊，臉上有一點點疑惑。

「我想過，要不要跟媽媽說。」看著天空，我慢慢說，不敢看麥可的眼睛，怕一看就會流眼淚。

「然後呢？」

「我想跟她說，可是她之前病危，我又不敢讓她知道。」

「她現在好了啊。」麥可的語氣有點急。

「現在跟她說，我覺得，她不會記得。」

麥可聽了，似乎在思索，一會兒後，微微點點頭。

「我要在腦裡的腫瘤處理我前，先處理我。」這句話我沒說出口。

麥可一臉詫異，望著我。

突然不知道要去哪裡，一陣茫然。

無意識地在路上開著車，快十點了，我想到自己還沒吃早餐。眼前是什麼路呢？猛然發現是高中三年每天走的路。

我把車停到路旁，查了查地圖，想看看這個從小長大的城市，是否有我沒去過的地方。也許應該先去吃早餐，可是附近沒有一間我有印象的，那就隨便吧。選了最近的一間，叫「小鳥叔叔」，有賣蛋餅。

我下了車，往前走，走了五十公尺後，看手機，發現愈走愈遠。弄錯方向了，不，或許該說是猜錯方向。

只好再回頭，又經過我自己的車子。天氣很炎熱，我有點不舒服。到了地圖上的位置，一下子找不到小鳥叔叔，左右張望，這時才發現，它在馬路對面。路上車水馬龍，大家都走在勝利路上，那到底誰失敗了？

可能是我。

我看了看，小鳥叔叔似乎是那種開放式的空間，或者說，沒有冷氣的小店面。這在這個城市中很常見，雖然有白色的美麗裝潢，但太熱了，我實在提不起勁再走過馬路。

我在路上看到另一間早餐店，就推開門走進去了。櫃檯後是廚房，兩位年長的女性正背對我忙著。

座位區大概有十桌，但只有一桌有客人。一位年輕女孩在靠窗的位子上看著手機，店裡沒有太多聲音，很安靜。

拿一張護貝過的菜單，照片全是巨型潛艇堡，各個看起來都火力強大，我實在吃不下。讀著密密麻麻的文字，直到中間那段，總算找到蛋餅。

我開口，「一個蛋餅。」

「什麼口味的？」戴眼鏡的大姐走過來。

我再裝模作樣地看一次菜單，但我明明早就知道自己要什麼，「原味蛋餅。」

「要什麼飲料嗎？」

我想喝手沖咖啡，但不能這樣奢望早餐店。不想在心情不優時雪上加霜，於是我問：「有豆漿嗎？」

「有。冰的熱的？」

「熱的。」

大姐往她的右手邊看了一下，過了一秒鐘後問我：「溫的可以嗎？」

「好。」我隨口回的。

付了錢，走到窗邊，突然一陣暈眩。趕緊坐下，閉上眼。再睜開眼睛時，桌上已經出現了一盤蛋餅，和塑膠杯裝的豆漿。大姐已經走離我，嘴裡仍喊著：「醬料在牆邊。」

我看了看那些醬料，有四、五罐，分別是蕃茄醬、蒜蓉醬、醬油等。我挑了醬油膏，擠了一點點在盤子的旁邊。

最旁邊。

我突然想到，也許可以去最旁邊。

這個自己長大的城市，但去過的地方僅限於機車騎得到的。所謂騎得到，大概就是半小時車程的地方。超過的不是騎不到，是會很熱，所以就會放棄。

我查了一下這城市的最西邊，出現一個我沒聽過的詞。

台灣極西點。

我不是一直想去西方極樂世界嗎？

這名字感覺有點相像。

是座燈塔。

起身前，看了一眼桌上的早餐空盤，盤面上凌亂用剩的醬料，劃出幾抹無意義。

這就是我的最後一餐。

好寒酸，真適合。

走出早餐店，往車子的方向走去。輸入地圖資訊，出發。

那條路其實每次返回這城市都會經過，算是濱海公路，但從未特意往那方向去。我手握方向盤，經過赤崁樓、熱鬧的國華街，逐漸往西，來到這個城市過往的邊界。以前這裡沒有太多人居住，現在蓋了巨大的商場。一路到了溪邊，上橋，麥可突然出聲：「你知道這邊現在是豪宅區嗎？」

「真的假的？」我很驚訝。

「你知道這裡叫什麼嗎？」

「我不知道。」

「你看。」麥可指著右前方的建案招牌，寫著九份子特區。

這條路筆直寬大，應該是新重劃區，只是我還沒有朋友住這附近，所以從沒來過。看著周圍的建築，似乎明顯地比市區來得高聳。

「印象中，以前這裡人很少耶。城市地景的變化好大。」我看著窗外，高樓的天際線在藍天裡顯得點驕傲。

麥可點點頭。

我回頭看果果，她也以一貫剛毅的表情，望著窗外流動的風景。

但開了十分鐘後，四周又出現完整的天空，沒有太多建築，望過去只是草地。

一會兒，經過一個傳統的聚落，路的兩旁出現一片一片的魚塭。

魚塭裡，打氣機翻湧出氣泡，一區一區的水面反射著天空的藍色。偶爾，可以看到一兩隻白鷺鷥從水面起飛。

愈走，路愈窄，有些路段只容一部車過。不過，一路上也幾乎沒遇到其他車輛。

已經開了近四十分鐘，路旁突然出現一個黑面琵鷺的賞鳥亭，而且有專屬的停車場。果果把臉整個湊上玻璃窗，她一向喜歡水鳥。

我繼續往前，路可能沿著堤防建，轉彎似乎就是跟著海岸線，只是因為有堤防，無法從車裡看到海面。

沿路的防風林長得都很像，讓我想起春山外古書店那附近的防風林，不知道是不是同個時期種的？

上一次去那，非常喜愛。用鐵條精鑄製作的店名，實在太優雅了，安靜地陳列在乾淨的灰色牆面。一旁的防風林似乎也擋住了人生的風雨，讓人很想入內停歇。

裡頭有過往裝幀用心的舊書，特別的尺寸，細膩的插圖，還有鉛字印刷的美感，都讓我愛不釋手。我在書架前挑了本已經絕版的小說，感覺不像在逛書店，比較像穿越了時空。

店裡還有不少精巧的藝品古董、唱片ＣＤ，甚至一些珍本書都有機會在這裡碰見，根本是個世外桃源。我那天感到自己好幸運，可以來到這樣一個書店。

那天，麥可還在春山外古書店的牆面前拍了張照片。此刻我轉頭看坐在副駕座的他，他意識到我的視線，微微笑，連唇上的鬍子好像都帶著笑意。

噢，麥可。

我手握方向盤，又轉了一個彎。路的右前方出現了一個小小的塔，以金屬組成框架。隨著車愈開愈近，發現其實它下方有個白色的建築，類似一個房間，房間的外面才是以金屬構件組成的鐵塔，一層一層，紅白相間。最上方又有個更小一點的小房間，小房間的上頭是小小的燈座。

那不是想像中以水泥為結構體的白色巨塔。輕薄的狀態，比較像是電塔，散發一種小巧的氣質。

路到了盡頭，是一堆白沙。右邊規劃了停車位，幾個工人正在一座長型建築外工作著，仔細看，是廁所。所以這是台灣最西的廁所。

一旁還有個紅色的人工造景，是以紙雕風格做的紅色鐵器，上面鏤空的字寫著「台灣極西點」，加上英文「THE WESTERNMOST POINT OF TAIWAN」。造型結合了海浪和船的意象，一道雲朵下方長長的空間則寫上了數字「23°06'02.7"N　120°02'09.0"E」，應該是座標吧。

麥可和果果早我一步，已經在這地標前觀看了許久。麥可的表情似乎頗為滿意，他幾次對於有設計風格的公共建設，都不吝於給予讚賞。

我突然想到，又跑回車上。打開後車廂，拿了麥可的草帽，戴在我頭上。

這頂草帽做工精細，是用藺草編織的，加上細膩的織帶，與好看的品牌名。戴在麥可頭上，紳士氣息十足。

我總想模仿。

我追上前，看到路旁有幾棵木麻黃。

「麥可，你看木麻黃，它的樹葉也是針葉。」

麥可聽我說，彎腰撿起一束木麻黃的針葉在手中。

「台灣的江浙餐廳有道菜，叫松針蒸餃。聽說有廚師因為分不清松針和木麻黃，結果就在蒸籠底部鋪了一層木麻黃。哈哈哈！」我邊說邊笑。

麥可聽完，也跟著我一起哈哈笑了起來。果果開心地在一旁繞圈奔跑。

我就是木麻黃呀。

我雖然看起來開朗，但其實難過得要死。每件事都讓我難過，我還要裝沒事。

我們一起爬上堤防，面前出現了沙丘。

對，是金黃色的沙丘，不是沙灘。

我們三個不自覺地張大了嘴，彷彿看見電影裡的沙漠丘陵景象，沙上還有一道道美麗的紋路，應是被風精心設計繪製的。

風吹著，我得伸出左手按住麥可的帽子，才不會被吹走。

站在那，有種奇妙的感覺，彷彿異世界。我才這樣想，就看到遠處，麥可和果果在沙丘上太空漫步。

麥可跨了一步就輕盈地飛起，往前漂浮了大一段後才落下。他一直以來跑馬拉松練就的壯健雙腿，彷彿充滿了力量，又再次往前彈起，隨著肌肉發力，腳底下似乎長了翅膀。

短腿的果果也不遑多讓，只是姿態不同，畢竟是臘腸狗混米格魯。她的腿一蹬，先是飛起一小段，但似乎因衝力使然，變得有點像氣球做成的狗，飛向前去。

那一人一狗，彷彿在月球。

我想跟上，但跟不上。

「我好想跟你們在一起呀！」我在心裡大聲喊著，但聲音出不來，因為月球沒有空氣可以傳遞。

43

「環島就像畫句號，我連畫句號都畫不好。」

我輕輕地說。

麥可似乎聽到了，轉頭看向我。

果果的尾巴豎起，晃了兩下。

我沿著沙丘走，可以看到下方是沙灘。深色的沙，和打在岸邊白色泡沫狀的浪花。

我往海邊走，從沙丘上走下去。

再往前一點點，是一片由消波塊圍起後形成的海面，臨海處小小的，往內大概有一個操場大小的水面。這樣算是個海水游泳池嗎？

國聖燈塔

一九七〇年於頂頭額沙洲建造，塔高三一・七公尺。

是個潟湖。

小時候上課都要背的，我卻不知道自己的家鄉附近就有潟湖。

往外才是真正的海，被陽光鍍上金黃色，和近處這片藍黑色、宛如墨水的水域不同。

我從小就喜歡看海，因為海有一種管他的、什麼都不在乎的帥氣感。我喜歡，希望自己可以那樣。

多數時候，我都可以表演得像那樣。

但自己知道，從來就不是真的那樣。

我那天算過，一個月四萬，加上雜費，抓寬一點，一萬。一個月五萬，一年六十萬，我放九百多萬元在那個自動轉帳的戶頭。這樣，媽媽至少可以在那個安養中心過十五年以上，遠超過平均餘命。靈骨塔也是之前爸爸那次就買好了，是在一起的。

都交代過，應該沒問題了。

沙灘上有些圓球，小小的，和保濟丸差不多，以各種幾何弧線方式排列，很奇妙。我蹲下來看，眼前有個大約直徑一公分的洞，洞口外遍布這些保濟丸。很像以電腦繪圖畫出的點狀圖，每一幅都不一樣。

有的圖畫像科幻片中的星際殖民地，有的像是跨年時綻放於天空的煙火，有些也像是還沒完成的花朵素描。

我看得著迷，有種被抓進去的感覺。彷彿是城市的鳥瞰圖，裡頭每一個圓球都是一個人的人生。我用上帝的視角，觀看著他們的悲歡離合。想像上帝也是用這方式記下地表上無數的子民。

我好奇，這是誰做出的？這時看到沙灘上有著快速移動的身影，差不多是小指的指甲大小，灰褐色的，有種游標在螢幕上游移的感覺，在灰色的沙上也是完美的保護色。

麥可跟著我蹲下，饒有興味地觀察著。

我用手機查「沙灘上的圓球」，原來這忙來忙去的小東西叫這個名字啊。

「股窗蟹。」我大聲念出。

麥可點點頭，讚許我。他對於野外的動植物都很有興趣，我讀過他寫的散文，講到在野外跑步看到特別的植物，急著跑回家，滿頭大汗地翻查植物圖鑑，想搞清楚那植物的名字。那是沒有網路可以快速查找的時候，我現在輕鬆多了。

「它以雙螯拾起沙粒放進口中，口內兩對口器可刮走黏附在沙粒上的有機物，無法消化的沙粒再推送口外，搓成小沙球後，用雙螯將小沙球從口邊取出，丟棄地上。」我念著網路上的介紹。股窗蟹似乎滿忙碌的。

我想要看到正在吃飯的股窗蟹，但只瞧見他們在沙灘上留下的圓球堆，還有幾隻正快速地奔跑。

突然看到果果停在一處，四肢一動也不動，鼻子靠近地面，尾巴興奮地搖呀搖。

我走過去看，彎低身子，看到了！是隻股窗蟹，正在進食。牠的速度很快，幾乎快看不清那螯的動作，但可以清楚看到小圓球被拋出，大約是三秒鐘一顆的速度。一下子就產出好多，而且始終沒有停，辛勤極了。

這個動作我在哪裡看過？

是台南江水號的老老闆，蹲在地上，面前一個大鍋，他把糯米糰揉成一長條，放在左手掌心，再以右手食指快速地如刀般切下，咻咻咻，在半空中，看不清手指動作，只會成為一段殘影。唯一看得清楚的，只有落下鍋的一顆顆湯圓。

股窗蟹是做湯圓的專家呀。

好想去吃湯圓啊。

我從沙灘快速站起，大力地在沙上行走，往車子的方向。

「要去吃冰嗎？」麥可在我身旁問。

「對啊。」

「耶！」麥可露出孩子般的笑容，大步奔跑起來。果果也興奮地跟在他旁邊跑。兩個一下子就超越我，往沙丘跑去。

「喂！你們不可以再太空漫步。」我跟在後面抗議。

「為什麼不可以？」跑在前面的麥可，發出的聲音彷彿被海風稀釋，有種溫柔，好像很憐惜。

「因為我不會啊！」

「沒關係，每個人會的事情不一樣。」麥可安慰我。

「可是，我就想跟你們一樣啊！」我不高興地抗議，眼看著那一人一狗的腳再度完全離地，飛上沙丘，而我的腳步雖然用力，但笨重無比，簡直就是深陷泥沼中的感覺。

「你還不能跟他們一樣啊！」一個小女孩的聲音從我後面傳來。

我停下腳步，看向後方。不知道什麼時候出現一個小女孩在地上玩，她抬頭望著我。

我看到她手中，正搓著一顆球，是沙做成的。

不會吧？股窗蟹也向我說話了嗎？

「你在玩嗎？」我一下子不知道要和她說什麼好，只好說些無關緊要的話。

小女孩穿著淺色亞麻連身洋裝，蹲在那裡，臉圓圓的，帶著點小大人的表情回我：「你才在玩咧！」

我想了想，我確實在玩沒錯，一下子也沒辦法辯解。

「做你可以做的事啦。」小女孩的語氣有點不耐煩，不知道是憑什麼。

「我沒有嗎？」我試著回答，同時想起果果和麥可。往周圍看，兩個又不知道跑去哪了，留我一個人和小女孩講話。

「你有嗎？」

「我……」有點語塞，「心情不好啊。」一時只想到這個。

「誰心情好？」

女孩老是用問句來回答，也沒有停下手邊正在做的事。她不斷地自地上拿起沙子，快速地動作，一下子就搓出一顆沙球，堆在身旁。

「那我問你，心情不好怎麼辦？」我也擠出一句，回問她。

「你有沒有想過，沙灘一直被海沖，說不定也覺得很煩？」

「然後呢？」

「然後，沙灘還是在它原來的地方，繼續給海沖。」

「所以呢？」

「所以，沙灘心情好嗎？」小女孩說話的時候，風把她有點長的頭髮吹起。

「你告訴我呀！」

「我也不知道，我只是在玩沙的。」

網路上不是常有人叫別人去旁邊玩沙嗎？難道這個小女孩是在反諷我嗎？

「玩沙說不定很重要。」我想說點別的。

「玩沙說不定很重要。」沒想到小女孩只是重複我的話。

「那……你都排出很漂亮的圖畫耶。」我想起剛剛自己還在讚嘆那沙灘上的作品。

「嗯。」小女孩又出現不耐煩的表情。

我有點戒慎恐懼，怕自己是不是又說錯話了。這個小女孩似乎很有自己的想法，情緒也很容易有變化。

小女孩嘆了口氣。「我有時候搞不懂你們這些人。」

「怎麼說？」

「這些是我吃過，不要的。」小女孩慢慢說。

「這樣喔？」

「從某個角度想，吃過不要的，你們又稱作什麼？」

「啊？」我想了一下，但沒想出來。

「嗯嗯啊。」

「嗯嗯？喔，你說，大便？」我恍然大悟。

「然後，你又說很漂亮。」

我在心裡組合起來，脫口而出：「美麗的大便！」我笑了出來，哈哈哈。

小女孩也跟著笑了起來，她仰頭的時候，我發現她下巴有個痣，大略在中間偏右。

小女孩站起身，橫著跑，跑向遠方的防風林。我看著她，她速度很快，可能是我看過用橫移方式最快的人吧。

不，她算是人嗎？她是股窗蟹。

我想起了食蟹獴阿伯，他們都好快，他們都好快樂。

遠方，太陽照著海面，亮閃閃的。回頭望，麥可和果果站在沙丘頂，光灑在他們身上，成了黃金色。果果瞇著眼，露出堅強的表情。麥可挺立著，更是帥得像位硬漢。一人一狗，望著海，表情若有所思。

「環島就像畫句號，我連畫句號都畫不好。」我輕輕地說。

麥可似乎聽到了，轉頭看向我。果果的尾巴豎起，晃了兩下。

台灣極西點。
西方極樂世界。
我的旅行可以抵達這裡。
然後，結束。
木麻黃下有塊衝浪板，不知道是被誰遺棄在那的。我走過去，扛了起來，看一看，有許多斑駁痕跡，但似乎還能使用。
我脫下鞋，扛著衝浪板，往水邊走去。
結束在自己出生的地方，應該是恰當的吧？
水好冰，不是我想像中的溫暖。我彷彿突然被點了一下，全身的感官都被打開。
再見。
台灣極西點。
西方極樂世界。
再見。
水已經漫到我的膝蓋，我想起褲子口袋裡有手機，泡了海水會死掉，但要死的人，不必擔心手機死掉吧。
我繼續往前走，水面的光，變成我身上的光。金色的，與麥可和果果一樣，我終於可以和他們一樣了。
手機突然震動起來。

是海豹。

海豹傳來訊息，我點開連結，是個新聞，說發現了新物種，玉山間爬岩鰍，棲息地在楠梓仙溪。

那篇文章寫著，研究團隊剛在國際期刊正式發表命名，世界首見新種，台灣特有淡水魚類——玉山間爬岩鰍，外觀體型修長，身上有許多白色背斑，背鰭鰭條鰭式與數目等形質特徵有別於台灣間爬岩鰍。這種魚仰賴未受汙染的溪流生態，因玉山南麓等各水系森林資源保存完好，所以孕育穩定族群，也彰顯森林生態保育的重要。

看到新聞裡的照片，我呆住了。這不是我那次在那瑪夏風災時，從腳邊撿起，丟回溪裡的魚嗎？

都要死了，還發出啪啪啪如鼓掌的聲音。沒想到，竟然是全新的物種。

手機再次震動，是海豹來電。我順手按下接聽鍵，但同時又有點後悔。我現在要對她說什麼？「我要去死了，再見」嗎？

「欸，你有看到我傳的嗎？」海豹的聲音，聽來好遠。

「嗯，有。」聽到海豹的聲音，我竟然感到有點害羞。

「新的物種耶！在我們這裡。」

「嗯……我看過。」

「你看過？什麼時候？」

「那次在你們那邊的時候。」我一下子不知道要怎麼解釋。

「噢，真的啊？他們說是因為那次水災，才讓一些平常沒有機會觀察到的物種被科學家看到。」海豹的聲音有點興奮。

我聽著海豹令人懷念的聲音，想著，難道災難未必只有不好的部分？我以為的天災，是自然的一道刷洗嗎？我們看問題的方式，會不會有別種可能？

回想那魚的模樣，牠背上有著白色的斑點，就和那篇報導說的一樣。牠在我眼前激動地拍打，鼓掌，奮力與生命的莫可奈何對抗。

「沒有啦。我打來是想問你，你要跟我去嗎？」

「去哪裡？」

「我不是跟你說有個特別的事嗎？我要去紐約大都會隊主場，你可以陪我去嗎？」

「去幹麼？」

「我說過一位台灣學姐之前在美國服役吧。大都會隊的台灣日要表揚她，她找我去。」

「然後呢？」

「我找你去。」

「嗯，我看一下哦，我不知道有沒有空……」我一邊回答，一邊想，我當然有空，要死的人當然有空，或者也可以說，當然沒空。

「拜託你陪我去，台灣日耶，一定很酷！」

「呃，我想一下，再跟你說。」

我想一下，美國算西方極樂世界嗎？

雖然它明明在我們的東邊。

但台灣日耶，好像很不錯。

我看向遠處，沙丘上，果果和麥可同時望著我。我向他們揮揮手。夕陽下，他們一人一狗很好看，只是不知道為什麼，變得有點模糊。

在台灣極西點。

西方極樂世界。

句號那麼近。

FOR
MICHAEL,
FRUIT,

MY FRIEND

句號那麼近

On My Way to The End

作者——盧建彰 Kurt Lu

資深編輯——陳嬿守
美術設計——王瓊瑤
行銷企劃——鍾曼靈
出版一部總編輯暨總監——王明雪

發行人——王榮文
出版發行——遠流出版事業股份有限公司
地址——104005 台北市中山北路一段 11 號 13 樓
電話——02-2571-0297
傳真——02-2571-0197
郵撥——0189456-1
著作權顧問——蕭雄淋律師

2024 年 4 月 28 日 初版一刷
定價——新台幣 420 元
（缺頁或破損的書，請寄回更換）

ISBN —— 978-626-361-657-8

國家圖書館出版品預行編目 (CIP) 資料

句號那麼近 / 盧建彰著 . -- 初版 . -- 臺北市 :
遠流出版事業股份有限公司 , 2024.04
面 ; 公分
ISBN 978-626-361-657-8(平裝)

863.57 113004544

遠流博識網
http://www.ylib.com
E-mail: ylib@ylib.com
遠流粉絲團
https://www.facebook.com/ylibfans